1981年の
スワンソング

五十嵐貴久

幻冬舎

1981年のスワンソング

目次

装幀　印南貴行
装画　永井博

Part1 Let It Go

1

暑。

片目だけ開けたが、何も見えない。タオルケットを剝《は》ぎ取ると、ぼくはパンツ一丁でベッドにうつ伏せになって寝ていた。

めちゃめちゃ暑い。喉が異様に渇く。起き上がろうとしたが、体に力が入らない。う~ん、と唸った声が、がらがらに嗄《か》れていた。

(どうなってる?)

無理やり上半身を起こすと、頭がふらふらした。完全な二日酔いだ。

ため息をついて顔を手のひらでこすると、汗がべっとりとついた。頭だけを上に向けると、エアコンはオフになっていた。そりゃ暑いわけだ。

昨夜《ゆうべ》のことを思い出した。正確に言えば今朝と言うべきかもしれない。会社が終わってから、同じ営業部の連中と飲みに行った。男女合わせて十人だった。面倒な課長とか何にでも口を出してくる部長とかはいなくて、二十代の社員ばかりだった。

渋谷に出て安楽亭で食べ放題の焼き肉を食べていたら、みんなのスイッチがオンになった。理由はわからない。ボーナスをもらってから初めての飲み会ということもあったのかもしれないが、飯を食ったから、はいさようなら、という感じじゃなかったことは確かだ。

女の子たちがカラオケに行こうと騒ぎだし、ぼくを含めた男たちも乗った。五人五人と人数もちょうどよかった。そのままパセラに行き、十人用のルームが空いていたので、そこになだれ込んだ。ビールやらワインやらカクテルやらサワーやら、片っ端からドリンクを注文し、牛半頭分ほど肉を食った後にもかかわらず、パーティバーレルという大皿料理をいくつも頼んだ。

どういうわけかわからないけど、最初から出来上がっていた。全員が争うように曲を入れ、スタンディングで踊りながら歌った。異常な盛り上がりだったが、年に一、二度はそんなこともあるだろう。

AKBともももクロとゴールデンボンバーによって、カラオケライフは明らかに進化したと思う。ダンスしながら歌うのは昔からあっただろうが、この三つのグループは明らかに勢いが違った。

歌はエンドレスで続いた。誰も帰ろうと言い出さなかった。精も根も尽き果てて、全員でボックスのソファに倒れ込んだのは朝五時のことだ。

それでもマイクを離そうとせず、「Let It Go」を歌い続ける女の子たちに、そろそろ帰りませんかと男たちから泣きが入り、やだやだ死ぬまで歌うとか訳のわからないことを言う彼女たちをひきずるようにして店を出た。会計は誰がしたのだろう。

女の子たちをタクシーに放り込み、適当に帰らせた。残った男たちはそれぞれに顔を見合わせ、ちょっとだけ引きつった笑いを浮かべた後、何も言わずに別れた。

ぼくは早朝の井の頭線に乗って下北沢の自分の部屋にどうにか帰り着いた。それが六時ぐらいだっただろうか。ハーフマラソンを走ったぐらい疲れていたので、スーツの上下とワイシャツを脱ぎ捨ててそのままベッドに倒れ込んだ。エアコンをつけることなど忘れていた。

ぼくの部屋は2LDKとそこそこ広いのだが、どうも空気の通りが悪く、すぐこもった状態になってしまう。七月ともなると室温はあっと言う間に三十度まで上がる。目が覚めたのは暑さに耐え切れなくなったからだ。

そこまで思い出して、ヤバい、と立ち上がった。何時だ？　遅刻？　会社はどうなる？　時計を見ると九時半だった。始業時間だ。これはまずいことになったと慌ててスマホを捜したが、見つけた途端思い出した。今日七月二日はぼくが勤めているプライムデンキという会社の創業記念日で、全社的に休みだったのだ。

それがわかっていたから、部の連中と飲みに行った。朝まで遊んでいたのは、翌日会社に行かなくてもいいとわかっていたからだ。

スマホをその辺に転がし、もう一度ため息をついた。汗を掻いたので気持ちが悪い。トイレを経由して、顔を洗うために洗面所へ行った。冷水を顔にかけると、ようやく落ち着いた。

タオルで顔を拭きながら鏡を見ると、眠そうな顔をした独身男がそこにいた。頬が少しこけ気味だが、目が細く、への字に曲がっているため、人相としては悪くない。かといってイケメンだとはとても言えない。よくいる普通の男としか形容のしようがない顔だ。

髪の毛を手櫛《てぐし》で整えてから、シェーバーで髭を剃った。歯は磨かなかった。今歯ブラシを口に突っ込んだら、間違いなくえずくだろう。

もうひとつの部屋に入り、クローゼットを開く。残念ながらぼくはオシャレな人間ではない。ワードローブはありきたりのものばかりだった。

リーバイスのジーンズを穿《は》き、ユニクロのTシャツを着た。今日は予定が何もない。誰かと会うわけでもなかった。ゆるい格好で過ごしても文句は言われないだろう。面倒だから靴下は履かなかった。

フローリングの床に通勤用のカバンが置かれたままになっていた。カバンを開けて、財布を取り出す。一万円札が二枚と、千円札が四、五枚あったが、千円札を一枚だけ抜き取って、残りは財布に戻した。

コンビニで適当に何か買って、後のことはそれを食ってから考えよう。千円札一枚だけを持っていくことにしたのは、金を持ってコンビニに行くと、あるだけ使ってしまうという悪癖があったからだ。

カバンを拾い上げて、定位置であるテレビ台に載せた。物を持たないようにしているので、独り者にしてはきれいに片付いている。デスクと椅子、テレビ、本棚があるだけだ。色気のない部屋だと我ながら思う。

部屋の隅にアコースティックギターが一本立て掛けてあるが、それ以外調度品は何もない。ギターはどうにかしなければならないと常々思っているのだが、青春の思い出という奴で、なかなか処分することができずにいた。

大学時代バンドをやっていて、三年の時の文化祭では準ベストギタリスト賞をもらったこともある。そんなにテクニックがあるというわけではないが、何度か聞いたことのある曲なら譜面を見ずに弾けるぐらいの腕はあった。

だからといってミュージシャンになりたいとか、そんなことを考えたことはない。音楽は趣味で、それ以上のものじゃなかった。

さて行きますか、とつぶやいた声がかすれていた。ちょっと哀しい休日の始まりだった。

2

アディダスのスニーカーに素足を突っ込み、外へ出た。コンビニまでは一分の距離だ。マンションの外は暑かった。ムキになったように太陽がその辺を照らしている。勘弁してくれよと思ったが、ケンカしても始まらない。

ぼくは松尾俊介《まつおしゅんすけ》という。二十九歳、独身、彼女いない歴二年。

都下八王子市で、製薬会社に勤めるサラリーマンの父親と専業主婦の母親との間に生まれた。三人兄弟の末っ子で、姉と兄が一人ずついる。申し訳ないぐらい普通の子供で、成績がいいとかスポーツができるとか、そういうことは一切なかった。何かの能力に秀でているということもなく、良く言えば何でも無難にこなすタイプだ。

賞罰もなく、特殊な資格もない。高校の時の部活はサッカー部だったが、最後までレギュラーにはなれなかったし、それが悔しいとも思わなかった。そういう男なのだ。人の尻馬に乗って騒ぐのが得意で、すぐ調子に乗るキャラだから、何かあればその端っこに連なっているが、中心になったことはない。他人任せの人生を送っていた。

特に誉められたこともなく、かといって怒られたこともない。それなりに遊んでいたし、酒だって煙草だってやらないわけではなかったが、どこかでブレーキのかかる性格で、教師などから目をつけられることもなかった。

高校二年の時の彼女は、松尾くんってどっか冷めてるよねえと言い、長くはつきあえないなあと言って去っていったが、そういうところがあるのは自覚している。しょうがないじゃん、そういう人間なんだもの。

一浪して東進ハイスクールに通い、某二流大学の経済学部に入った。大学で勉強はまったくしなかった。講義だってまともに出たのは数えるほどだ。いくつものアルバイトをこなし、フットサルのサークルと勧誘されて入った広告研究会を兼部していたから、それなりに忙しかった。すまん、ちょっと嘘をついた。遊ぶのに忙しかった。

おまけに、クラスが一緒だった仲間とバンドまで組んでいたから、何だかよくわからない毎日だった。そんなことばかりしていた。そういう性格だったし、そういう大学だったのだ。

そのまま何となく就職でもするのだろうと思っていたのだが、三年生の時に風向きが少し変わった。広告研究会の同期だった堀田《ほった》が、パソコンを貸してくれないかと言ったのが始まりだった。

ぼくはバンドをやっていたので、宅録のためにかなりハイスペックなパソコンを持っていた。堀田はそれを知っていて、声をかけてきたのだ。何のためだと聞くと、ビジネスユースだと答えた。高齢者用のネットワーク、はっきり言えば定年後の方々目当ての婚活サイトを立ち上げるのだという。

堀田の高校の同級生に菊川《きくかわ》という男がいて、当時発売されたばかりのスマートフォンで始まっていたGPS機能を利用したアプリを作るということだった。菊川はもともとパソコンで出会い系サイトを運営していたのだが、そのシステムをスマホにも応用するんだ、と堀田は自慢した。

後でわかったことだが、菊川は早熟の天才とでも言うべき男で、確かに彼の作ったシステムは相当に水準の高いものだった。ただ、その有効な活用法はわかっていなかった。堀田は偶然菊川の発明を知り、手伝ってくれる人間とバックアップ用のパソコンを捜していた。その一人がたまたまぼくだったのだ。

パソコンを貸すことにすると、堀田と菊川がしょっちゅうぼくのアパートに出入りするようになった。ちょこちょこ手伝っているうちに、自然とぼくも仲間になった。

パソコンでの出会い系サイトというのは、世の中にたぶん腐るほどある。ただ、菊川の作ったシステムは高齢者用にターゲットを絞っていた。パソコンに不慣れな高齢者のために異常に親切な使用マニュアルをつけていたため、四年生の夏に本格的な運用を始めた最初の段階から、人気は高かった。

GPS機能で登録者の現在位置がわかり、近くにいる異性と知り合えるというのが菊川のアプリの売りで、すぐに模倣する業者が現れるほどだった。堀田はやらせやサクラを絶対にしないという方針を立て、それに対抗した。同時に、コンピューターオタクだった菊川をシステム開発に専念させ、ぼくをその補佐にし、自分は会社組織を作ってその社長となった。

ベンチャービジネスを大学生で始める者はそれほど珍しくなかったし、一時のブームは終わっていたけれど、まだチャンスは十分にあるとぼくたちは考えていた。ソフトバンクや楽天には敵わなくても、そこそこイケるんじゃないか。安易だと言われればそうかもしれないけど、要するにそういうことだ。堀田はホリエモンに憧れていたし、菊川はスティーブ・ジョブズに、ぼくは孫正義を目指していた。そういう世代だったのだ。

会社は順調に回っていった。菊川は既にサイトの運営に飽き始めて、別の何かを開発するようになり、必然的にぼくがメンテナンス作業の担当になった。堀田は経営面では天才的だったが、パソコンのスキルは低かったからだ。

システム自体は完成されていたから、ぼくの仕事はクレーム処理がほとんどであまり問題はなかった。ぼくたちは大学を卒業したが、就職はしないでそのまま自分たちの会社の社長と副社長になった。小人数でもやっていけるようにシステムをデザインしたのは菊川の功績で、おかげで分不相応な収入さえ得られるようになっていた。

だが、二年ほど経った頃、ぼくたちのアプリを利用していた男女が関係をこじらせて、六十のオッサンが十歳下の主婦を刺すという事件が起きた。出会った当初はうまくやっていたのだが、別れを切り出した主婦を男が逆恨みし、ストーカー行為を繰り返した揚げ句、犯行に及んだということだった。

主婦は危険を察知して実家に身を隠していたのだが、ぼくたちのアプリで位置情報を得た男が家に押し入って刺したのだ。アプリでは半径五百メートル内の位置しかわからない設定になっていたのだが、ストーカーは人間離れした執念で主婦のいる家を突き止めていた。

幸い主婦は全治一カ月ほどの怪我で済み、ぼくたちの会社が責任を問われるようなことはなかった。堀田はその後も会社を続けていくと言ったが、ぼくにはできなかった。道義的な責任があると思ったのだ。だから退社した。

ぼくが事件に対し、強く責任を感じたのは本当だ。被害者の主婦に対し、賠償金も支払ったし、謝罪にも行った。申し訳ないと思い、反省も後悔もしていた。

アイデアやアプリそのもののシステムが間違っていたとは思わない。出会い系というとネガティブなイメージがあるかもしれないが、参加して新しいパートナーを見つけた人だって少なくなかったのだ。

ただ、悪用する人間に対してのリスク管理が甘かったのは否めない。何でもそうだと思うが、システムというのは使う人間によって目的が違ってしまう場合があるのだ。

携帯電話やスマートフォンを使った犯罪が増えているという現実を目の当《ま》たりにして、こんなはずじゃなかったと思ったのも事実だ。利用する人のためになるアプリのはずだったけれど、結果として誰かを傷つけてしまった。ぼくには耐えられなかった。もしやり直しが利くのなら、もっと違うやり方を考えたのだけど、そんなことを言ってももう遅い。

精神的に落ち込み、しばらくの間引きこもって暮らした。心が強いわけじゃない。ぼくたちのせいで傷ついた人間がいるという事実に打ちのめされていた。

今のプライムデンキ社に転職したのは一年ほど前だ。築地に本社がある家電量販店で、ぼくは売り場本部の白物家電商品担当の販売員だ。厳しいノルマがあったりしていろいろ大変だけど、働いてる間は何も考えなくていい。同僚たちはみんないい奴らだし、居心地もいい。生きていくためには夢だの理想だの言ってはいられないこともよくわかっている。何となく働いて、なにがしかの給料をもらうようになってた。

　コンビニのドアを押し開けて店の中に入った。エアコンが利いていて、心地いい。腹具合と相談しながら、棚の間を歩いた。酒がまだ残っている。五分ほど迷った末に、税込み二百円の卵サンドイッチを買った。

　下北沢は外食文化が発達しているので、食事をするところには困らない。昼になったら喫茶店にでも入ってランチを食べようとぼんやり考えた。それまでのつなぎとして、卵サンドイッチはちょうどいいだろう。

　レジに行くと、いつもの葉《ヨウ》さんという店員がにこにこ笑っていた。葉さんは中国人で、留学生らしい。化粧っけのないところが非常に好みで、どうにかお近づきになりたいと常々思っていたのだが、半年以上声すらかけられない状態が続いていた。

　サンドイッチと千円札を差し出すと、丁寧にレジ袋に入れて渡してくれたが、スミマせん、とややおぼつかない日本語で謝ってきた。五百円玉がないので、お釣りが百円硬貨ばかりになってしまうと言う。

　心の底から申し訳なさそうな顔をしているので、かえって恐縮した。いいっすいいっすと答えると、アリガトございます、と微笑んだ。もう少し勇気がある男なら、これをきっかけに話しかけたりするのだろうが、ぼくにはできなかった。どうも、と言って店を出ると、アリガトございましたあ、という声が背中でした。

　一歩外に出ると、また太陽が親の仇のような勢いで照りつけてきた。店内が涼しかったから、余計に暑く感じる。

やれやれとつぶやいて左足を踏み出した瞬間、目の前が真っ暗になった。何だ何だ。何が起きた？　目は開いているのだが、何も見えない。危ないと思ってそのままひざまずいた。手には卵サンドイッチの入ったレジ袋を持ったままだった。

3

どれぐらいそうしていたのだろう。突然目の前が明るくなって、視界がはっきりした。目を開いて立ち上がる。貧血かなあと思った。寝不足なのは間違いないから、そういうこともあるだろう。頭を振ってみる。めまいなどはない。

何なんだと思いながら歩きだそうとした時、足が勝手に止まった。目の前に雑木林が広がっていた。下北沢にそんなものが残っているとは知らなかったが、あるのだから仕方がない。どうも方向を間違えているようだ。

一度店に戻ろうと思って振り返った。同じ光景があった。左右に目をやると、雑木林の真ん中にいることがわかった。うーむ、と唸った。どういうことなのか。よくわからない。

コンビニで買い物をした。左手にはレジ袋があり、卵サンドイッチが入っているから、それは間違いない。店を出た時、目の前が真っ暗になってその場を動けなくなった。

そんなに長い時間ではない。数秒、もしくは数十秒、せいぜい一分といったところではないか。にもかかわらず、見える範囲にコンビニはなかった。雑木林しかない。どう考えればいいのか。

ぼくは結構冷静なところがある人間で、可能性について考えを巡らせる余裕があった。夢を見ているのではないかと真っ先に思ったが、どうもそうではないようだ。流れている空気や温度、光などもはっきりと感じ取ることができる。こんなリアルな夢は見たことがない。

では脳か。目の前が真っ暗になったのは、脳の血管か何かが切れて、意識を失ったということなのか。そして今ぼくの目の前にある風景は、ぼくが脳内で作り出している一種の幻なのか。

父方の祖父が脳溢血《のういっけつ》か何かで亡くなったことは知っていた。遺伝ということもある。体質的にそういうふうになりやすいのかもしれない。二十九だって血管が切れる時は切れるだろう。どうやらそういうことらしい。どうする？　病院へ行く？

救急車を呼ぼうとしてジーンズのポケットを探ったが、スマホはなかった。部屋に置いてきたのを思い出した。歩いて一分のコンビニに行くのにスマホは必要ないと思ったのだ。

自力で病院に行くしかなさそうだった。足を動かすと、あっさり歩けた。脳に異常があるんだかないんだかわからないまま、雑木林の中を進む。ちょっと怖くなっていた。

三分ほど歩くと、雑木林の外に出た。振り返ると、そこそこ大きな林だとわかったが、それはいいとして病院はどっちだ？　目の前に細い道があった。一歩踏み出すと茶色い土がスニーカーについた。舗装されていないのだ。

母親の実家は静岡なのだが、そこへ遊びに行った時のことを思い出した。田舎ならともかく、まだ下北沢にもそんな道路が残っていたのか。道幅も狭く、曲がりくねっている。地面に触れると、土の感触が手に残った。茶色く汚れた指先を見て、絶対に夢ではないと確信した。

ということはやはり脳か。この若さでそりゃないだろうと思ったが、とにかくどうにかしなければならない。医者でも何でも診てもらわないと。

歩きだした。人の姿はまったくない。もっと大きな通りに出るべきだろう。ぼくはあまり病気というものをしたことがなく、病院がどこにあるか心当たりはなかった。誰かに聞くしかない。

早足で進み、西の方を目指した。方向感覚はある方で、そっちへ行けばいいという勘が働いていた。読みは正しく、数分歩くと広い通りに出た。道もちゃんと舗装されており、車も走っている。

歩道に電信柱が立っていて、住所表示があった。新沢二丁目とある。ぼくのマンションも新沢二丁目だ。そうやって考えてみると、今ぼくの目の前を通っている広い道路は芥川通りのようだった。行きつけの定食屋や古着屋があり、道は覚えていた。間違いない。

ただ、ぼくの知っている芥川通りとは少し違っていた。だいたい、道が狭い。車線も二つしかない。百メートルほど離れたところに信号機があったが、それも感じが違う。

道路を走っている車を見ると、知らない車種ばかりだった。道路脇にやたらと車が停められている。おまわりさんは何をしているのか。違法駐車を取り締まらなくていいのか。

車に近づいてよく見ると、訳のわからないデザインだった。どれを見てもそうなのだが、やたらと角張っている。丸みがない。カッコイイとは思うが、機能的とは言えないのではないか。

車にはドアミラーがなかった。フロントの両サイドにミラーがついている。これはフェンダーミラーと呼ばれているものではなかったか。ホンダプレリュード、トヨタソアラ、三菱ランサー。知らない車ばかりだった。

歩道にはそこそこ大勢の人が行き交っていた。男が多かったが、何だか中国人の集団に見える。

なぜだろうと思ったらみんなシャツをインしていて、ボタンも首元までしっかり留めているからだった。ポロシャツのボタンまで三つ全部はめてるってどういうことか。

しかし、下北沢といえばオシャレ最先端地域だ。ぼくはファッションにやや疎いところがある。もしかしたらこれが最新の流行なのかもしれない。アパレル業界の連中が何を流行《はや》らせようとしているのかは、毎年繰り返される永遠の謎だ。

ただ、ヘアスタイルは理解不能だった。若い男はみんなもみあげをめちゃくちゃ上まで刈り上げている。女の子は誰もが前髪をおろして、両サイドがやたらとふくらんだパーマ的なものをかけていた。あまり見たことのない髪形だ。

男も女も、まっすぐ前を向いて歩いている。携帯やスマホを使っている者はいなかった。ＬＩＮＥやメールをしながら歩いていたりもしない。若者たちの何人かは頭にヘッドホンをつけていて、やたらと目立った。これも流行なのだろうか。

声をかけて助けを求めようと思っていたのだが、どうもそういう雰囲気ではない。何となくだが、自分の脳に異常がないこともわかっていた。とにかく一度戻ろうと思った。マンションの自分の部屋に帰ろう。落ち着いてゆっくり考えるべきだ。

芥川通りからの帰り道はわかっていた。六年近く住んでいるのだ。道は体が覚えている。マンションからコンビニまでは一分ほどで、そこから雑木林の中を三分ほど歩いて芥川通りに出た。マンションまでは五、六分といったところだろう。問題はない。歩きだした。

道に見覚えはあった。正しい道を進んでいるということは絶対の確信がある。次の角を曲がれば、と道の先を見た。マンションが見えてくるはずだ。

角を曲がった。広々とした空き地があった。ぽつぽつと住宅が建っていたが、マンションはない。どうなっているのか。

三十分ほど歩き回った。何度も同じ道を通り、確認を繰り返した。間違いなくここは新沢二丁目で、ぼくのマンションがあるはずだったが、見つからなかった。結局、最初に出たところに戻ってしまう。

辺りの風景からいって、そこにマンションがあったことは間違いなかった。だが、空き地しかない。どういうことなのか。しかも、下北沢にこれだけの広さの空き地ってどうなのか。せめてコインパーキングにするべきではないだろうか。

脳に障害はないと思っていたが、どうも確信が持てなくなった。そうでなければ今ぼくが見ているものが何なのか、どういうことか、説明がつかない。想像以上に深刻な事態が起きているのではなかろうか。見ているすべてのものが偽りで、ぼくという人間は今頃病院のベッドか何かに横たわっているということなのか。

そりゃ困る。二十九歳で意識のない肉体だけの人間というのは、悲惨な話ではなかろうか。今は彼女はいないが、そのうち恋だってするだろう。結婚だってしたい。子供も欲しい。夢だって希望だってあったのに、これでは泣くに泣けないではないか。とはいえ、マンションに戻れないことははっきりしていた。どうしようもない。

とりあえず駅へ行こうと思った。駅には人が集まる。事情を話せば理解してくれる者もいるかもしれない。何より、知った場所へ行きたかった。

空き地から道を選んで歩きだした。様子は少し違うのだが、それはいつもぼくが会社へ行くために使っている道だった。街灯が少なく、道沿いにあるはずのよく通っていた店などが一切ないことに気づいてはいたが、無視して進んだ。考えるのが怖かった。

わかりづらいコースではない。途中、二カ所曲がるところはあるが、迷いようがないと言ってもいい。十分ほど歩くとあっさり下北沢の駅前に出た。今何時なのだろうと思ったが、ぼくは時計もしていなかった。日差しがまぶしいから、昼近いのではないだろうか。

駅前には商店街があった。そうだ、とうなずいた。よく通っていたから、覚えているも何もない。商店街がある以上、下北沢の駅前であることは確かだった。だいたい、下北沢駅という看板もあった。

商店街に入ると、店の前に人が出て、いろんなものを売っていた。それもまたよく見る光景だった。ただ、店そのものに違和感があった。よく行くソフトバンクショップはどこにある？

店員も見覚えがないような人ばかりだったような気もしたが、ぼくの記憶能力など当てにはならない。そういうこともあるのだろう。新しいバイトたちなのかもしれない。年寄りが多かったが、今はそういう時代なのだ。

無理やり自分を納得させることはできたが、駅舎を見てそれどころではなくなった。下北沢の駅は去年、平成二十五年に移転工事が終わっている。それはニュースでもやっていた事実で、駅を利用する者の一人としてぼくもよくわかっていた。

だが、目の前にある改札口は前の場所のままだった。どういうことなのかよくわからないが、改札には駅員が数人立っていて、手にハサミのようなものを持っている。改札を通る人たちは、駅員に切符を渡し、それにハサミを入れてもらっていた。何だそれは。自動改札はどこへ行った？　スイカはどうした？

　駅周辺をぐるぐる歩いた。なにもかもが記憶と違っている。知っている店はなく、聞いたこともない店ばかりだった。六年近く住んで、馴染みになった店も少なくないのだが、知っている人は一人もいなかった。

　そして決定的なことに気づいた。駅の反対側を歩いていてわかったのだが、本多劇場がなかったのだ。ぼくはそこそこに芝居が好きで、本多劇場やスズナリによく通っていた。だいたい、下北沢に住もうと思ったのは、そういう劇場に通いやすいという理由からだった。だから、場所は明確に覚えていた。あるべき場所に本多劇場の建物はなかった。

　何かが狂っている。おそらくはぼくが狂っているということなのだろうが、あまり認めたくない話だ。呆然と立ち尽くすしかなかった。

4

　いったん落ち着こう。時間はある。ゆっくり考えるべきだ。

　駅前にベンチがあるのを見つけて、そこに座った。今時珍しい木製のベンチだったが、いちいち気にしているとやっていられないので、黙って腰を下ろした。

さて、どうするか。左手に握っていたレジ袋に気づいた。歩くことに夢中ですっかり忘れていたが、ぼくは卵サンドイッチを買っていたのだ。

　さんざん歩いて腹も減っていたので、サンドイッチを食べた。普通に美味《うま》かった。あっと言う間に食べ終わり、近くにあったゴミ箱に袋を捨てると、もうやることはなかった。

落ち着こうじゃないの、とベンチの上で足を組んだ。ついでに腕も組んだ。考えるのにはふさわしいポーズだ。冷静になろう。クールになろう。客観的に考えてみよう。いったいこれはどういうことなのか。何が起きているのか。

ここは下北沢だ。駅舎にもそう書いてある。住所も確かめた。間違いなくここは下北沢なのだ。それはいい。そこまではっきりしている。絶対だと断言しよう。ぼくは今、下北沢の駅前でベンチに座っている。

生まれは八王子市で、高校までは三多摩地域がメインのテリトリーだった。大学は千葉県の船橋で、会社は築地にある。親や学生時代の友人、現在の仕事仲間などは今、そのいずれかに近いところで暮らしており、下北沢近辺に住んでいる知り合いはとりあえず思い浮かばない。

やるべきことは状況の確認で、そのためには友達に聞くのが一番手っ取り早いのだが、ぼくはスマホを家に置いてきていた。電話をかけようにも番号がわからない。電話番号、メールアドレスなどはすべてスマホで管理している。高校、大学時代の友人たちの番号も覚えていない。会社は全社的に創業記念日で休みだから、電話をかけても誰も出ないだろう。

わかっているのは、一番近くに住んでいるのが鈴川という会社の同僚だということだ。鈴川は渋谷にマンションを借りて暮らしている。一度遊びに行ったこともあった。まあまあ仲はいい。いきなり行ったら驚かれるかもしれないが、そんなことを気にしてる場合ではないだろう。この訳のわからない状態を、今すぐにでも解決しなければならない。

スマホがないのは不便だし、不安でもあった。ぼくに限ったことではなく、現代人は誰もが携帯に依存している。すべてが落ち着いたら、一生スマホを握って離さないことにしよう。恋人より大事にするのだ。固く心に誓って、鈴川のマンションに行くために立ち上がった。

強い風が吹いて、植えられていた木の枝が揺れた。何かがまとわりつく感触があって、足元を見た。すねの辺りに新聞紙があった。風で飛んできたようだ。手を伸ばして拾った。

〝ダイアナ嬢、結婚の準備へ〟という大きな見出しがあった。一面のようで、他にも政治や経済関係の記事が並んでいたが、ダイアナ嬢について取り上げているスペースが最も大きかった。写真もついている。何だかなあ、と思ったのは、モノクロだったからだ。

ダイアナ嬢という名前にはうっすらとだが覚えがあった。二十年ぐらい前に自動車事故で死んだイギリスの貴族ではなかったか。ドレスのようなものを自分の体に当てている。美人と言えなくもないが、ちょっと鼻がでかい。ロシアンパブでよく見る顔のようにも感じられた。

紙面の真ん中の上に東洋新聞のロゴがあるところから見ても、一面なのは間違いなかった。ロゴを眺めていたら、その横にあった日付が目に飛び込んできた。１９８１年（昭和56年）７月２日と記されている。ん？

どうもよくわからない。一九八一年とは何のことか。

それはもう古新聞とは呼べない。図書館でしかお目にかかれないある種の資料的存在と言えるだろう。そんなものがなぜここにあるのか。

紙面を広げて、隅から隅まで見回した。触って紙の状態を確かめる。一九八一年といえば、単純計算で三十三年前だ。新聞に使われている紙の質が悪いのは誰でも知っているだろう。三十三年前の新聞が紙の形を留めるのは難しいはずだ。

だが新聞はきれいな状態だった。多少皺《しわ》はあるし、折れている部分もあったが、全体的にはまともで、読むことに支障はまったくない。インクがにじんだり、かすれていたりすることもなく、紙としての問題は何もなかった。よほど保存状態が良かったのだろう。そうでなければこんなことはあり得ない。

図書館で管理をしていたのか、個人的にきちんと保管していたのか、いずれにしても持ち主は大事にしていたのではないだろうか。そんなものがなぜここにあるのか。しかも一面だけとはどういうことなのだろう。

ぼくの喉から、うーむ、という唸り声が漏れた。いやいや、そんな馬鹿な。首を強く振ったが、声は抑え切れず口から溢れ出た。

ぶっちゃけよう。そんなことはあり得ないとわかっているし、もちろん間違っているし、認めることはできないが、もしかしたら今ぼくがいるのは一九八一年ではないだろうか。

いやいやいやいや。ぼくは右手で自分自身にツッコミを入れた。んなわけないって。あるか、そんなこと。苦笑が浮かんだ。何を言ってるんだ、お前は。

左手を見た。東洋新聞があった。日付は一九八一年七月二日となっている。うーむ、とまた唸った。すべてニュートラルに考えよう。先入観や常識を捨て、現象だけを考えるのだ。

近所のコンビニがなかったこと、芥川通りが二車線だったこと、行き過ぎる人々のファッション、車の形、自分のマンションが見つからなかったこと、知ってる店がないこと、駅前の様子が違うこと、駅舎自体が違う建物であること、本多劇場がないこと。

ここが下北沢であることはもう何度も確認しているし、間違いない。百パーセント確実だ。それなのに風景がまったく変わっている。それが今、目の前にある現実だ。

これを説明するためには、今が一九八一年だということを認める以外にない。一九八一年であるならば、すべて辻褄《つじつま》が合う。三十三年前の下北沢と、二〇一四年の下北沢が違うのはむしろ当然で、同じだったらその方が驚く。

いやいやいや、と思いきり右手でツッコんだ。そんな馬鹿な話があるわけない。やっぱり頭がおかしくなったのだろう。その場合でもこの状況は説明できるのだ。

ベンチの前を中年のオバサンが通り過ぎた。不思議そうにぼくを見つめて、脅えたように遠ざかっていく。うーむ、と三回目の唸り声をあげた。

5

頭がおかしくなったということであれば、いろいろ考えても意味はない。しかるべき人がしかるべき措置をしてくれるだろう。ぼくにできることは何もない。黙って従うのみだ。今はとりあえずやるべきことをしよう。確認するのだ。

駅に行くと、改札の横に売店があった。店舗の造りが古くさいとか、売り子のおばちゃんがいつもと違うとか、そういうことは放っておいた。用があるのは新聞だ。

正面にずらりと新聞が並んでいた。朝日、読売、毎日、サンケイ、その他にスポーツ紙もたくさんあった。ひとつひとつ見ていくと、すべての紙面に一九八一年という表記があるのがわかった。

おばちゃんの視線に気づいて、顔を上げた。愛想笑いを浮かべると、おばちゃんも笑った。関わりたくないという意味の笑みだったが、気にしていられないので声をかけた。

「すみません、今日って何日でしたっけ？」

七月二日ですよ、とおばちゃんが笑いながら答えた。早くどっかへ行ってくれ、という顔になっている。ついでに、ともう一つ聞いた。

「今年って何年でしたっけねえ」

「……昭和五十六年ですよ」

おばちゃんの笑みが引っ込んだ。不審者を見る目になっている。どうもすみませんと言って、ベンチに戻った。

おばちゃんは昭和五十六年とはっきり言った。東洋新聞にもそう書いてあった。昭和。懐《なつ》かしい響きだ。

ぼくが生まれたのは一九八五年で、昭和六十年だ。昭和五十六年というのはその四年前ということになる。いったいどういうことなのか。

ううむ、と唸って素早く辺りを見回した。どこだ。どこにカメラはあるのか。

今が一九八一年などということはあり得ない。もちろん、二〇一四年だ。そしてぼくの頭がおかしくなったのでもない。この状況を矛盾なく説明できる方法がひとつだけある。すべてが大仕掛けのどっきりということだ。

どこのテレビ局か映画会社か知らないが、下北沢の町に大規模な工事をして一九八一年の町並みを再現し、昔の車を走らせ、エキストラに当時の服を着せて歩かせる。そこに何も知らない一般人をほうり込めば、それは素晴らしいリアクションを取るだろう。これは異常に手の込んだ、大掛かりなどっきりカメラなのだ。

「もう十分だ。ネタはバレた。出てこい。終わりだ」

叫びながら左右を見た。赤い看板を持ったヘルメット姿の男が現れたりすることはなかった。人々が通り過ぎていく。いきなり叫びだしたぼくを見て、かわいそうにというような表情を浮かべている。はっきりと避《よ》けて通る者もいた。

近くの車や建物の窓などを見たが、カメラはなかった。今のカメラが異様に小型化されているのは知っていたが、それでもカメラマンやスタッフはいるはずだ。だがそれらしい人間はいなかった。

悪趣味と言うべきだろう。企画した奴は誰か。鈴木おさむ辺りか。そんなに視聴率が欲しいのか。素人《しろうと》を巻き込むのは時代的に見てあまりよろしくない趣向ではないだろうか。コンプライアンスはどうなってる？

それにしても、いったいいくらかけたのだろう。駅舎に目をやった。セットということではない。基礎から建てられたものであることはぼくでもわかった。数十億とか、そういうレベルではないだろうか。

ここが下北沢であることは確かだ。店舗を移動させたり建て直したりする費用はどれぐらいなのか。道路のことだってある。舗装してある道を掘り返し、土を敷いたりするのは時間と金のかかる作業だろう。

そればかりか車線を狭くしたりもしているが、誰の許可でそんなことをしたのか。不透明な資金提供を受けたことがバレて辞任した前都知事がオリンピック招聘《しょうへい》事業の一環として企画した？そんな馬鹿な。

どうもおかしい。下北沢の町を、時間と莫大な経費をかけて昔に戻し、そこに一般人をほうり込んで驚かすというどっきりなど考えられない。費用対効果が悪すぎる。

そもそもなぜ一般人なのか。出川哲朗にやらせるべきだろう。だいたい、素人にそんなにうまいリアクションなんか取れるはずがない。

道路工事、改築工事など大規模な作業をしなければ、この町並みは再現できない。ぼくは昨日今日下北沢に来たわけではない。ずっと住んでいるのだ。ここで暮らし、生活していた。そんな凄まじい大工事があったら、気づかないはずがない。

つまり、どっきりカメラではないのだ、という結論に達した。何よりの証拠に、ぼくがこの訳のわからない状況に巻き込まれてから数時間が経過しているが、誰一人としてネタバラシに来ないところがそれを物語っている。

こんな巨額の金を浪費するプロジェクトを許可するマスコミ企業などあり得ない。これはどっきりではないのだ。では何なのか。どうやらそれをはっきりさせなければならない段階に来たようだった。

6

タイムスリップ、というワードが頭に浮かんだ。そんなのは映画やドラマやＳＦ小説にしか出てこないもので、起こるはずのない現象だったが、そうとしか考えられないのも事実だった。くどいようだが、ぼくの頭がおかしくなったという可能性は残っている。むしろその方が確率的には高いだろう。それはわかっていたが、どう考えてもそうは思えなかった。ぼくは明らかに正気で、正常だ。論理的な考え方をすることもできる。頭がおかしくなった人間には無理だろう。

これほど長く夢を見続けることもあり得ない。そうやってひとつひとつ可能性を潰していくと、残るのはタイムスリップというワードだけだった。

SF映画やSF小説がそんなに好きなわけではない。普通にエンターテインメントとして楽しむだけで、サイエンスフィクション的事象について深く考えたことも、もっと言えば興味もなかった。

そういうぼくが、今、タイムスリップをリアルに体験していた。どう考えても今は一九八一年で、その時代の下北沢にいる。理由はわからない。ぼくだけの身の上に起こった現象なのかどうかも不明だ。

今言えるのは、ぼく、松尾俊介が意味も理由もなく一九八一年の下北沢にタイムスリップしてきたということだ。なぜぼくなのか、なぜ一九八一年なのか、何のためなのか、そういうことは一切わからない。

ただ、そうなった。ぼくとしてはそれを認めるしかない。よろしい。今は一九八一年七月二日だ。太陽の位置から考えて、昼間なのだろう。

認めよう。受け入れよう。納得しよう。

そこまでは良かったが、問題があった。ぼくはSF関係の登場人物ではない。生きている生身の二十九歳の男だ。差し迫った問題はトイレだった。朝、用を足してからトイレに行っていない。何時間経ったかはわからないが、そろそろそういう時間だろう。じんわりとだが、尿意もあった。映画『バック・トゥ・ザ・フューチャー』でマイケル・J・フォックスがオシッコをする場面は描かれていなかったと思うが、あれは映画だからだ。現実に生きているぼくとしては、トイレに行きたかった。リアルというのはそういうものだ。

漏れそうだとか、そこまで切羽詰まってはいないが、トイレを見つけなければならない。よく考えると喉も渇いている。卵サンドイッチを食べただけで、腹も減っていた。

こんな状況でトイレだ水だ食い物だと、よく言っていられるなと言われるかもしれないが、生きている以上は仕方ない。大小便は生理現象だし、水分と食事を摂取しなければならないのはすべての生物に共通するところだろう。どうするべきか。

交番にでも行って、トイレを貸してもらおうかとも思ったが、あまり行きたくはなかった。おまわりさんという人種が好きではないのだ。いきなり職務質問とかされても困る。ぼくは住所不定で、運転免許証さえ持ってない。面倒な事態は避けたかった。

いずれにしても、いつまでも駅前を拠点にしているわけにはいかないだろう。人の出入りが多すぎて落ち着かない。居座り続けていれば、変な男がいると通報されてもおかしくはなかった。さっきからベンチの周りを年寄りが何人もうろうろしていたが、彼らの縄張りであることは明らかだ。一種の先住権なのだろう。ぼくはよそ者で、長く居続けてはならないのだ。

もうひとつ、実はこっちの方が切実だったのだが、駅前には陽を遮るものが何もなかった。直射日光に当たっているとめちゃくちゃ暑く、我慢できるものではない。日焼けして皮膚ガンになりそうだ。そういえば、町を行く若い連中がやたらと肌が真っ黒だが、あれはわざわざ焼いているのだろうか。もしかして日サロなのか。

とにかく、ここにいてもどうしようもない。とりあえずトイレだ。水も欲しい。空腹はごまかせるが、喉の渇きはどうにもならなかった。

ベンチを離れて歩きだした。日差しが強くてくらくらする。日傘をさしている女の人が少ないような気がしたが、そういうものなのだろうか。

当てはなかった。とにかく大きい通りに出て、行けるところまで行ってみよう。最悪、渋谷まで出れば何とかなるだろう。途中に公衆トイレがあってもおかしくはない。本当にどうしようもなくなったら立ち小便をしよう。覚悟を決めて歩を進めた。

仮にここが本当に一九八一年であるとして、二〇一四年にあったものはこの時代にも存在しているのだろうか。公衆トイレのような公共の施設はあったのか。三十三年前、国や都や区はそこまで市民にサービスしようという発想があったのか。

バリアフリーでウォシュレットのついたトイレを要求しているわけではない。何なら水洗でなくてもいい。とにかく用が足せればそれでいいのだ。トイレがあれば手を洗うところもついているだろう。水を飲むこともできるはずだ。

探しながら歩いたが、どうも公衆トイレはないようだった。世田谷区はもうちょっと住民のことを考えてほしいと思ったが、ないものはどうしようもない。

歩けば歩くほど、何だか訳のわからない不安がぼくの胸をよぎった。二キロ、ないしは三キロほど歩いていたはずだったが、それだけ下北沢から離れたにもかかわらず、周りの様子が妙だった。

まず道路が変だ。ぼくが歩いているのはおそらく代々木通りだと思われたが、道幅がやたらと狭い。通る車もクラシックなデザインのものばかりだし、ノーヘルでオートバイに乗っている者も少なからずいた。

道を歩く人たちと大勢すれ違ったが、彼らもまたぼくの知っている日本人ではなかった。芥川通りや下北沢の駅周辺で見た連中と同じだ。服装も違う。ヘアスタイルもだ。誰もが田舎の市役所に勤めている人間を思わせる格好をしている。いやそれも失礼だろう。ぼくの常識だと、こんな服を着て町を歩く人間は古いテレビドラマの中にしかいない。

何より、誰も携帯電話を持っていなかった。電話をしながら歩く人や、メールを打っている人、意味もなく携帯をいじっている人は一人としていない。かなり細かく観察を続けていたが、そういう人物は発見できなかった。

二〇一四年だって、歩いている人が全員携帯電話を常に握りしめているかといえば、そんなこともないだろうが、それでも一割程度は携帯で何かしているのではないか。歩いていればそういう人をよく見る。だが今、ぼくの見える範囲にそういう人間は存在していなかった。

一九八一年かどうかは置いておくとして、異なる世界に入ってしまっていることは認めざるを得ないようだった。パラレルワールドということなのか。訳がわからない。

七月の太陽に照らされながら、知っているようで知らない道を二時間ほど歩くと、森のようなものが見えてきた。近づいていくにつれ、公園だとわかった。歩いた距離、時間、方向などから判断すると、どうやら代々木公園のようだった。

代々木公園に行ったことはなかった。下北沢からそこそこ離れているし、歩いていく場所ではない。用事もなかった。とはいえ、公園だ。都内でも屈指の大きさを誇る公園であることは、知識として知っている。トイレもあるはずだ。休むこともできるだろう。

長いこと歩いていたので、疲れていた。二〇一四年の人間は歩くことに慣れていないのだ。他に目指すべき場所もない。ぼくは代々木公園というプレートのかかっている門を抜けて、中に入っていった。

7

めちゃめちゃ広い、というのが第一印象だった。緑が多く、自然に溢れている。都会のオアシスと言うべきなのか。入ったところは正門らしく、代々木公園の全体図とどこに何があるのかを示す巨大ボードがあった。立派なもので、ちゃんとトイレがどこにあるのかも書かれていた。かなり切迫した状態だったので、一番近いトイレまで走り、するべきことをした。体の奥から変な声が漏れた。

落ち着いたところでもう一度ボードの前に戻り、全体の様子を把握するべく書かれている情報を読んでいった。いろいろとエリアがあるようだが、図だけではよくわからない。歩いてみるしかなさそうだ。

向かって右へと進んでいった。平日のはずだったが、人はたくさんいた。老人が多いのは、いつの時代でもそういうことなのか。小さな子供を連れたお母さんらしい人も少なくない。近くに住んでいるのだろう。

しばらく行くと、水飲み場、という矢印があった。一応、トイレで用を足した時、手を洗うついでに水を飲んでいたのだが、どうも衛生面で怪しいものが感じられて、必要以上には飲まなかった。水飲み場があるというのならありがたい。行ってみることにした。

数十メートルほど奥に入ると、銀色に光る一メートルほどの高さの金属製の装置があった。ステンレスでできているようだ。昔、八王子のデパートの屋上で見たことがあったが、ボタンを押すと冷水が出てくる機械だ。近づいてよく見ると、足元にペダルがあり、それを踏むと水が出てくる仕組みになっているようだった。やってみると、問題なく水が飛び出してきた。腹一杯になるまで飲んだ。どんなに高価なミネラルウォーターより美味《おい》しかった。

人間らしさを取り戻したところで、また歩き始めた。代々木公園は本当に広かった。都心にこれだけ近いのに、この大きさは素晴らしい。何で今日まで来なかったのか。休日などに散歩をしていれば、一日が過ぎるのはあっと言う間だろう。

施設がそれほどあるわけではなかったが、各所に広場があり、そこで休めるようになっていた。いろんな人がベンチに座って、思い思いに時間を過ごしている。時間の流れがゆったりしているように感じられたのは気のせいだろうか。

学生がひなたぼっこをしている。デート中と思われるカップルもいる。スーツのジャケットを脱いだサラリーマンがベンチで引っ繰り返っているのも見た。営業の外回りの途中らしい。ああいう人はいつの時代にもいるのだ。たぶん石器時代にもいたのだろう。

子供たちが走ったり遊んだりしている。ベビーカーを押している女の人もいた。もちろん老人は石を投げれば当たるほどたくさんいた。何をしてるというわけではない。ただ、歩いたり話したりしている。

自転車で走り回っている者や、キャッチボールをしている親子、バドミントンで遊ぶ若い男女、本を読んだりヘッドホンで音楽を聞いている者、ありとあらゆる人がいろんなことをして楽しんでいた。なかなかいい光景だった。

ベンチに座って何か食べている者もいれば、缶コーラか何かを飲んでいる者もいた。集まって体操のようなことをしている連中とか、ハンカチ落としなのか、輪になって遊んでいる子供たちもいた。のどかに感じたが、二〇一四年でもこんなものなのだろうか。ぼくは公園に行く習慣がないので、その辺のところはよくわからない。

人間観察というのは飽きないもので、そこにいた人々を眺めながらのんびり歩いていたら、結局一周してしまった。二時間ほどかかったのではないか。廻ってみてわかったのだが、居心地がいい場所なのは間違いなかった。居心地の悪い公園というのもなかなかないだろうが、代々木公園は特に雰囲気がいいようだ。

しばらくここにいよう。いい歳をした男が一人で座っていて誰にも何にも言われない場所として、ここ以上のものはないだろう。上に屋根のある休憩所もあり、太陽に直接照らされることがないのも好都合だった。

ここでどうするか考えよう。今、たぶん午後三時か四時かそれぐらいだが、落ち着いて先のことを考えるべきだ。

今までは状況のあまりの異常さに、そこまで思いが及ばなかったが、このまま日が暮れてしまうのかもしれない。来た時と同じように、黙って座っていれば元に戻れるのではないかと何となく思っていたが、そうではない可能性もあり得る。少なくとも、今日のうちに戻れるかどうかはわからない。最悪、どこかで一夜を過ごさなければならないわけだが、ベッドや布団はともかく、横になれる場所を確保しなければならなかった。

これが冬だったらと思うとぞっとした。外で厳しい寒さに耐えるのは辛いだろう。問題は食事だが、一日二日食わなくても死にはしないとわかっていた。どうにかしなければならないが、案外あっさりと元に戻れるかもしれないのだ。もちろん布団はないが、暑いのは何とかなる。屋根もある。突然雨が降りだしたとしても、しのげるだろう。

ベンチに座った。見上げると、噴水広場と書いてある木の看板があった。確かに大きな噴水がすぐ前にある。その横がステージのように一段高くなっていて、人が集まっていた。数十人いるようだ。何をしているのか。

いきなり、手を叩く音がした。振り向くと、ギターを抱えた二人の男が、ベンチの上に立って手拍子を取っていた。二人とも若い。大学生ぐらいではないだろうか。

同じような格好をしており、ボタンダウンの半袖のシャツと、妙にぴったりしたジーンズを穿いている。はっきりとむさ苦しいと言えるほどのロン毛で、全体的な印象で言うと薄汚れた感じがした。ただ、やたらと明るく、手を叩きながら何か叫んでいる。集まっていた人たちも笑みを浮かべて同じように手を叩いていた。

二人の男がベンチから降りて、ステージに上がった。ギターをかき鳴らすと、拍手が起こった。

「どうもー。青学スイマーズでーす」一人の男が陽気に言った。「本日もお集まりいただき、ありがとうございます。どうですか、ノッてますかあ？」

そこにいた人たちが一斉に手を叩いたり、何か叫んだりした。また二人がギターを激しく鳴らした。

「それではさっそく始めます。聞いてください。『さよなら』」

二人が真剣な顔でギターを弾き始めた。率直に言って、うまくなかった。特に右側の男は明確に下手くそと言って差し支えないだろう。何だそれは、とツッコみたくなった。人前でよく弾けるな。

だが弾いている本人も、集まっている人たちも、気にしている様子はなかった。テクニックなどどうでもいいらしい。

左側の男が歌い始めた。コンビのリーダー格なのだろう。ギターについても、あるレベルには達していた。

何を歌っているのか、わかるようでわからなかったが、懐かしいものを感じた。ぼくには姉と兄がいるが、ぼくが小さい頃、二人がこんな曲を聞いていたことを思い出した。フォークソングというのか、ニューミュージックというのか、ジャンルはよくわからなかったが、そういう種類の音楽だ。

知っているようで知らない、知らないと思うのだが聞き覚えがある。そういうメロディを男が歌っている。やたらメリハリの利いた歌い方は、癖なのか何かの物まねなのか。

集まっている人たちが一緒になって歌いだした。その連中の方がよほど上手く聞こえたというと、ステージ上の二人に失礼だろうか。とはいえ、悪い曲ではない。いや、いい曲だ。

ぼくは立ち上がり、ステージに近づいた。左側の男が乱暴にギターをかき鳴らす。人々の歌声が大きくなった。

Part2　君は天然色

1

二人の男は一曲歌い終わると、掛け合いで喋り始めた。MCタイムということなのだろうが、漫才のようでもありフリートーク的でもあった。

右側の男が、就職が決まった会社の人事部長がツルピカのハゲで、というようなことを話し、もう一人が合いの手を入れている。かなり差別的な語り口で話していて、聞いていて不安を覚えるほどだったが、周りの人たちは平気で笑っていた。

たっぷり四、五分トークしてから、それでは次の曲聞いてください、と二人がギターを構えた。君は天然色、とタイトルらしきものを告げると、客から大きな拍手が起こった。

演奏は上手いと言えず、歌もたいしたことないが、メロディには明らかに聞き覚えがあった。コマーシャルで使われていたのではなかったか。ビール関係だと見当はついたが、何のコマーシャルか商品名を思い出そうとしているうちに曲が終わった。ちょっとイライラした気分になった。

再び二人が話を始めた。どうやら曲と喋りをテレコにしていくのが彼らのやり方らしい。下北沢の町角や駅前でも、よくこんなふうに路上ライブをやっている連中を目にしたことがあった。そういう人たちはただただ連続して歌い続けるというスタイルが主で、こんなにべらべらと喋ったりするようなことはなかったと思うのだが、それも個性ということなのだろうか。

ともあれ、二人はそうやって演奏を続けた。一曲歌ってはトーク、話を終えるとまた歌。そんな感じだ。歌声についてはいかがなものかと思ったし、ギターに関しては言語道断だとも思ったが、曲についてはは好印象を持った。サビがわかりやすく、二回聞いたら歌えそうなぐらいシンプルで、逆に言えばメロディそのものに力があるということなのだろう。

同時に、懐かしさも感じた。ギターだけだということもあったのだろうが、二人が演奏する曲にはどこかデジャブ感があった。小学生とか、もしかしたら幼稚園の頃聞いていた曲なのかもしれない。安心して聞くことができた。

だからぼくはずっと立ったまま、二人の男が歌うのを眺めていた。下手ではあったが一生懸命なのも確かで、好感が持てたということもある。そして何より暇だった。やることがないのだ。

およそ二時間ほど、二人は歌とトークを続けた。十数曲歌ったのではないか。太陽がかなり傾きだしており、それが終わりの合図のようだった。それでは最後の曲を、と右側の男が言った。

「では聞いてください。『栞《しおり》のテーマ』」

二人がギターを弾き始めた。はっきり言って今までで一番ぼろぼろの演奏で、練習不足であることが丸わかりだった。それまでの曲については、見物している者たちも手拍子を打ったり、一緒に歌ったりと、ノリとしては非常に良かったのだが、この曲についてはあまり反応がなかった。どうやら初めて聞く曲なのではないかと思われた。

右側の男が喉を詰まらせるような発声で歌い始めた。意図しているところははっきりしており、つまり桑田佳祐のモノマネだ。

サザンオールスターズについて、ぼく個人に強い思い入れはない。ぼくが生まれる前にサザンはデビューしており、物心がついた頃にはいるのが当たり前のアーチストだった。ぼくたちの世代の人間にとって、サザンはある種の常識で、それ以上どうこう言えるものではなかった。ファンだと言うのもおこがましくなるような存在なのだ。

ただ、九歳上の姉が熱烈なサザンフリークだった。年齢的に考えても、そうならざるを得ないジェネレーションだったと言えるだろう。だから、兄と共にぼくも幼少時からサザンは死ぬほど聞かされていた。子守歌レベルで聞いていたのだから、それは自然と好きになるというものだ。

そういう個人的な事情もあって、ステージ上の二人が何の曲を歌っているのかはすぐにわかった。タイトルも言っていたが、サザンオールスターズの『栞のテーマ』だ。相当昔の曲だと思うが、メロディは体に染み付いていた。

覚えていたのにはもうひとつ理由があって、サザン好きの姉は、関連することなら何でも食いついた。サザンの曲をやたらと劇中で流す『ふぞろいの林檎たち』というドラマについても熱狂的な視聴者で、再放送されるたび逃さず見ていた。ぼくもよくつきあわされたものだ。

そのドラマで、『栞のテーマ』は毎回一度はＢＧＭに使われていた。ややほんわかしたムードの場面で使用されることが多かったような気がする。柔らかい曲調の楽曲だった。何度も流されていたため、それで覚えていたのだ。

気がつくと、ぼくはステージ上の二人と一緒に曲を口ずさんでいた。懐かしくもあり、新鮮でもあった。歌いながら、よくできた曲だなあと感心した。サザンの代表曲かと言われるとそんなことはないだろうが、隠れた名曲であるのは間違いなかった。

二人が演奏を終え、揃って頭を下げた。見ていた人たちの間から拍手が起こる。日が暮れ始めていた。

2

ほとんどの客たちはそのまま離れていったが、何人かが置いてあった空き缶に小銭を投げ入れていた。パフォーマンスに対するおひねりということなのだろうが、あんな下手くそな演奏に金を出すなんて、とも思った。

もっとも、そういうものなのかもしれない。今が一九八一年であるということを、ぼくはまだ全面的に受け入れていたわけではなかったが、そうであるとすればぼうなずける光景だった。

一九八一年がバブル前夜とも呼ぶべき時代であることは、知識として知っていた。アベノミクスどころの話ではない。本格的なバブル期はまだ先だが、アマチュアの路上ライブにも多少のお金を払う余裕があるということなのだろう。

客たちが去り、ステージの二人もどこかへいなくなった。ぼくはベンチに戻り、さてどうしようかと考えた。日は完全に落ちていた。おそらくは夜七時ぐらいなのだろう。腹が減っていたが、我慢するしかない。お腹を両腕でがっちり押さえながら、いったいどういうことになっているのかと首を捻った。

どうやら今ぼくがいるここは、一九八一年七月二日の代々木公園であるようだ。あらゆる可能性をシミュレーションしてみた結果、どうもそうらしいという結論に達した。あり得ない話ではあるが、認めざるを得ない。

そこまで納得した上で、いくつかの疑問が浮かんだ。なぜそんなことになったのか。そもそもなぜぼくなのか。一九八一年という時代に来てしまったのはなぜなのか。ぼくは二〇一四年に戻れるのか。

きちんとした原因があって、この時代にタイムスリップしてきたというのなら、わからないでもない。友達に頭のおかしな発明家がいて、そいつが作ったタイムマシンに偶然乗り込み、誤った操作をした結果この時代に来てしまったというようなわかりやすいストーリーがあれば、理解はできる。

原因がわかれば、対処する方法もあるだろう。具体的には、その発明家を訪ねていって、元の時代に戻してくれと頼めばいい。マイケル・J・フォックスはそうしていた。

だが、ぼくにはそんな変人の友達などいなかった。タイムマシンなど、その存在すら知らないし、触れたこともない。何でタイムスリップしたのか、理由がわからなかった。

あるいは、ドラえもん式に言うならば、未来のぼくが二〇一四年のぼくに対して、正しい方向に人生のコマを進めないと、近い将来大変な事態を招くことになると教えるために、こんなことをしたのだろうか。どうもそういうことではなさそうで、ぼくがタイムスリップしてから六、七時間が経っているはずだったが、ぼくとそっくりな人間が話しかけてくるようなことはなかった。

もしくは、ぼくに何か自分でも気づいていない特殊な能力があって、それを使うことによって地球を救えという誰かの意思が働いているということなのか。それも違うんじゃないか、とぼくは弱々しく右手でツッコんだ。

そういう展開なら、謎の美女が現れて、あなたは選ばれた者なのです、とか何とか言ってくれるはずだと思うのだが、気配すらなかった。一九八一年においてぼくが会話をした女性といえば、下北沢駅の売店にいたおばちゃんだけで、彼女が地球の未来を担っているとは思えない。

なぜこんなことになったのか、いくら考えてもわからなかった。きちんとした答えは見つからない。

仕方ないので次の疑問に移ることにした。なぜぼくなのか。タイムスリップしたことは事実として認めるが、ぼく、松尾俊介という二十九歳の普通のサラリーマンが、こういうことになった理由がわからない。選ばれたということなのか？　なぜぼくが？

ぼくは本当にノーマルな男で、出生に秘密があるわけでも、過去に因縁があるわけでもない。未来のことはわからないが、子孫が何か特別なことをするとも思えない。松尾家のＤＮＡは代々、中の中を受け継いでいる。両親、祖父母、親戚に至るまで、常識的な人間しかいなかった。

小学校の時からそうだが、成績優秀ではなく、かといって落ちこぼれでもない。健康優良児ではなかったが、病気がちということもない。運動神経が異常にいいとか、霊感があるとか、教わっていないのに七カ国語を喋れるとか、そういうことはまったくなかった。

普通に生まれ、普通に育ち、普通の人生を送ってきた。今でも覚えているが、初めて受けた代ゼミの全国模試で、ぼくの偏差値は五〇・〇だった。そういう男なのだ。何ができるというわけでもない。持ってる資格は運転免許だけだ。そんなぼくがタイムスリップしたというのはどういうことなのか。

暇を持て余した神様が、世界で一番平凡でミスター平均点とも言うべき男をタイムスリップさせたらどうなるのかという実験をしたくなって、ぼくを選んだのかもしれないが、それは悪趣味と言うべきだろう。そんな奴が神様を名乗るのはおかしくないか。

一九八一年という中途半端な年代にタイムスリップしたこともよくわからなかった。幕末の日本に戻って坂本龍馬を助けるとか、戦前に戻って第二次世界大戦を阻止するとか、そういう壮大なミッションを遂行しろということならわからなくもない。ぼくだって頑張りたいと思うところもある。

だが、一九八一年だ。ぼくが生まれた八五年の四年前で、この時代に何があったのかはよく知らないが、そんなにドラマチックなことは起きていないだろう。むしろ平和そのものだったのではないか。

日本史の教科書の最後の方に載っていたが、戦争が終わり、高度成長期を越え、バブル期に差しかかろうとしていたこの時期、日本という国はかなりいい感じに仕上がっていたのではなかったか。もちろん、ぼく自身も経験している通り、バブル崩壊後この国は長い沈滞期を迎えることになるのだが、一九八一年というのはそうなる前で、言ってみれば非常にお気楽な時代であったはずだ。

普通に考えて、混乱期もしくは激動期とは言えないだろう。人々はのんびり生活を送り、それなりに楽しんでいたはずだ。そんな時代に来て、何をしろというのか。何もできるわけがない。

八〇年代後半に始まるバブル期を止めろということなのだろうか。確かに、功罪相半ばする時期だったと評論家などは振り返ってコメントしている。功罪の罪の方が重かったということなのか。

だが、バブルが悪かったというのもどうなのだろう。ぼくの父親などは、あの頃は楽しかったなあ、などと今でものんきに懐かしがったりしているが、それは実感のようで、ちょっと羨《うらや》ましく思えるぐらいだ。一部の人間がおかしくなって、何でも金優先の風潮が生まれたのはそうなのかもしれないが、庶民にとっては元気になれた時代という認識ではなかったか。それを無理やり止めることに何の意味があるのかよくわからない。なぜ一九八一年なのか。理解不能だった。

そして、一番重要なポイントなのだが、ぼくはいつまでこの時代にいることになるのだろうか。二〇一四年に帰ることはできるのか。

物理的な力が働いて、タイムスリップしたわけではない。現象として見れば、一瞬意識を失って、気がついたら勝手に時代が変わっていたということだ。何かがあってそうなったのなら、それを利用して元に戻ることができるかもしれなかったが、そもそも何かがないのだから、どうすることもできない。

タイムスリップが起きたコンビニに特殊な磁場のようなものがあって、何かきっかけがあると異次元への扉が開くということなのか。たまたまぼくはその瞬間そこに足を踏み入れ、その結果としてタイムスリップしてしまったのだろうか。

だとすればもう一度あそこへ行き、うろうろするしかない。もう一度時間の扉が開くのを待って、そこに入っていくしかないだろう。もっと訳のわからない時代に弾き飛ばされてしまうかもしれないが、その時はその時だ。ぼくは二〇一四年に戻りたいのだ。

可能性としてはそれぐらいしか残っていないようだった。明日になったら下北沢へ行ってみよう。あの雑木林に行って、調べてみるのだ。何かが見つかるかもしれない。うまくすれば二〇一四年に帰ることができる。

だがとりあえず、とぼくはベンチで横になった。今のところはここで過ごすしかない。生活の拠点として、最低限のものは揃っている。水もトイレもある。今から下北沢まで行っても、何もなければ雑木林の中で一夜を明かすことになってしまう。それは避けたかった。

ここなら問題はない。安全な場所でもあり、地面に直接寝るより、ベンチでも何でもあった方がいいだろう。朝からずっと歩き通しだったので、疲れていた。下北沢から代々木公園というのは、結構な距離がある。二〇一四年の人間はそんなに長く歩いたりしないのだ。足が痛かった。

ベンチに寝そべって、夜空を見上げていたら、いつの間にか眠っていた。星がよく見えるなあ、と思ったのが最後だった。

3

小鳥がさえずる声で目が覚めた。体の節々が痛んだ。硬いベンチの上でひと晩過ごしたのだから、当然のことだろう。

見慣れない風景に、ここはどこ、ぼくは誰、とうろたえたりすることはなかった。ぼくは松尾俊介で、タイムスリップしている。現実を把握する能力はある方だ。

何時なのだろうと思ったが、わからなかった。時計がないのは不便なものだ。スマホがあればそれで時間もわかるのだが、二〇一四年に置いてきていた。

あーあ、とか訳のわからないことをつぶやきながら、立ち上がってトイレに行った。近いので便利だ。用を足し、手と顔を洗った。汗でじっとり湿っているTシャツを脱ぎたかったが、着替えはない。諦めるしかなかった。

死ぬほど水を飲んで、空腹をごまかそうとしたが、そうはいかなかった。昨日の昼過ぎ、卵サンドイッチを食べてから、約二十時間ほどが経っているだろう。その間何も食べていない。参ったな、と思った。下北沢へ行くつもりだったが、食事を何とかしなければならない。だが、どうするか。食べ物を手に入れるために、何をすればいいのか。

ベンチに座ってしばらく考えたが、何も思い浮かばない。ゴミ箱でも漁《あさ》ろうかとも思ったが、それもいかがなものか。ああでもない、こうでもないと頭をひねっていたら、人がちらほらと公園に入ってくるのが見えたので、とりあえず出ることにした。ここにいても仕方がない。下北沢方面へ向かおう。

太陽はかなり高い位置にあり、直射日光を全身に浴びながら歩きだした。七月の東京は暑い。一九八一年も二〇一四年もそんなに変わらないようだった。

暑さというのは体に応《こた》える。空腹ならなおさらだ。どうしたものかなと思いながら歩を進めた。水分しか採っていないせいか、やたらと汗が流れる。不快だなあと思ったが、歩くしかなかった。

一キロほど進んだだろうか。どこかからいい匂いが漂ってきた。腹が減っていると感覚が鋭敏になるようだ。つられるようにして、匂いの方向へ向かった。

数十メートル先に、ボックスベーカリーという看板があった。ぼくが嗅ぎ付けたのは焼き立てのパンの匂いであることがわかった。近づけば近づくほど匂いは強くなり、裸にエプロンをつけただけの有村架純より蠱惑《こわく》的だった。ためらうことなくパン屋に飛び込んだ。

いらっしゃいませ、という声がした。それほど広くはない。いくつか長めのテーブルが置かれていて、そこにたくさんのパンが並んでいた。レジの後ろに時計があり、十時だとわかった。何時にオープンなのか知らないが、そこそこ混んでいる。若い主婦、大学生っぽい女性などがトングとプレートを持って店内をうろうろしていた。

テーブルには手書きのポップが貼られていて、自家製とか、フランス直輸入とか、そんなフレーズがあった。もっと直接的に、オイシイよ！　とかママにも大人気！　などとも書いてある。

ただ、種類はそれほど多くなかった。目立つのはあんパンだったりジャムパンだったりクリームパンだったりカレーパンだったりで、デニッシュ系のパンは見当たらない。中学校の購買部を思い出した。こんな感じではなかったか。

とはいえ、食欲をそそる眺めではあった。造幣局に忍び込んだルパン三世のように目を輝かせながら、テーブルを見て回った。パン食いてえ、と心の底から叫びたくなった。

しかし残念ながらそれらは商品で、金を払わなければ手に入れられない。万引きでもするかと一瞬心が揺らいだが、パンを盗んで捕まるのも情けない。ジーンズのポケットに手を突っ込んで、必死で衝動を堪えた。

指先に金属が触れて、おや、と思いながら手を出すと、百円硬貨が出てきた。おやおや、とつぶやいてポケットを引っ繰り返すと、全部で八枚あった。コンビニでお釣りにもらったものだ。五百円玉がないので、と申し訳なさそうにバイトの葉さんが渡してくれたのを思い出した。うーむ、と唸った。この金は使えるのだろうか。

千円札や一万円札などのお札が定期的にモデルチェンジしていることは知っている。いろいろ理由があるのだろうが、ニセ札が作られるのを防止するために、そういう措置を取っているという話を聞いたことがあった。紙幣だからそういうこともしなければならないのだろうが、百円玉についてはどうか。大きさやデザインを変えたりしているのだろうか。

記憶している限り、そういうことはなかった。子供の頃から百円玉は百円玉で、同じものが流通していたはずだ。間違いないだろうか、と銀色に鈍く光る硬貨を見つめながら考えた。一九八一年に日本国民が使用していた百円玉は、ぼくが今持っているものと同じだったのだろうか。

正直、わからなかった。何しろ、ぼくが生まれる前のことなのだ。記憶も知識もない。だいたい、いつから百円玉というものが製造され、一般に使われるようになったかなど、知る訳がない。そういう雑学に興味はなかった。

よく観察すると、百円玉は全部裏に平成という刻印があった。一九八一年は昭和五十六年で、平成になるのはかなり先だ。新しい年号が平成と決まることなど、一九八一年においては誰も知らない話だ。今の段階では、これはある種の偽造硬貨とさえ言える。どんなものだろうか。

さんざん迷ったが、空腹が限界に近づいているのも確かだった。万引きをするか、この未来の百円玉を使うか。選択肢は二つしかなく、そうなると持っている百円玉でチャレンジしてみるしかなさそうだった。

なおも迷いながらテーブルの間をぐるぐる廻っていると、奥からカゴにいくつかの種類のパンを詰めた若い女の子が出てきた。焼き立てです、と言いながらパンをそれぞれの場所に並べていく。すみません、と声をかけた。

「はい？　何ですか？」

立ち止まった女の子がぼくを正面から見た。高校生か女子大生か。アルバイトなのだろうが、清潔な感じのする可愛い子だった。

「それは……フランスパンですか？」

「これですか？」女の子がカゴを右手で抱えた。「バゲットです。フランスパンの一種ですけど、うちではそういう名前で売っています」
七、八十センチほどある、細長いパンだった。表面が硬そうだが、美味しいことは知っていた。下北沢のパン屋でも売っている。時々発作的にブルスケッタが食べたくなると買うことがあった。
「うちの名物なんです」女の子が澄んだ声で言った。「よそではあんまり売ってなくて、まだ珍しいんですけど、オーナーが新しいもの好きなんで」

いくらですかと聞くと、百円ですと答えた。あんパンなどは五十円だが、大きくはない。あっさり食べ切れてしまいそうだったが、このバゲットは食いでがありそうだ。二回に分けて食べても十分な量がある。

「じゃあ、これをひとつ」

「ありがとうございます」女の子がレジに入り、バゲットを紙で巻いてくれた。「焼き立てですから、美味しいですよ」

やたらとフレンドリーなのは性格なのか、時代性ということなのか。よくわからないまま百円玉を渡した。どうなることかとどきどきしたが、ちょうどですねと言って、女の子はそのまま受け取ってくれた。確認さえしない。百円は百円だ。そういうことなのだろう。

よく考えてみるとそれも当然の話で、百円玉の年号をいちいちチェックする店員など、一九八一年だろうが二〇一四年だろうが、いるはずない。ありがとう、とつぶやいて、そのまま店を飛び出した。歩きながら包み紙を破り捨てて、齧《かじ》り付く。ちょっと泣きそうだった。

4

ハンバーガーなどを歩きながら食べたことはあったが、フランスパンでそんなことをしたことはなかった。確かに焼き立てで、外の皮はパリパリしていたが、中はしっとりとしていて美味しい。とはいえ、水分がないので、しばらくすると口が渇いて困った。あるレベルの硬さがあるので、噛んでいると顎が疲れてきて、それも大変だった。

半分ほど腹に入れると、いくらか落ち着いたし、顎もだるくなってきたので食べるのを止めた。残りをジーンズの尻ポケットに無理やり突っ込む。夕食ということだ。食料は大切にしなければならない。

そのまま下北沢まで戻り、雑木林へ行った。コンビニがあったと思われる場所を中心に細かく見て回る。トリュフを探す豚のように、地面に鼻をくっつけて何かないかと探したが、何も出てこなかった。

正体不明の巨大な穴がぽっかり開いていたり、誰のものともわからない三本指の足跡があったり、強烈な電気の流れを感じたり、あるいはもっとストレートに、黒いサングラスと黒いスーツを着た男たちが、ハローブラザー、とか何とか声をかけてきたりするようなこともなかった。

雑木林は雑木林で、他の何物でもない。種類もわからない太い木が何百本も並び、地面には枯れ枝や葉っぱが落ちているだけで、手掛かりになるようなものは見つからなかった。数時間調べて、結局諦めた。場所の問題ではないようだった。何が原因でこうなったのかはわからない。ついでにその辺を歩いて回った。昨日は動転していてわからなかったが、冷静になって観察してみると、やはりこの雑木林は新沢二丁目にあることがはっきりした。

三十数年前、この辺りは単なる荒れた空き地だったのだ。誰が所有していたのかはわからないが、管理すべき土地ではなかったようだ。放っておいて、木が生えるままにしていた。

その後、下北沢という場所が住宅地として、あるいは若者文化の流行発信地として、人気と需要が高まり、町全体を再開発する機運が高まった。区や都、国もそれをバックアップした。ビジネスチャンスを、不動産屋に代表される関連企業が見逃すはずがない。彼らは空いた土地を買いあさり、住宅や店舗を建てるために整備し、町そのものを作り替えた。

この雑木林もその対象となり、更地にするために切り開かれた。いつそんな工事が行われたのかはわからないが、そうやってできた土地に建てられたマンションにぼくは住んでいたのだ。

一年、二年の話ではない。十年、二十年かけて、ほとんど畑ばかりだった下北沢を、ぼくの知っている下北沢に変えたのだ。もちろん、道路にも大きく手を加えたのだろう。道幅を広くし、曲がりくねっていた道をまっすぐにするなど、利便性を高くした。マンションやコンビニなどが、その過程で作られていった。今、ぼくが見ている雑木林は、三十数年後には住宅地として生まれ変わることになるのだ。

そういうことなのだと納得したが、だからといって何が変わるというものでもない。ここにマンションが建つまで何十年も待ってはいられなかった。うーむ、とつぶやいて、雑木林を後にした。

代々木公園までの道を歩きながら、どうするべきか考えた。とりあえず思いついたのは両親のことだ。八王子の実家に、二〇一四年の段階では両親が二人で暮らしている。その家は兄が生まれる前年に購入したと聞いたことがあった。五つ違いの兄が生まれたのは一九八〇年だ。当然だが、場所もわかっている。行ってみようか。

姉も兄もまだ子供で、姉は五歳ぐらいだろう。兄は一歳とかだ。そこにいきなり二十九歳の男が現れて、実はあの二人の弟なんです、あなたたちの息子なんです、と言って信じてくれるかどうかは怪しかったが、そこは親子というもので、血のつながりというものがある。いきなり警察を呼んだりはしないのではないか。話を聞いてくれるのではなかろうか。

両親は常識のある普通の人間で、ＳＦ小説でもあり得ないようなシチュエーションを鵜呑《うの》みにするとは思えなかったが、他に頼るべき当てはない。ここは一縷《いちる》の望みに期待するべきではないだろうか。親子なのだ。わかりあえてもいいじゃないの。

ただ、ひとつ大きな問題があった。交通費がないのだ。今いる場所から一番近い駅は原宿駅ということになるだろう。歩いて新宿まで出ることもできそうだが、そこから八王子へ行くのは、徒歩だとかなり厳しい。

一九八一年でも、中央線は走っているはずだ。新宿から八王子までは直通電車がある。乗ってしまえば簡単に着くのだが、乗るための金がなかった。二〇一四年より電車の運賃は安いだろうが、数十円ということはないだろう。二、三百円するのではないか。

今、ぼくの全財産は七百円だ。百円玉を七枚所有している。逆に言えばそれしかない。二百円使って八王子まで行き、両親の住む家に行くことはできるだろう。会うことも可能かもしれない。

そこで父なり母なりが、ぼくの言葉を信じて、お前は確かに未来のおれたちの息子、とひしと抱き締めてくれればいいのだが、そうはならないかもしれない。というか、そうならない可能性の方が明らかに高いだろう。

どこかの病院から脱走してきた患者か、何か良からぬことを企んでいる詐欺師と考えるか、いずれにしても警察に通報するのではないか。そうしたって非難はできない。むしろ、常識のある人間ならそうするだろう。親子で、血のつながりがあるからといって、何でもありかと言えばそうではないのだ。

そうなったらとりあえず逃げるしかないが、どこへ行けばいいのか当てはない。代々木公園に戻るぐらいしか思いつかなかったが、新宿に出るにはまた電車賃がかかる。

往復で四、五百円は必要だ。全財産の七十パーセントをそんなリスクの高いことに使ってもいいのだろうか。八王子市内に潜伏したとしても、事態はさほど変わらない。数百円で過ごせるのは三、四日だろう。今より状況は悪くなる。得策とは言えない。

ぼくは幼稚園から八王子の地元の園に通い、小学校から高校まで八王子から出たことはなかった。友達、知り合いは基本的に市内にしかいない。地元から離れるのは立川ぐらいが限界で、それ以上都会へ行くことはめったになかった。子供の活動範囲なんてそんなものだろう。

こんな時、助けてくれそうな人物に心当たりはなかった。だいたい、一九八一年にぼくは生まれていないのだ。友達も何もあったもんじゃない。彼らも存在していないのだ。どうなるものでもなかった。

こういう場合、ちょっと頭の軽い、気のいい叔父さんとか従兄弟とかがいてもいいはずだったが、父は宮崎の出身で、母は静岡の出だ。親戚関係は皆そっちにいる。少なくとも東京近辺には誰もいなかった。パターン通りには行かないものだ。

うまい手を思いつかないまま、だらだらと戻った。公園には行かず、原宿駅方面を目指した。やらなければならないことがあった。仕事を見つけるのだ。

今、ぼくは七百円持っている。今日行ったパン屋へ行けば、百円でバゲットというフランスパンを買える。一日ひとつあればどうにかしのげるだろう。つまり七日間は食べ物があるということだ。

だが、その先はどうなるか。金もなく、食べ物もないということになれば、最悪の場合飢え死にだ。その前に誰かが倒れているぼくを見つけて、警察なり保健所なりを呼んでくれるだろうから、死ぬところまではいかないだろうが、大変ヤバい局面を迎えることになる。

今すぐにでも二〇一四年に戻れれば、問題は何もないのだが、戻れる保証はなかった。今後いつかは何かが起きて、ドラマチックな展開になるのかもしれなかったが、それがいつのことになるのかはわからない。今日なのか明日なのか来週なのか来月なのか。

長期戦の構えを取る必要があった。いつまでも公園で寝泊まりするわけにもいかない。体がおかしくなってしまうだろう。少しでいいから安定した収入と、寝るところを確保しなければならなかった。そのためには仕事を見つけるのが絶対条件だ。ぼくは典型的なサラリーマン気質の人間なので、思考はそういうふうに回るのだ。

公園近辺にも店はいくつかあったが、効率を考えるとそこで探すのは無意味だった。駅の近くにいけば店はいくらでもある。バイトも募集しているだろう。探せばどうにかなるのではないか。

綿密に考え抜いて、原宿駅に向かった。予想通り、数多くの店が並んでいた。多くの店がアルバイト募集の貼り紙をしている。住み込み可、というのも結構あった。景気は悪くないらしい。人手不足なのだろう。いい時代だ。

いくつかの店に飛び込み、表の貼り紙を見たのですがと言うと、店長とかオーナーとかが出て来て、話をしてくれた。誰もがぼくを見て、おかしな男だとは思わなかったようで、機嫌よく仕事の内容などを説明した。イケメンでこそないが、最低限の常識があるように見える外見に産んでくれたことを両親に感謝した。

だが、うまくいったのはそこまでだった。履歴書を持っていないところまではまだ許容範囲だったが、身分を証明するものがないと言うと、誰もが顔をしかめて、ちょっとうちではと断ってきた。

一軒のゲームセンターの店長だけが、それならそれでいいか、と言ってくれた。もうここしかないと思ってお願いしますと頭を下げると、今はどこに住んでるのと聞かれた。とっさに下北沢ですと答えると、ちょっと遠いけどまあいっか、とつぶやいた。床にはいつくばって、店長の靴をなめたい気分だった。

「じゃあ、明日から来てくれる？　仕事の詳しい話はその時するから。制服はあるよ。サイズはMだよね？」

「はい。あの、実は住み込み希望なんですけど……」

「ああ、そうだっけね。いつからにする？　部屋は近くのアパートがあるから。空いてたよなあ、確か……」

「明日からでもいいですか？」本当は今夜からと言いたいところだったが、あんまりだと思ってそう言ってみた。「ちょっと、その、いろいろありまして……」

店長はややあっけに取られていたようだが、まあいっか、とまたつぶやいた。じゃあ、部屋の用意しておくから、と言いながら白い紙とボールペンを取り出してぼくの前に置いた。

「連絡先、書いておいて。住所と電話番号」

ボールペンを握って、住んでいた下北沢のマンションの住所を書き、引いていた固定電話の番号を記した。見ていた店長が、ん？　という顔になる。何か書き方に決まりがあったのだろうか。

「……何で十桁なの？」店長が低い声で言った。「これ、東京の番号じゃないでしょ？」

「いえ、東京です。下北沢です。ぼくの電話番号ですけど」

ぼくを見つめていた店長が、不意に立ち上がった。机の引きだしから名刺を取り出してきて、テーブルに置く。

「あのね、君。松尾くんだっけ？　東京の番号は九桁なの。十桁の番号なんてないよ。本当はどこから来たわけ？　都下？　それとも他県？　どこでもいいけど、嘘は困るんだよね。下北沢に住んでるっていうけど、そうじゃないでしょ？」

「いえ、間違いないです。マジです」混乱しながらも必死で言い抜けようとした。「東京都八王子市出身、正真正銘二十九歳の東京都民です。現住所は下北沢で……」

「やっぱり保証人を立ててくれないかな」店長が言った。「こっちも人手不足でさ、誰でもいいって思ってるけど、うちは現金商売だから、あんまりいいかげんだとちょっとねえ……しかも住み込みで働きたいわけでしょ？　何かあったらマズいしさ。八王子から来たっていうのは本当なんだよね？　親とかいるわけでしょ？　親でいいからさ、連絡先書いてよ。そうじゃないと雇ってくれって言われてもさあ……」

実家の電話番号は覚えていたが、それを書くわけにはいかなかった。そちらの息子さんがうちの店で働きたいと言ってるんですが、などと問い合わせの電話でもかけられたら、親も仰天するだろう。長男は今年一歳になったばかりで、働くどころか立って歩くのもやっとだ。そして二十九歳の次男は、まだこの世に存在していない。

結局、すいませんすいませんと謝りながら店から逃げ出した。悪いことをしたわけではないので、追いかけてくることはなかったが、仕事は諦めるしかなかった。

夕方まで町を歩き回り、仕事を探し続けたが、どこでも身分証明書がないとわかった時点で、悪いけどうちでは雇えない、と断られた。原宿にしてはやや怪しい風情のある開店前のスナックとかバーとかにも行ってみたが、そういう店でさえも住所も電話番号もはっきりしない人間は駄目だと言われた。

これが六〇年代、七〇年代だったら、何とかなったのかもしれない。住所不定の男でも、例えば水商売だったら何とか潜り込めたのではないか。そういうことが許される時代だったような気がする。

だが、ぼくが今いるここは一九八一年だった。世の中にははっきりとした秩序があり、管理され、ちょっとでも不審な点があると思われる人間を雇うことが許容されない時代になってしまっていたのだ。

もう後は暴力団関係の仕事に就くぐらいしか考えられなかった。そっち系の事務所に飛び込んで、舎弟からやらせてくださいと土下座でもすれば何とかなるかもしれなかったが、原宿にそんなものがあるのかどうかわからなかった。というか、ないんじゃないか？

新宿まで出て、歌舞伎町辺りをうろつけばどうにかなるかもしれないが、決して望ましいことではない。とりあえず様子を見ることにして、とぼとぼと代々木公園に戻った。

5

人間には縄張り意識というものがあり、一夜でも寝たりすれば、そこ以外の場所だと落ち着かなくなる。指定席となっていたベンチにたどり着き、疲れた、と足を投げ出して座っていたら、拍手と歓声が聞こえてきた。

首を伸ばして見てみると、噴水広場のステージでライブ演奏をしている二人組がいた。昨日と同じ、青学スイマーズとか名乗っていた男たちだった。ここのステージを毎日同じ時間押さえているらしい。もしかしたら昨日今日ということではなく、もっとずっと前からそうしているのかもしれなかった。

小腹が空いていたので、パンを齧りながらステージに近寄っていった。始まったばかりらしく、数曲目を歌い終えたところのようだった。ライブのスタイルは昨日とまったく同じで、一曲歌ってはお喋りをするという形は変わらなかった。それが彼らのやり方なのだろう。

着ている服や全体の雰囲気、様子などから見て、二十歳過ぎの大学生と思われたが、やたらと喋りは流暢だった。吉本ＮＳＣの生徒でも、人前でこんなにうまくは話せないのではないか。ギターの腕がぼろぼろであるのと比べてトークは軽妙で、ギター漫談だと思えばそれなりに完成されていた。

ちゃんとボケとツッコミというように役割も分担されており、だらだらと独りよがりに話すのではなく、ネタとして十分に成立している。時々左側の男のアクセントに関西弁が混じったが、そっちの出身なのだろうか。

演奏している曲は、昨日と同じものもあったが、大半は変わっていた。レパートリーはそこそこあるらしい。聞き覚えのある懐かしい曲、まったく知らない曲などさまざまだったが、聞いていて安心感があった。技術的にはちょっとひどいんじゃないかと思えるものがあるのだが、メロディラインがしっかりしているので、あまり気にならなかった。

昨日から思っていたのだが、二人が歌っているのは彼らのオリジナルではなく、世の中で流行している曲をカバーしているようだった。客たちも一緒になって歌っていることから、それがわかった。参加することに迷いや照れはないようで、手を叩きながら歌っている様子はとても楽しそうだった。

いくつかの曲は、はっきりと覚えているものがあったので、そういう時はぼくも歌った。郷に入れば郷に従えということだし、歌うのが好きだということもある。姉や兄もそうだったが、父も母も音楽好きで、それは松尾家に流れる血筋だった。

十数曲の演奏を終え、それでは最後の曲です、と右側の男が言った。ギターをぽろぽろとアルペジオ奏法でつまびいている。

「……『栞のテーマ』、聞いてください」

二人がギターを弾き始めた。どういうこだわりがあるのかわからないが、エンディングはこの曲で締めるつもりのようだった。

ただ、ステージ構成としてはどうなのか。客は『栞のテーマ』という曲を聞いたことがないようで、テンションは下がっていた。誰もが知っている曲を最後に歌って、盛り上げて終わる方がいいのではないかと思うのだが、あまり二人は気にしていないようだった。

歌いだすと、何人かの客がその場から離れていった。彼らの中で、もうライブは終わりということなのだろう。他の客もぼんやりとした表情でステージを眺めている。ちょっと可哀想になって、二人に合わせて歌った。曲はいいのだから、慣れれば楽しめる。そういう思いもあった。

二人がちらちらぼくを見て、嬉しそうに微笑んだ。理解者を見つけた、という顔になっている。そういうわけではないのだが、歌うのは楽しいし好きなので、最後まで一緒に歌い切った。

二人が激しくギターをかき鳴らし、ありがとうございました、と頭を深く下げる。お疲れさまということなのか、客席からまばらな拍手が起こった。そのまま、ほとんどの客が思い思いの方向へ去っていった。何人か残っていた者たちが、十円なのか百円なのか、お金を空き缶にほうり込んでいる。昨日と同じ光景だった。

気が付くと、日が落ちていて、辺りは薄暗くなっていた。例の二人はいつの間にかステージを降りて、どこかへ行ってしまっていた。

他にすることもないのでベンチに戻り、ひとかけらだけ残っていたバゲットを口に入れた。硬くなっているパンをゆっくり飲み込みながら、トイレに行く。水を飲んで戻ると、もう何もやることはなくなっていた。ベンチの上で胡座《あぐら》をかいて、これからのことを考えた。

明日も下北沢へ行くしかないだろう。こういう事態になった手掛かりが見つかるとしたら、あそこしかないのだ。今日、自分としては念入りに調べたつもりだが、明日は更に徹底的にやろう。あの雑木林にいたら、誰かぼくの身に起きたタイムスリップの謎を解いてくれる人物が現れるかもしれない。

同時に、仕事を探すべきだ。今日、ぼくは住み込みで働ける店、という条件で探していたが、それは難しいかもしれない。だったら通いでもいいじゃないか。このベンチで寝泊まりして、金をちびちび貯めよう。十分な金額になったら、その金でアパートでも借りればいい。現金で払えば、不動産屋もうるさいことは言わないのではないか。

二〇一四年に帰りたかった。そこには仕事もあり、友人もいて、帰属できる会社があった。今のぼくはちょっと形の変わったロビンソン・クルーソーみたいなもので、人はたくさんいるが、孤独だった。これは性格の問題だが、独りぼっちは苦手だ。

思えば、二〇一四年は便利で快適だった。マンションの部屋にはベッドがあり、布団もあり、エアコンもあり、テレビもあり、冷蔵庫もあった。徒歩一分のところにコンビニまであったのだ。町に出れば何でも手に入った。生活をする上で、問題は何もなかった。

部屋にはパソコンがあり、インターネットができた。スマホもあった。知りたい情報はすぐ調べられたし、友人はもちろんだが、やろうと思えば誰とでもコミュニケーションを取ることができた。ぼくたちの世代にとって、パソコンも携帯電話も、あって当たり前の物だった。むしろ、ない時代のことを想像するのは難しい。既に中学か高校の頃からグーグルで検索をしたり、メールやネットサーフィンをしていた。

ぼくが女の子に初めて告白をしたのは、携帯電話を通じてだ。それが普通だったし、みんな同じようなものだろう。どんな時でも携帯電話やスマホを持っているのは常識以前の話だし、依存以上のものがあった。空気や水に近い存在とすら言えた。今、ぼくの手にスマホはない。それがどんなに不安で、空しさを感じることなのかは説明できない。

もちろん、生活レベルでも不自由だった。ぼくは何も持っていない。服は当然だが、パンツの替えすらない。顔を洗うタオルも、歯ブラシもない。ありとあらゆる意味で不便だ。何の因果でこんな目にあうのか。訳がわからない。理不尽だ。

いろいろなことを思い出した。先週、会社で同じ部の男にランチ代を貸していたが、あれはどうなるのか。コンビニの葉さんにほのかな恋心を抱いていた。海外ドラマ『ハウス・オブ・カード』のＤＶＤをレンタルしていたが、返却していない。延滞料はいくらになるのだろう。

思い出したくなかったが、ぼくたちが傷つけてしまった主婦のことも頭をよぎった。もし今の状況にいいことがあるとすれば、彼女について後悔したり思い悩む必要性が薄れていたことだろう。それどころではないというのも本音だけど、今、責任を問われることはない。せめてもの慰めかもしれない。

そんなことを考えてしまうぐらい時間を持て余していた。暇潰しのツールがないのだ。ちょっとメールでもするか、というわけにもいかない。スマホがあればなあ、と思ったが、この時代では使えないだろう。

　死ぬほど二〇一四年に戻りたかったが、そのためにどうすればいいのかわからなかった。何か方法があるのなら、それがどんなに難しいことでもチャレンジするつもりだったが、どうしてタイムスリップしたのかさえわかっていない今、方法や手段が見つかるはずがなかった。

　もしかしたら本当に相当先まで見据えて長期戦に備える必要があるのかもしれない。いつかは必ずどうしてこんなことになったのかがわかるはずだという根拠のない直感はあったが、いつになるのかはわからない。今は七月だからいいが、冬になって代々木公園で暮らすのは難しいだろうから、この時代で生きていくことを考えなければならないだろう。

　眠れるだろうかと思っていたが、案外あっさり睡魔が襲ってきた。やはり疲れているのだろう。枕がほしいなあと思いながら、気がつくと寝ていた。夢は見なかった。

6

　翌日も小鳥のさえずる声で目を覚ました。トイレに行き、顔を洗い、水を飲んで空腹をごまかす。三日目にして既に生活パターンというものができあがっていた。人間は順応する生き物だ。

　適当に時間を潰してから、公園を出た。とりあえず朝飯だ。昨日のパン屋に行き、百円出してバゲットを買った。店を出ようとした時、パンの耳あります、と書いてある小さな貼り紙に気づき、聞いてみるとタダであげますと言うので、喜んでいただいた。食事にバリエーションは必要だろう。バゲットとパンの耳を交互に齧りながら、下北沢へ向かった。

駅周辺をぐるぐる歩き、知らない店ばかりであることを確認してから、雑木林に行った。昨日と同じで、時間が止まっているのではないかと思うぐらい何も変わらなかった。人もいない。

三十三年前、下北沢はこんなにも田舎だったのかと思いながら、辺りを調べて回った。三、四時間地面を掘ったり木を蹴飛ばしたりして探索したが、何も出てこなかった。

どうにもならないと判断して、また原宿駅前に戻り、片っ端から求人募集をしている店に飛び込んで、仕事をさせてくださいと頼んで回った。Tシャツとジーンズ、素足にスニーカー、不精髭が伸びかかっている二十九歳の男に対して、人々はあまり優しくなかった。

履歴書や身分証明書、保証人などを提示するように言われ、何もありません、と答えると、じゃあ帰ってくれと言われた。映画やドラマだと、苦労人の店長とかがじっとぼくの目を見つめて、わかった、とうなずいてくれるはずだったが、そんな平泉成みたいな人は現れなかった。

町を二周したが、すべての店に断られた。やはり歌舞伎町に行くしかないと思ったが、勇気もないし疲れてもいたので、とりあえず今日は止めようと代々木公園に戻った。

ようやく日が暮れかかり始め、少しだけ暑さが収まっていた。ベンチに座って遅いランチ代わりにパンの耳を食べていたら、噴水広場のステージから青学スイマーズでーす、という声とギターの音が流れてきた。ルーティンだなあとは思ったが、他にやることもない。ステージに近づいていった。

二人が昨日と同じように歌い始めた。さすがにレパートリーがなくなったということなのか、一昨日演奏していた曲を歌っていたが、客の側は入れ替わっているようで、気にしている者はいなかった。

　昨日も思っていたことだが、客たちの中にはくわえ煙草で聞いている人間が少なからずいた。代々木公園を散歩している男たちにもそういう連中はむしろ多かった。町でもそうで、煙草を吸いながら歩いている者を何度も見ていた。およそ三十年後、あんたたちが泣きたくなるような時代が待っているぞと教えてやりたかったが、あまりにも堂々としているので放っておいた。

　ライブは続き、二人は大声で歌っていた。見ていて感じたが、昨日一昨日より客のノリがいい。二人もパフォーマンスが派手になっている。飛び跳ねたり、転がったりしていて、それなりに面白い。

　客たちが興奮したのか、肩を組んで歌いだしたのにはびっくりした。そういうものなのか。やたらとフレンドリーではないか。二〇一四年でも公園でのライブにおいて、客たちはこんなふうになるのだろうか。見たことがなかったので、その辺はよくわからない。

　十数曲を歌い、喋り、二人のライブは終わろうとしていた。昨日と同じく、最後の曲です、聞いてくださいと言って、『栞のテーマ』を歌いだす。客の間から不満の声が上がった。その曲は知らない、という意味だ。

　それまで盛り上がっていたために、客は逆にいらついていた。構成を考えるべきだと思ったが、二人がその曲を歌いたがっていることはよくわかったので、応援するつもりでぼくは一緒になって歌ってみた。

　あまり意味はなかった。曲が終わる前に、もう一曲、というコールが飛び交った。演奏を終えた二人が、お互いを見ている。アンコールの声が響く。このまま終わるのもいかがなものかと思ったのか、ではもう一曲、と二人がギターを弾き始めた。ぼくには覚えのないメロディだったが、流行っている曲らしく、客たちが歓声を上げた。

再びステージは盛り上がり、大声で歌う客たちを二人が腕を振り上げて煽《あお》り、そうこうしているうちに曲が終わった。満足したのか、客たちが大きな拍手をした。

ぼくはちょっと疲れを感じて、足を引きずりながらベンチに戻った。朝からずっと立ちっぱなしで、座ると足がじんわり痺れた。パンでも食べるか、と尻ポケットに手をやったが、何もなかった。全身を探ったが、どこにもない。どうやら下北沢か原宿駅付近で落としてしまったようだ。シャレになんないっすよ、とつぶやいた。晩飯は抜きだ。

泣きたいぐらい空腹だったが、どこで落としたのかわからないのでは、捜しようがない。もう一つバゲットを買うような金の余裕はなかった。どうしようもない。寝よう。

体力の消耗を防ぐために、さっさとベンチで横になった。大昔の『電波少年』で、有吉弘行がこんなふうに異国の町で倒れていた姿を思い出す。あれから何年経っているのだろう。

「……あの」

ぼくは首を上げた。二人の男が立っていた。さっきまでステージで歌っていた例の二人だ。

「何か？」

横になったまま答えた。失礼なのはわかっているが、起き上がる体力も気力もなかった。

「サザン、詳しいんですね」

ステージ上では左に立っている男が言った。長く伸び放題の髪の毛が縮れていて、天然パーマだとわかった。

「サザン？」

「ぼくら、先月のファンクラブ集会に行ったんですよ」

右側の男が一歩近づいてきた。額の中央に大きめのホクロがある。

「十八日の西麻布っす。面白かったっすね、あれ」

「倍率凄かったすよね。どうやってチケット手に入れたんすか？」天パーが言った。

「普通のライブハウスで秘密集会やるって、そりゃサザンらしいっちゃらしいっすけど、こっちは大変で。フツーにやってたら取れないっすよね」

ぼくは体を起こした。十数年ぶりに会った小学校時代の大親友を見るような目で、二人が見つめている。

「どうやってチケットを？　アミューズの関係者で、知ってる人とかいたんすか？」

「……どうだったっけなあ……」

曖昧に答えた。事情がよくわからなかったので、何となくそうした方がいいと思ったのだ。二人が勝手にうなずいている。

「いや、そうっすよね。あれはコネがなきゃ無理っすよ。いや、おれらもね、大学の先輩がニッポン放送にいて、その人が手を回してくれたんすよ。そうじゃなきゃ二人揃って行くなんて、あり得ないっていうか」

「そっちは、青学の学生なんだよね？」

ぼくの問いに、そうっす、と二人が口を揃えた。

「青山学院の四年です。お兄さんは？　働いてるんですか？」

まあその、いわゆるフリーターで、と口走ると、アパレルのメーカーですか、と聞かれた。どうもフリーターというワードの意味がわからないようで、洋服関係のブランド名と勘違いしているらしい。面倒臭いから、そんな仕事だ、とうなずいた。

「いや、見てくれてるのはわかってたっす。昨日もいましたよね？」

「……そうだねえ。そういうことになるのかなあ……」

「どうでした？　おれらのステージ」

ホクロ男が勢い込んで聞いた。とても良かったと答えた。他に何と言えばいいのか。

「懐かしい感じがして、ずっと聞いていられる。楽しそうにやってたし、こっちも面白かったよ」

「そうっすね、去年の曲とかも多いですから」天パーがうなずいた。「新しいとね、意外と客がノッてくれないんすよ。知ってる曲やんないと、盛り上がんないっていうか」

「だけど、そればっかりだと、こっちもねえ」ホクロ男がぼやいた。「やっぱ新曲やりたいし。その辺、アーチスト精神っていうか」

っていうか、というのが彼らの口癖のようだった。女子高生が使いそうな言い回しだが、一九八一年当時から存在はしていたらしい。

「ぼくはそんなに目立ったかな？」

目立ったっていうか、とまた天パーが、っていうか、と言った。

「『栞のテーマ』を歌ってくれてたの、お兄さんだけなんで。そりゃ当然で、みんなは知らない曲ですからね。ファンクラブの集会に行った人間だけが聞いた曲なんで」

「どういう意味？」

「桑田さん、言ってたじゃないすか」ホクロ男が、聞いてなかったのか、という目でぼくを見た。「この曲は秋にシングルカットされる予定だけど、今日は特別に歌いますって。ファンクラブの会員限定のサービスだって」

「……そうだったっけ？」

「かー。覚えてないんすか？　皆さんだけに捧げる秘密の新曲ですって、原坊も言ってましたよ。いい曲っすよね」

「そうだねえ……いい曲ではあるかな」

「おれら、カバンにカセット隠して持ち込んでたんす」天パーが声を潜めた。「ヤバいんすけどね。バレたら即没収っすけど、何とかごまかして。集会のライブ、録音したんすよ」

「へえ」

「いやもう、ドキドキもんで。生の『いとしのエリー』とかね、全部録音して。そりゃ知ってる曲ばっかですけど、サザンのライブ音源ってのは貴重ですからね。帰ってから、おれら二人でずっと聞いてたんすよ」

「ふうん」

「『栞のテーマ』が未発表の曲だって聞いて、こりゃおれらがひと足先にやるしかないでしょうって。大変でしたよ。おれら、譜面読めるわけじゃないし、聞いて覚えてギター弾いて、その繰り返しっす。桑田さん、例によって何歌ってるかわかんないから、歌詞を聞き取るのもメチャクチャ時間かかりましたよ」

だから下手だったんだ、とは言わなかったが、大きくうなずいた。他の曲については、既に世の中に流れているもので、自然と耳が覚えていたのだろうが、『栞のテーマ』については初めて聞く曲で、それを一から練習したのだから、演奏の精度が低いのは仕方のないことだったのだろう。

「だけど、あのファンクラブ集会に行った人が代々木公園にいて、おれらのステージ見てくれたなんてなあ」天パーが嬉しそうにホクロ男の肩を叩いた。「けっこうな偶然だよ。広い東京でさ、あそこにいた人と巡り会えるっていうのも、なかなかないんじゃない？」

「よく覚えてましたね」ホクロ男が言った。「もしかして、お兄さんも録音した？」

まあね、と答えた。二人が顔を見合わせて笑った。

「お兄さんも相当熱いファンっすねえ。おれらみたいな学生ならともかく、社会人でそこまでやる人って、珍しくないいすか？」

「嫌いじゃないから」

「サザンいいっすよねえ。おれら、青学じゃないすか。一応、形としてはサザンの直の後輩になるわけで。やっぱ思い入れもあるし、それ抜きにしても、ああいう音楽が大好きなんすよ」

「他にもいろいろ歌ってたよね？」

「そうっすね。サザンが一番好きなのはそうなんですけど、何でも聞くし、歌いたいし。沢田研二だって田原俊彦だって、やる時はやりますよ」

天パーがよくわからない振り付けで踊った。ホクロ男がにやにや笑う。

「お兄さんは、サザン歴は長いんすか？」

「長い？　そういうことになるかなあ」

「何が一番好きっすか？」

「何って言われるとねえ……全部好きだよね。比べられないよ」

サザンを好きなのは本当だが、別にマニアックに好きというわけではない。何年にどんな曲を出したかなどは覚えていなかった。

一九八一年の時点で、サザンがどんな活動をしていたかは知らない。迂闊《うかつ》なことを言うと訳のわからないことになりそうなので、言葉を濁して答えたのだが、比べられないというぼくの言葉に、二人は妙に感じ入ったようだった。

「そうっすよね。比べらんないっすよね。ロックありバラードあり、いろんな曲がありますから、どれかって言われても決めにくいっすよね」

「だけどさあ、アンケートとか取ったらさ」天パーが腕を組んだ。「結局『エリー』とかになるんじゃないの？　あんな名曲、そうはないって。初めて『ヒットスタジオ』で聞いた時、鳥肌立ったもん」

「そうだな。だけど、メジャー過ぎない？　おれなんかはちょっと、もういいんじゃないっていう感じもあるよね。だったら、『ラチエン通りのシスター』なんかどうよ。泣ける曲だぜ」

二人が曲のタイトルを言い合った。知っているのもあったが、知らないものもあった。どうやらアルバムに収録されている曲らしい。二人とも相当サザンに入れ込んでいるようだった。

「わかった、今日は決着をつけよう」天パーが宣言した。「ベストオブサザンについて、徹底的に話し合おうじゃないの。そろそろはっきりさせなきゃいかんよな」

「おれら、ずっとこんなこと話してるんすよ」ホクロ男が苦笑いを浮かべた。「サザンだけじゃないんですけど、アーチストの一番の名曲を決めて、それをステージで歌おうって。おれたちのザ・ベストテンをやろうじゃないのって。いいと思いません？」

「……いいんじゃない？」

よくわからないままぼくは答えた。村さ来行くぞ、とホクロ男が言った。天パーがギターケースを背負い直す。

「あの、お兄さんも一緒に行きませんか？　立ち会ってほしいんですよ。いつものことなんすけど、おれらだけで話してても、らちが明かないっていうか。中立的な立場の人がいてくれると、ありがたいんですけど」

「お兄さん、詳しそうっすもんね。年季も入ってる感じするし、ご意見伺いたいです。どうすか？　冷えたビールでも飲みながら、じっくり話しましょうよ」

二人はやたらノリノリだった。ぼくのことをサザン仲間だと思っているらしい。数多いファンクラブ会員の中から、特別に集会に参加したという共通の意識があるのか、親近感を持ってぼくに接しているようだったし、未発表だという『栞のテーマ』について語り合いたいという気持ちもあったのだろう。別にいいんだけど、と肩をすくめた。

「何すか？　予定でもあるとか？」

「いや……金がないんだ」

ぼくの告白に顔を見合わせていた二人が、天を仰いで爆笑した。大丈夫っすよ、と天パーがぼくの胸を裏拳で軽く突いた。

「今日、結構稼ぎがあったんで」右手に持っていた空き缶を見せてきた。「千円くれた人が三人もいたんです。小銭合わせたら、四千円はあるんじゃないすか？　村さ来だったら、死ぬほど飲めますって」

「四千円？　あのステージで？」

びっくりした。八〇年代おそるべしだ。あのメチャクチャな歌とギター演奏に四千円も払うというのは、時代のなせる業としか言いようがない。

「まあ、ちょっと多いかな？」天パーが首を振った。「いつもはこんなにはならないっすけど。今日はノリが良かったから」

「おごりますよ。今日の金は今日のうちに使う。それがおれらのモットーなんで」

行きましょう行きましょう、とホクロ男が歩きだした。近いっすから、と天パーがぼくの腕を引いた。

どうするかと思った。年下の人間に酒をおごられるというのはいかがなものか。とはいえ、腹が減っていた。パンを落としていたので夕食を取っていないし、他に食べるものはない。バゲットの食感に飽きていたのも事実だ。

強いわけではないが、人並みにアルコールは好きで、ここ数日飲んでいない。冷えたビール、というワードにはぼくの心を鷲摑みにする力があった。もしかしたら米が食えるかもしれない。パンもいいが、日本人は白米だ。

そして、何より誰かと話がしたかった。ある意味、食事よりも会話に飢えていた。二人の男が悪い人間ではないのは明らかで、一緒にいたいと思った。いいのかな、と言うと、いいっすいいっす、と前を歩いていたホクロ男が振り返ってにっこり笑った。

「じゃあ、お言葉に甘えようかな」

ベンチから立ち上がった。こっちっす、と天パーが指さす。よくわからない展開だと思いながら、代々木公園の出口に向かって歩きだした。

Part3 ルビーの指環

1

二人が案内してくれたのは原宿駅にほど近い村さ来だった。村さ来はぼくも大学の頃よく行った。社会人になってからさすがに行く機会は減っていたが、居酒屋というのは大学生にとって心強い味方と言える。一九八一年においてもその辺の事情は同じらしかった。

歩きながら、何となくお互いに自己紹介をしていた。天パーは武藤《むとう》という名前で、ホクロ男は橋田《はしだ》だ。ぼくも松尾俊介と名乗ったが、アニキと呼ばせてくださいと言うので、ご自由にどうぞと答えた。

二人は青山学院の四年生で、経済学部の学生だという。四カ月前、三月に引退していたが、それまでは軽音楽部の部員だった。語学が同じクラスだったこともあって自然と組むようになり、三年間コンビを続けたそうだ。

相性が良かったのか、音楽性の違いでケンカになったり、女を巡ってトラブルが起きたりするようなこともなく、ずっと二人で歌っていた。ゼミまで一緒で、ついには就職先まで同じにしたという。まあ腐れ縁ということです、と橋田が言った。仲がいいのは少し話しただけでもわかった。

自分のことについて、ぼくは曖昧に語った。自分でもよくわからないことを言ったが、それなりに納得してくれたらしい。ぼくのことをファッション関係のデザイナーで、海外留学していて帰国したばかりの男だと思い込んだようだ。

村さ来の席につき、ビールビールビールと二人が喚いた。店は賑わっていて、どの客も若かった。大学生が多いようだが、若手サラリーマンっぽい連中もいた。男ばかりが目立ち、女の客は数えるほどしかいない。店内に流れていたのは演歌で、帰ってこいよと女の声が繰り返していた。

店員はきびきびしていた。居酒屋で働く者は昔からそうらしい。あっと言う間に中ジョッキが三つ運ばれてくる。まあ飲みましょうよ、と武藤が言ったが、ぼくは動けなくなっていた。どうしたんすか、と橋田がジョッキを宙にキープしたまま、ぼくを見つめた。

「ビール、嫌いでした？　サワーとかの方が良かったすかね？　それとも、酒は駄目とか？」

「そうじゃない」つぶやきが漏れた。「ビール好き。大好き」

「じゃあ乾杯しましょう、乾杯。ほら、持って持って」

武藤が促す。うん、とひとつうなずいてジョッキを握った。よく冷えている。黄金に輝く液体の上を白い泡が覆っていた。

「酒……しばらく飲んでなくて」切れ切れに言った。「禁酒とかそんなんじゃないけど、ちょっと飲む機会がなくて……」

二人が黙った。ぼくの様子に尋常ではないものを感じたようだ。もしかして、と武藤が目を伏せた。

「その……何かやっちまったとかですか？　つまり、ヤバいこととか……はっきり言えば、出てきたばっかり?」

「『幸福の黄色いハンカチ』の高倉健みたいな?」

橋田のその譬《たと》えはよくわからなかったが、どうも刑務所帰りだと思ったらしい。違う違うと首を振った。

「そういうことじゃない。悪いことなんかしていない。ただ、いろいろあって……」

「いいっす」橋田が左手を伸ばしてぼくの肩を強く叩いた。「事情は聞きません。言いたくないこともありますよね。人間ですもん。おれら、気にしないっす。いいんですいいんです、何も言わなくていいっす。飲みましょう。飲もうじゃないですか」

乾杯しましょう、と武藤がジョッキを高く掲げた。ぼくと橋田がそれに合わせる。ぶつかった拍子に、ビールが少しこぼれた。

「あ、もったいない」乾杯、と言いながら武藤がぐびりと飲んだ。「うん、キリンはやっぱ美味い」

ぼくも飲んだ。ひと口だけのつもりだったが、喉が勝手に動いて、どんどんビールを流し込んでいく。おいしいとかそういうことではなかった。ある種官能的な快感だった。

「やっぱ、夏はビールっすよねえ」橋田が口元の泡を手で拭った。「ステージ後のビールは死ぬほど美味い」

ぼくは無言で飲み続けた。アルコールにそれほど強いわけではないのだが、体がビールという飲み物を欲していた。世の中こんなにうまいものがあるか、と思った。

「……いい飲みっぷりですねえ」おそるおそる、という感じで武藤が聞いた。「もう一杯いきますか?」

「悪いけど……もらってもいいかな。それから、順番が違うかもしれないけど、ご飯が食べたいんだ。ご飯っていうのは、つまり米のことなんだけど……ライスってあるのかな?」

「あったと思いますけど。あるよな?」武藤がメニューを開く。「つまみとか、どうします?焼き鳥とか、刺し身とか、そういうのは?」

「油っぽいものが食べたい。コロッケとか、メンチカツみたいな……もしあるんならカレーかラーメンがいいんだけど」

大丈夫だろうか、という目で橋田がぼくと武藤を交互に見る。しばらく考えていた武藤が、そうっすねえと腕を組んだ。

「いや、その……カレーとかラーメンってのは、たぶんないんじゃないかと。おれらも村さ来長いっすけど、そんなの食べてる奴は見たことないですし。でも揚げ物はあります。よくわからないんですけど、好きなもの頼んでくださいよ。金は少しならあるし、何か可哀想になってきちゃったよ、おれ……すいませーん、大盛りライスとコロッケ、ホッケの開きと焼き鳥の盛り合わせください。あと、そうだな、刺し盛り?」

「いいんじゃない? お新香ももらおうぜ」

橋田が言った。近づいてきた店員が、承りましたあ、と威勢のいい声で叫ぶ。ビールも、とぼくはつぶやいた。

2

よくわからない、という顔で店員が大盛りの丼飯とコロッケを運んできた。二人がじっと見つめている。ぼくは割り箸でコロッケを二つに割り、たっぷりソースをかけた。情けない話だが、涙が溢れてきた。よだれと鼻水も同時に出てくる。

ゆっくり、半分になったコロッケを口に入れた。嚙み締める、嚙み締める。手が震えていた。

「健さん、こんなふうにラーメン食ってた」武藤が思い出したように言った。「網走刑務所出て、まっすぐ定食屋入って」

「武田鉄矢良かったよなあ。金八だけのことはある……どうすか？　美味いすか？」

煙草をくわえながら橋田が言った。美味いです、と答えながら白飯を口にほうり込んだ。涙と混じって塩味がした。続けざまに食べる。今ならギャル曽根より食えると思った。二分で丼一杯の米を食い終えた。もちろんコロッケもだ。あのお、と橋田が静かに首を振った。

「何だったら……お代わりしたらどうすか？　あれですかね、牛丼とかの方が良かったすか？」

「そんなことは……申し訳ない。何て言ったらいいのかわからない。米が久々で……美味いよ、これ。ありがとう」

「そんな、いいっよ、握手なんて」ぼくの伸ばした手を武藤が払った。「たかがご飯じゃないですか。そこまでのことじゃ……でも、ちょっと感動したな。実家が農家なんですけど、こんなに喜んでくれるなら、親父も米作ってる甲斐があるなって」

橋田が店員を呼んで、大盛りライスのお替わりを注文してくれた。白米サイコー。コロッケも美味かった。とにかくこの三日、パンしか口にしてなかったので、感動はひとしおだった。

二〇一四年においてカロリーや健康のことを考えた食事をするのは常識で、ぼくの年齢でもそういう連中は多い。会社の同僚の何人かは、タニタのダイエット本を持ち歩いて食事の時の参考にしていた。だが、程度問題というもので、まったく油や脂肪のないものばかりを食べ続けていれば反動がくる。全身がハイカロリーなものを求めていた。

食事に専念している間、二人はやたらと煙草をふかしながらだらだらと喋っていた。二〇一四年の人間のたしなみとして、ぼくは煙草を吸わないが、辺りを見回すと誰もが親の仇のように煙草を吸っていた。店の中が白く煙っているほどだ。

武藤はセブンスターを吸っていて、それはぼくも見たことがあったが、橋田は細長い煙草を吸っていた。パッケージにミスタースリムと書いてあった。ほとんど喫煙の経験がないので、詳しくはなかったが、二〇一四年にもあるものなのだろうか。

「十一日の土曜日に『ねらわれた学園』が封切りだ」橋田が白身の刺し身を食べながら得意げに言った。「前売り券は買った。初日に見ないとね」

「『野菊の墓』は八月公開なんだ」武藤がちょっと悔しそうな顔になった。「まあいいさ。真打ちは後からってね」

「聖子は悪くない。それは認める」橋田がうなずいた。「ちょっとぶりっ子で、そこはどうなんだって思うけどね。だけど、演技はどうなんだ？　できるのか？」

「お前ら薬師丸派はすぐそういうことを言う」武藤が煙草の煙を吐きかけた。「薬師丸なんてどこがいいんだ。チビだし、色黒だし、子供っぽすぎないか？　お前はロリコンか？」

「そこまで言う？　じゃあ言わせてもらうけど、聖子ってどうなのよ。へらへら笑って、首ばっかり長くってさ。男に媚《こび》売り過ぎじゃないの？　どうなんだろうね、それって」

松田聖子と薬師丸ひろ子の話のようだった。

「曲がいいんだ。カワイイじゃないか。ヘアスタイルだってみんなが真似てる。男に媚売ったりとか、そういうことじゃない」

「昔は不良だったたって噂もあるぞ」橋田が真剣な顔で言った。「久留米に住んでいた頃は暴走族に入ってたたって。そんな女が清純派って言われても」

「いい加減な話を鵜呑みにするな。そんなことねえよ。聖子はそんな女じゃない」

武藤が泣きそうになる。今だってそうだ、と橋田が追い打ちをかけた。

「田原俊彦とできてるっていうのは、お前も認めるだろ？　確かに仲が良さそうだ。裏では何してるかわからん。そういう女だ。悪いことは言わない。あんなのはやめろ」

「田原俊彦？」ぼくは米をかきこみながら言った。「トシちゃん？」

「そうっす。聖子、あいつとつきあってるって。噂って言えば噂なんですけど、でもホントらしいです。知り合いの親戚のお姉さんだかが言ってたって、この前聞いたばっかで」

「誰なんだよ、知り合いの親戚のお姉さんって。名前もわかんねえんだろ。出所《でどこ》もわからん話を信じるなって。聖子はそんな子じゃない。世間は誤解してる」

「世間？」

「松田聖子は別にぶりっ子してるわけじゃないですよ。そんなの意識してないって、ラジオで本人が言ってました。お前もラジオ聞けって。ニッポン放送の『パンチ・パンチ・パンチ』は終わったけど、文化放送で『ピンクのスニーカー』って番組やってる。話してるの聞けば、人間性がわかるって」

「アニキはどっちが好きですか？」

橋田が体を前のめりにした。どっちって言われても、とぼくはうつむいた。

「どっちも……もういい歳じゃないか」

はあ？　という目で二人がまじまじとぼくを見つめた。いや、そんな目をされても。

「聖子は高校出たばっかですよ。十八？　十九？」

それぐらいっす、と武藤が言った。ひろ子ちゃんは現役高校生です、と橋田が胸を張った。

「それをいい歳って、どういう感覚してるんですか？」

「そりゃまあ、その……そうだねえ……」

二〇一四年において松田聖子はたぶん五十を過ぎてると思うのだが、ずいぶん若く見える人ではある。ディナーショーのチケットがやたら売れるという話を聞いたことがあった。

薬師丸ひろ子については『あまちゃん』に出ていたスター女優ということしか知らない。だが考えてみると、一九八一年には彼らが言っているような年齢で、バリバリのアイドルのようだった。

「薬師丸ひろ子はちょっと凄いよ。あの若さでスクリーンが似合う女優っていないぜ」

橋田がバッグから〝バラエティ〟というロゴが書かれている雑誌を取り出した。表紙を飾っているのは、若かりし頃の薬師丸ひろ子だった。

「見てくださいよ、カワイイでしょ。アイドルとか、そういうレベルの子じゃない。スターなんだ」

「つまんなくないか？」武藤が雑誌を取り上げる。「薬師丸、何か知らないけどテレビ出ないし。雑誌も他には載らないし、情報抑え過ぎだよ。映画館行けって？　それってどうなんだ」

「まあ……それはそういうところもある」渋々、といった様子で橋田が認める。「わからんことも多い。でも、そこがいいんだよ。神秘のヴェールに包まれてるって感じでさ」

「そうでもねえだろ。電話帳に住所も載ってるんだぜ。神秘的も何もない」

「電話帳？」

ぼくの問いに、知らないんすか、と武藤が叫んだ。

「薬師丸って、本名なんですよ。珍名ですからね、東京には少ない。調べりゃすぐわかりますよ。どこに住んでんだっけ？　都内だよな？」

「港区北青山。都立八潮高校在学中」

驚くべきことだったが、一九八一年において個人情報という考え方はないらしい。芸能人の住所と電話番号がオープンになっているというのはどういうことなのか。二〇一四年で言ったら剛力彩芽の電話番号がわかるかもしれないということだ。剛力というのもかなり珍しい名字だから、一九八一年に活動していたらストーカーが続出しただろう。

それからしばらく二人は松田聖子と薬師丸ひろ子の優劣について熱く語っていたが、結論が出ないまま話は終わった。アイドルの人間性について、強い思い入れを持って語れるというのは、彼らの年齢ならではのことだろう。

「ザ・ベストテン見たか？　寺尾聰、とうとう二位に落ちたな」

武藤が話題を変えた。頃合いだったのだろう。見た見た、と橋田が食いつく。

「だって十二週連続一位だったんだぜ。そりゃしょうがないって。いつかはそうなるさ」

「くーもーりーガラス《ガラス》の向うは風の街」武藤が口ずさんだ。「いい曲だよ。洋楽っぽくてさ……あいうのなかったよな」

「渋いっちゃ渋い。アダルトだ。ＡＯＲだ」

「どう思います？　好きですか？　寺尾聰」

武藤が話を振ってきた。何て曲だっけ、と聞いた。『ルビーの指環』じゃないすか、と強い調子で答えられて焦った。

「凄いっすよね、三曲同時ランクインですもん。勢いあるっていうか、まあ、ちょっと飽きたけど」

「どこ行ったってずっと流れてたもんな。おれは別に飽きたりしないね。いい曲だし、新しいよ」

寺尾聰は知っている。渋い役者で、確か日本アカデミー賞を取っていなかったか。過去のある刑事とかをやらせるとはまる人だ。とはいえかなりの歳だろう。歌手をやっていたとは知らなかった。

「それは……君たちもステージで歌ったりしてるの？」

「難しいんです、コードとか」武藤が指を折り曲げた。「ギター二本で演奏してもカッコ悪いだけだし。生演奏には向いてないですね」

「そうなんだ」

「客があってのステージですから」わかったようなことを橋田が言った。「受けてナンボですからね。結構選曲とか、気を遣ってるんすよ」

「アニキはテレビとか見ないんですか？」

「いや、見ないわけじゃないけど……」

「歌番組もいいすけど、やっぱ漫才でしょ」武藤がおどけたような表情を作った。「そう思わへん？　ええなあって。おもろいなあって」

「お前、そのインチキ関西弁止めろっていつも言ってるじゃないか」橋田が右手首のスナップを利かせて武藤の胸を叩いた。「よしなさいって、みっともない」

「ビートきよしかよ？」

武藤が大きな口を開けて笑った。ツービートすげえよなあ、と橋田がうなずく。

「やっぱたけしだよ。たけしサイコー。ブラックだけど、笑わせてくれるよな。オールナイトニッポンはすげえ。おれ、そんなラジオ聞かないけど、あれだけは別だ。三月ぐらいに、番組が録音だってバラしただろ。しかも『セイ！ヤング』に乱入してだぜ？　頭おかしいよ、あの人」

「オールナイトはすごいね。毎週聞いてる。異常にテンション高くないか？　毒ガス吐きまくりだよな。でも、たけしはやっぱりひょうきん族じゃない？　くだらなくていいよ。すっげえテキトーで。さんまもすげえよな。フジテレビ、面白いよ」

「楽しくなければテレビじゃないって言い切っちゃう局だからな。いっそ潔いっていうか」

「すまん……何の話だ？」

ぼくは二人の間でそっと手を上げた。ひょうきん族、見てないんすか？　と二人が驚きの叫びを発した。

「マジで？　まだドリフ見てるんですか？　いや、いいんですけど、飽きません？　もうおれらは卒業しましたよ」

「それとも欽ちゃん？　いや、好き好きですからね。アニキの歳ぐらいだと、ラジオからずっと欽ちゃんひと筋とか？」

二人が口々に言った。さんまというのは明石家さんまのことだろう。ドリフというのはザ・ドリフターズのことだろうし、欽ちゃんというのは萩本欽一のことなのだろう。なかなか感慨深いものがある。贅沢なラインナップだ。バラエティ番組の黄金時代ということなのかもしれない。

二人が話に夢中になっている。ついていけなくなって、ぼくはご飯をお代わりした。店のスピーカーから、お前が俺には最後の女、というすがるような男の声が流れていた。

3

それからもいろいろ話した。話題はあちこちに飛んだが、二人ともぼくに気を遣ってくれているのか、最終的にはテレビの話に戻ってくる。普通の人間なら、誰でもテレビを見ているという絶対的な感覚が彼らをそうさせていた。テレビの話ならわかるでしょ？　というニュアンスだ。

実はよくわからなかったりもするし、二〇一四年にはかなりの勢いでテレビ離れが進んだりもしているのだが、意外と一九八一年に活躍している芸能人は二〇一四年になっても第一線でよく顔を見ることがわかり、話を合わせることはできた。逆に言うと、芸能界は一九八一年の時点からそれほど変化していないようだった。

米やら肉やら魚やら、いろいろ食べさせてもらってようやくぼくも落ち着いた。それを待っていたように、いつ頃からアニキはサザンを好きになったんですか、と武藤が聞いてきた。

「いつって言われるとねえ……いつだっけ？」

「いや、聞かれても。わからないっすよ、こっちには」

橋田が唐揚げで汚れた手で口元を拭った。そりゃそうだろう。

「そっちはどうなの？」ぼくは話を逸《そ》らした。「いつからファンに？　サザンに憧れて音楽始めたとか？」

「そこまではないっす。サザン、デビューしたのちょうど三年前で、もう大学入ってましたし。おれはもともとフォーク好きで、拓郎とか陽水とか、そういうの聞いてたんですけどね。いろいろ興味が湧いて、何でも聞くようになって」いつの間にかビールから日本酒に代えていた武藤が、ぐっと杯を空けた。「いやホント、何でも聞きます。歌謡曲も演歌も好きだし、ユーミンとか達郎だって、ちょっと前ならアリスとかさだまさしとかオフコースとか松山千春とかも。最近はRCとYMOにハマっちゃって」

「武藤は詳しいんですよ。サークルでもちょっと一目置かれてるっていうか。ギターも上手いし。中学からやってるんだっけ？」

「小五。その前はピアノ習ってたし」

武藤がコンビの音楽的リーダーなのは、ステージを見てわかっていた。それなりにやっていたということなのだろう。おれは大学入ってからだから、と橋田がちょっと自虐的に笑った。

「うち、親が厳しくて、ガキの頃とかあんまりテレビとか見せてもらえなくて。隠れてラジオだけは聞いてたんですけど、それもバレて怒られたりして。結局、英語の勉強のためだからって言い訳して、FEN聞くようになって、全米トップ40とか聞いてたらいつの間にか洋楽好きになっちゃって。ビートルズにはちょっと遅すぎるんであれですけど、中学の終わりから高校ぐらいで、ベイシティローラーズとかクイーンとか、エアロスミスとかキッスとか、そういうの聞くようになって」

橋田の顔がいつの間にか真っ赤になっていた。あまり酒には強くないらしい。

「夜中とか、親が寝てる隙に深夜放送聞いたり、FMエアチェックしたり。電リクとか、ハガキいっぱい出したりもしてました。でも、親はねえ……大学受かるまで、音楽なんか駄目だって。カンベンしてくださいよって話なんですけど」

よくわからないワードがずらりと並んだ。エアチェックというのは英語だろうが、デンリクって何だ？

「大学入って、よし、バンドやるぞって」橋田がぼやき続けている。「軽音入部したのはいいんすけど、よく考えたらおれ楽器なんて何も弾けないぞって気づいて。買いましたよ、マーティン。山野楽器で。その時、つきあってくれたのが武藤ちゃんで」

「あれはいいギターだよ」ギターという単語を、語尾上がりで武藤が発音した。「今でも使ってるんだから、十分元は取ったんじゃない？」

「大学受かって反動が来たんすね。武藤ちゃんとかサークルの仲間の影響で、テレビの歌番組見るようになって。何しろ受験の時はねえ、テレビなんかとんでもないって……高校の時は辛かったっすよ。クラスの連中と話合わなくて。だけど、ベストテンとか夜ヒットとか見だしたら、面白いなって。邦楽っていいなあって。歌詞がわかるっていうのは、凄いことっすよ」

「ちょうど、いろいろ変わってった時期でもあったよな。フォークがニューミュージックになったり、ロックバンドが普通にテレビ番組出るようになったり……だけど、サザンが出てきた時にはびっくりしましたよ。何だか訳がわからなかった」

「おれはベストテンで初めて見たんですけど、大学入って何カ月か経った頃で、それまで知らなかったこととか一気に情報が入ってきてて、世の中そういうことなんだなあって思ってたところに、いきなりサザンの洗礼ですよ」橋田が目をつぶった。「しかも歌ってたのが『勝手にシンドバッド』ですからね。桑田さん、何歌ってるのか全然わかんなかったし」

「久米宏も焦ってたもんな。しばらくしたら歌詞のテロップが流れるようになって、それでもよくわかんないっていう。橋田の言ってること、わかりますよ。あれは革命的な事件でした」

桑田佳祐は凄い、と二人が口から泡を飛ばしながら語った。どれだけ衝撃的であったか、ぼくにも何となくわかった。

サザンオールスターズについて、デビュー当初はコミックバンドだと感じたらしい。武藤などはドリフターズとかクレイジー・キャッツ直系のお笑いバンドだと思い込んでいたという。それまでのミュージックシーンの文脈にないグループだったからだ。

『勝手にシンドバッド』という馬鹿馬鹿しいタイトルの曲でデビューしたというのも、その印象を強めたようだ。二〇一四年の桑田佳祐という人を見ればわかるように、キャラクターが独特だったのもお笑いを連想させるものがあったのではないか。

だが、三枚目のシングルでサザンはそれまでのアップテンポな曲から一転してバラードを歌った。『いとしのエリー』というその曲が十代、二十代の若者を中心に、世の中に大きな影響を与えたことを二人は大まじめで語った。

「夜ヒットで初めて歌ったんだと思うんですけど」武藤が言った。「どんだけおれら驚いたか。その時初めて聞いた奴が、テレビの前で泣いたっていうんです。いや、おれもですけど。いっぱいいましたよ、そんな連中」

「おれは見てなかったんですけど」橋田が悔しそうに歯がみした。「次の日大学行ったら、もう朝からその話ばっかりで。昨日見たか？　見たか？　って。すっげえ盛り上がってて。おれも興奮しちゃったっすよ。あんなにみんなが動揺したっていうか、感動したことって、ちょっとなかったんじゃないすかね」

そこからサザンオールスターズと桑田佳祐の名前は学生はもちろんだが、大人も含めて誰もが知るところになったという。二人もその時から熱烈なファンになったようだ。

「さすがに、最近は勢いも衰えたっていうか……レコードもそんなに売れなくなったし、テレビも出なくなったよな。ロックバンドなんてそんなもんなんでしょうけど」

「二十一日だっけ？　ニューアルバム出るの」

「『ステレオ太陽族』」

「まあ、アルバムはね、さすがにそこそこ売れるとは思いますけど。この前のシングル、何ってったっけ……『ビッグスターブルース』？　あれは正直、つまらん曲だったよな。そりゃ売れないでしょうよ」

「いや、十分だよ。いい曲いっぱいあるもん。アルバムなんか、どれ聞いたって今でも泣けるぜ。アニキもそう思うでしょ？　どんなに落ち目になったって、おれらサザンを見捨てたりしないっす。いつかは消えていくんでしょうけど、忘れたりはしませんって」

二人が口々に言った。心配しなくていい、とぼくは首を振った。

「サザンは国民的なスーパーグループになる。老若男女を問わず、誰からも愛されるバンドになるんだ。武道館が満員になるとかそんな低いレベルじゃない。紅白だって出場するし、レコード大賞だって取る。馬鹿みたいなセールスも記録する。ドームツアーはソールドアウトだ。誰も忘れたりなんかしない。大袈裟に言えば、すべての日本人の記憶にいつまでも残る存在になる」

二人の的はずれな評価に、つい強い調子で言ってしまった。二人があんぐりと口を開いて、それからげらげらと笑いだした。武藤などは酔っているせいもあったが、涙までこぼしていた。

「アニキは熱いっすねえ。さすが年季が入ってるだけのことはあります。日本人の記憶に残る？　いやいやいや、さすがにそんなことはないんじゃないすかね」

「そうなってほしいとは思いますけどね」橋田がやや呆れ顔で言った。「だけど、身びいきが過ぎるっていうか……ロックバンドっすよ？　いや、確かに大ヒットは出しました。『エリー』だってそうです。それでも、オリコンで一位になったことはないんですよ。聞いてるのは若い奴ばかりで、大人にはわからない。そこがいいんですよ。ちなみに、紅白はもう出てますけどね。ところで、ドームツアーって何ですか？」

気にしないでくれ、とぼくは言った。ああそうすか、と二人があっさりうなずく。幸いなことに、かなり酔っ払っているようだった。

「それで、アニキはサザンの何が好きなんです？　参考までに教えてくださいよ」

何だろう、とぼくは首を捻った。サザンオールスターズというのは、あまりにも存在が大きすぎて、ぼくの世代にとって当たり前のグループになっている。国民的バンドというのは大袈裟でも何でもなくて、誰でもそう思っているだろう。

去年、五年間の活動休止を経て、サザンは復活した。その時、朝のワイドショーから夜のニュース番組まで、こぞってその話題を取り上げたのはぼくも自分の目で見ている。一日二日ではない。何日も続いた。活動自体がニュースとなるようなバンドなのだ。

逆に、個人的な意味ではサザンにそれほど思い入れがない。今さらファンですとか言うのも間抜けな話だ。何の曲が好きですかと言われても、答えるのは難しかった。

「……『ピースとハイライト』は、悪い曲じゃないけど、新しい何かがあるわけじゃないからな……何だろうなあ……」

「煙草っすか？　買ってきましょうか？」

武藤が腰を上げる。そうじゃない、と慌てて止めた。曲のタイトルなんだってば。だけど、そんなことを言っても彼らに通じるわけはなかった。

「そっちはどうなの？　これがベストっていう曲は？」

うーん、と二人が同時に腕を組んだ。なかなか難しい質問だったようだ。アニキの気持ちはわかりますよ、と橋田が言った。

「好きな曲はいっぱいありますけど、ひとつだけ選べってなるとねえ……答えにくいっすね」

「ヒットしたからとか、有名だからとかっていうのと、一番いい曲っていうのは違いますから」

武藤がうなずく。「おれもアニキほどじゃないかもしれないすけど、かなり聞いてますからね。アルバムだって、当然全部持ってるし」

「シングルになってないけど、心に残る曲ってあるもんな……この前、湘南行ったんだけど、あん時、車の中で誰かが『10ナンバーズ・からっと』かけてさ。そしたら理子《りこ》が泣いちゃって。どうしたどうしたってみんなで聞いたら、理子、オサムと別れたんだってな。オサムもさ、馬鹿みたいにサザン好きだっただろ？　二人の思い出の曲がさ……」

橋田が急に黙った。武藤の顔が青ざめている。どういうことだ、とつぶやきが漏れた。

「……理子、別れたのか？」

「……いや、それは……そうだったかな？」

うろたえた橋田の襟首を武藤が摑む。

「いつの話だ？　どういうことだ？　何で言ってくれなかった？」

「それは……苦しいって、離せよ。言わないでくれって、理子に頼まれて……ほら、あいつはお前とあんなふうに別れちゃったから、お前には悪いことしたって思ってて……言うと、面倒なことになるって」

「面倒？　どういう意味だよ！　オサムも何なんだ？　おれは、オサムだから、しょうがねえかって。許したわけじゃねえけど、ここは男らしく引くとこは引かなきゃって……それなのに別れただと？　おい、オサムどこにいる？　どういうことだ。理子と別れただと？　あんないい女いねえぞ！　ぶっとばしてやる！」

猛然と立ち上がった武藤を橋田がタックルして止めた。悪かったとか何とか叫んでいる。店員が飛んできて、ケンカは止めてください！　と怒鳴った。

制止を聞かず、武藤が無茶苦茶に暴れだす。成り行きでぼくも止めに入った。ケンカか？　と他の客がみんな集まってくる。

すいませんすいませんと頭を下げながら、ぼくは橋田と一緒になって、両手両足を振り回している武藤を畳に押し倒した。チクショー！　と喚き散らす武藤を羽交い締めにしながら、諦めろよと橋田が泣きながら叫ぶ。えらいことになった、とぼくは力を込めて二人を押さえた。

4

喚き散らしていた武藤が急におとなしくなり、畳の上であおむけになった。大音量のいびきが流れる。酔い潰れたようだった。

よくあることなんで、と言いながら橋田が武藤をおぶって店を出た。飲み代も橋田が払った。二人の関係性が何となくわかったような気がした。

原宿駅までぶらぶら歩いた。重そうなので、交替で武藤をおんぶする。こいつ、いい奴なんですよ、と橋田が微笑んだ。

「理子とは、一年かそれぐらいつきあってたんすけど、親友のオサムに取られる形になって。別に誰も悪くなくて、武藤ちゃんが一歩引いて収まったんですけど……こいつ、まだ理子のこと好きなんですよ。それはわかってるんです」

「若い時って、そういうこともあるよな。いいじゃないの。恋愛って、そういうもんじゃないのかな」

どこかで見たドラマのようなことを言った。あまりに臭いので、我ながら引いてしまった。

「迷惑っちゃ、迷惑なんすけどね。まあ、しょうがないっす。三年間、ずっと組んでた仲間ですからね。アニキは？　バンドとかやってたんですか？」

「大学の時ね。だけど、あんまりいい思い出はない。よくある話だけど、ボーカルとギターが女取り合って揉めてね。三年の文化祭の直後に殴り合って、そのまま解散した。いや、そんなきれいな話じゃなかったな……ひどかったよ」

「ちなみに、アニキの担当は？」

「ギター」

そうすか、とつぶいやいた橋田が黙る。しばらく歩いたところで、おもむろに口を開いた。

「どうすかね、一緒に歌いませんか？」

原宿駅の歩道橋のところでぼくたちは立ち止まった。どうですか、と橋田が繰り返した。

「おれら、明日も代々木公園のステージに立つんですけど、よかったら一緒にどうすか？　結構楽しいですよ」

「それはどうかな。邪魔だろ？　三年組んでた二人の間に、いきなりぼくみたいな……」

「いやあ、いいんすよ。もうおれら引退してOBになって、他にやることないからあんなとこで歌ってるだけで、完全に趣味なんです。二人より三人の方が楽しいし、アニキは音楽に詳しそうだし、サザンも好きだし……おれ、正直下手じゃないすか。いいんです、わかってますから。好きでやってるんだから、それはそれでいいんです。だけど、武藤ちゃんはおれにつきあってくれてて、そこはやっぱ申し訳ないなって。上手い人と楽しんでほしいみたいな……」

「ぼくだって、そんなに上手いわけじゃない」

「でも、おれよりはましでしょ？」橋田が笑った。「大概の人がおれよりは上手いっす」

「上手いとか下手とか、そんなことはどうでもいいんじゃないかな。武藤くんは十分に楽しんでいるように見えたよ。二人で頑張れよ。ぼくも聞かせてもらう。君たちのステージは好きだ。マジでね」

「あはは……ありがとうございます。まあ、明日もやってますから。公園にいるんでしょ？」

「いる……んじゃないかな」

「明日、話しましょう。武藤ちゃんにも言っておきます。きっと賛成してくれますよ」

「うん」

「すいません、おぶってもらって。代わります」ぼくの背中にいた武藤を橋田が抱えた。「今日、楽しかったっす。例によってサザンのベストな一曲は決められなかったですけど。今度、ちゃんと決めましょう」

「そうだね。ぼくも考えておくよ」

「アニキは？　家はどこなんです？」

「……近くだ。歩いて帰る。心配しなくていいよ」

失礼しまーすと言って、橋田が武藤に肩を貸しながら歩道橋を昇っていった。お疲れ、とその背中に声をかけてぼくも歩きだした。

とにかく、飯が食えた。酒まで飲めた。いい奴らだった。一九八一年において初めてまともに話すことができた相手があの二人でよかった。

代々木公園まで戻り、ベンチに寝っ転がった。降るような、というほどではなかったが、星がまたたいていてきれいだった。

悪い時代ではないのかもしれない。見ず知らずの男に、いくら好きなアーチストが同じという理由があったにせよ、話しかけたり飲みに行こうと誘ったり、果ては酔っ払って暴れまわったりというようなことは、二〇一四年だとなかなか考えにくい事態だ。

明日も下北沢へ行こうと思った。やることはないし、他に行く当てもない。下北沢の町を調べてみよう。一応、雑木林もだ。何も見つからないかもしれないが、それでも行ってみなければならない。一九八一年がいい時代なのはわかったが、やっぱり二〇一四年に戻りたかった。

だが、とりあえずは寝よう。二人のおかげで腹は満たされていたし、さんざん喋ったことで寂しさも薄らいでいた。安らかに眠れそうだった。

(おごらせちゃったなあ)

いくらだったか知らないが、全部払わせてしまった。申し訳ない。そういえば、ごちそうさまも言ってなかった。明日、改めてお礼を言おう。そんなことを考えているうちに、いつの間にか眠っていた。初めての平和な夜だった。

5

翌朝起きると、公園には既に人がたくさんいた。予想以上に深く眠ってしまったらしい。酔いが少し残っていて頭がふらついたが、気にはならなかった。トイレに行って顔を洗い、公園を出た。

途中、パン屋で買ったバゲットを齧りながら下北沢へ向かった。雑木林に直行し、周辺を含めていろいろ調べたが、何も見つからなかった。昨日と同じだ。

下北沢の駅へ行き、商店街を中心にぐるぐる歩いた。二〇一四年には死ぬほどあったカラオケ店やモンテローザ系のチェーン居酒屋がまったく存在しないことに改めて驚かされたが、丁寧に一軒一軒覗いていくと、知っている店があることがわかった。

劇場のスズナリも見つけた。外観が新しいことにびっくりしたが、一九八一年にはこんな感じだったのだろう。それ以外にも何軒かカフェや料理屋を発見した。中でも中華料理の珉亭という店はぼくもよく行っていた。他では食べたことがなかったが、赤いチャーハンというものがあり、休日の昼などにはよく頼んだものだ。

他にも古着屋や雑貨店などがあった。店そのものの造りが違っていたり、店名さえも変わったりしていたが、二〇一四年でも営業している店だ。金がないので覗いてみることしかできなかったが、何となく安心した。

外は暑く、喫茶店でアイスコーヒーが飲みたいと切実に思ったが、何しろ金がない。諦めるしかなかった。ただ、エアコンがない店も多いようで、みんな汗だくだった。ステテコ姿で歩いているオッサンなども少なくなく、それを誰もツッコんだりしない。当たり前の光景のようだった。

足が痛くなるまで町を歩いて、それから代々木公園に戻った。Tシャツがびちょびちょに濡れてしまって気持ちが悪かったので、トイレで洗った。上半身裸のまま、Tシャツが乾くまでベンチでぼんやりしていたが、別に変な目で見られることもなかった。いい時代だ。

そんなことをしているうちに夕方になった。武藤と橋田がやってきたのは、四時過ぎだった。

昨日はごちそうになって悪かったと言うと、とんでもないっす、と武藤がぶんぶんと首を振った。

こっちこそ迷惑かけちゃって、と謝ってくる。酔って潰れてしまったことを言っているらしい。

全然気にしてないよと言うと、橋田から聞きました、と顔を近づけてきた。

「アニキ、ギターやってたんですって？　いや、そうじゃないかなとは思ってたんですよ。同じギタリストの匂いとでも言いますか……それじゃ、一緒にステージ立ちましょう。今日の曲なんですけど」

どんどん話を進めていく。待ってくれ、と二人を交互に見た。

「昨日も言ったけど、それはちょっと遠慮するよ。もういい歳だ。ギターを弾いて人前で歌うようなことは恥ずかしくてできない。二十九歳っていうのはそういう年齢なんだ」

「まあ、そう言わずに」橋田がぼくにギターを渡してきた。「とりあえず、ちょっと弾いてみません？　おれらも聞いてみたいし」

昨日二人の話にも出ていたが、ギターにはＭａｒｔｉｎというロゴが刻まれていた。クラシックなデザインのアコースティックギターだが、それなりに味がある。

マーティンは二〇一四年にも販売しているギターで、ポピュラーかと言われると残念ながらそうでもないが、ぼくも一応バンドをやっていた身なので、その存在は知っていた。確かプレスリーが使っていたことで有名ではなかったか。持ってみると、妙にしっくりきた。

「よっ！　ギタリスト！　チャー！　ラリー・カールトン！」よくわからない人名らしきものを

橋田が立て続けに叫んだ。「カッコイイっすよ。経験者は違いますね。何か弾いてくださいよ。何でもいいすから」

そう言われても困るが、とりあえず湘南乃風なんかを歌うのは違うとわかっていたので、無難にビートルズのイエスタデイのイントロを弾いた。指が覚えているということもあったし、ビートルズならわかるだろう。思った通りで、うなずいていた二人が一緒に歌いだした。

武藤のボーカルは三年間やっていたというだけのことはあり、安定していたし、橋田も歌そのものはまあまあだった。調子に乗ってフルで完奏した。やっぱビートルズはいいっすね、と歌い終えた二人が言った。

「今聞いても新しいっていうのは、どういうことなんすかね。ジョン・レノンは偉大だ」

つぶやいた橋田に、イエスタデイはポールの曲だ、と武藤が言った。こんなもんだよとぼくが言うと、十分じゃないすか、と二人が口を揃えた。

「一緒にやりましょうよお。アニキの方がおれより上手い。そういうの、すぐ認めるんです、おれ」橋田が人の良さそうな笑みを浮かべる。「客だって、上手い方がいいに決まってます。そりゃそうでしょう。アニキは声もいい。おれらと音域が近いんじゃないすか？　ハモれますよね？」

「今日の曲なんですけど」実務的に武藤が話を進める。「大瀧詠一の『ロング・バケーション』から一曲やろうかって。名盤ですよ、あれは！　『雨のウェンズデイ』弾けます？　楽譜はあるんです。ギターブックの付録についてたんで。それからシャネルズと、中島みゆき、横浜銀蝿……」

「すまん、よくわからない……銀蠅？　シャネルズって？　『ロング・バケーション』は何となくわかるんだけど……」

「大丈夫っす。コードだけ弾いてもらえれば、メロディはこっちでどうにかしますから。でも、アニキの知ってる曲を中心にした方がいいですかね？　昨日おれら何歌ってましたっけ？　甲斐バンドだっけ？　ピンク・レディーでもやります？　解散しちゃったけど」

　二人がアーチスト名を次々に挙げた。自分でも意外だったが、バンドやソロアーチストの名前自体は知っているものが多かった。ぼくは姉と兄の影響をもろに受けて育っていたが、小さい頃よく聞かされた人たちの名前がずらずらと並んだ。

　ただ、曲名までは記憶がなかった。武藤がサビを歌ったりすると、ああの曲か、と思い出したりするものもあったが、まったく覚えていないものも当然あった。その辺は武藤も橋田もあっさりしていて、わかんないんだったら次行きましょう、と言う。何でも聞くし何でも演奏するというのは本当のようで、あまりこだわりはないようだった。

　勢いということなのか、自分でもよくわからないうちに、一緒にステージに立つことになった。ぼくは一応ではあるが、楽譜があれば初見でもギターは弾ける。歌詞を完全にコピーできる曲はひとつもなかったが、雰囲気で合わせてほしいと言われてうなずいた。

　最終的には、橋田が自分の持っていたヘッドホンをぼくに渡して、これを聞いてくださいと言った。ヘッドホンの先に小さな機械がついていて、カセットレコーダーであることがわかった。むしろ、そちらが本体なのだろう。小学生ぐらいまではぼくも使っていた記憶がある。懐かしいというか、十数年ぶりに見る代物だった。

「壊さないでくださいね」橋田が心配そうに言った。「ソニーのウォークマン、高かったんですから。ステレオですよ」

ダサいデザインのヘッドホンを頭につけて、再生ボタンを押した。意外にクリアな音質が流れ出す。さすがはソニーだ。流れてきたのは小田和正の声だった。生命保険会社のＣＭは有名だが、昔から声がまったく変わっていないことに驚いた。

一時間ほど曲を聞き続け、ギターをかき鳴らして練習し、そのままの勢いでステージに上がった。数十人の客がノリよく迎えてくれた。拍手と歓声が起こる。毎日二人はこのステージで演奏していて、それなりに認められているのだろう。

武藤も橋田も堂々としていて、なかなか様になっている。こんにちは、青学スイマーズでーす、と武藤が挨拶した。

「ありがとうございます。暑いですねー。ここは一発、暑気払いということで派手な曲を……『モンキー・マジック』聞いてください」

ギターを叩くようにして弾き始めた。ぼくも続く。ライブが始まった。そこそこ緊張はしたが、足が震えるとか頭が真っ白になるとかいうようなことはなかった。ぼくも大学の頃はこんなふうにステージに立っていたし、どうしたらいいのかはわかっていた。

客を前にして歌うのは七、八年ぶりだが、悪い感じはしなかった。嫌いではないのだ。嫌だったらバンドなんかやっていなかっただろう。ステージに立つというのは、やっぱり気分のいいものなのだ。

6

二時間ほどのステージが終わった。ぼくは適当に合わせることしかできなかったし、武藤も橋田も何かに特別秀でているというわけではない。パフォーマンスとして満足のいくものではなかったが、それでも客は楽しんでくれたらしく、十人ほどが置かれていた空き缶にいくらかの金を投げ入れていった。飲みに行きましょう、と武藤が嬉しそうに言った。行くのはいいが、もうちょっと練習した方がいいんじゃないかと言うと、じゃあそうしますか、と橋田がうなずいた。向上心はあるらしい。

これははっきり言っておくが、ぼくはそんなに上手いギタリストではない。その辺の大学生バンドと比較すれば、それなりのテクはあると自負しているが、その程度の腕だ。

小さい頃からギターをおもちゃ代わりにしていたのは本当だし、姉も兄も教えてくれていた。そこそこには弾けるだろう。ただ、それは趣味レベルでの話だ。その程度の技術しかなかったが、そんなぼくから見ても橋田はもちろん、武藤もぼく以下だった。これは彼らの責任ではなく、時代性の問題なのだろう。二〇一四年には一九八一年になかったテクニックがあるということだ。

その辺のところを、二人に教えた。たいしたことではない。より効果的で、今より上手く聞こえるという小手先の技術を教えただけだが、それでも二人は、さすがアニキ、と感心してくれた。

そんなつもりはなかったが、練習というよりはギター教室のようになっていた。彼らの知っている曲で教えた方がいいのはわかっていたが、そういう曲をぼくが弾けなかったりしたので、仕方なく自分の知っている曲を演奏して実例を示した。ミスター・チルドレンとかいきものがかりなどだが、曲を聞いた二人は異常な興奮状態に陥った。

「いい曲だあ！　何て曲ですか？　『イノセント・ワールド』？　洋楽ですか？　いや、歌詞が日本語っすね」武藤がコードをメモしながら言った。「聞いたことないなあ。誰の曲ですか？もしかしてアニキのオリジナル？」

「さっきの『風が吹いている』って曲も良かったっす。懐かしい感じがして、ちょっとカンドーしました」橋田がフレーズを口ずさんだ。「詞もいいですね。アニキが作った？　大学時代のバンドでやってたとか？」

曲がいいのはその通りだが、それは桜井和寿や水野良樹が偉いのであって、ぼくには何の関係もない。聞いたことがないのは当たり前で、彼らの曲は十年以上後に世の中に発表されるものなのだから、二人が知っているはずがなかった。だが、それを説明するわけにもいかないので、友達が作った曲だと言った。そりゃ凄い、と二人がまた叫んだ。

「プロの作曲家になれますよ。すげえ友達がいるんすね。紹介してくださいよお」

いつかね、と答えた。桜井も水野も知らないって。こっちが紹介してほしい。

公園のベンチでギターを弾いて歌い、昨日と同じように村さ来へ行って酒を飲み、そこでもギターを弾いた。一九八一年においてはあまり他人の迷惑を考えなくていいらしい。誰も何も言わなかった。

まったく昨日と同じ展開で酔っ払った武藤が、昔の女の話をしながら泣きだし、釣られるように橋田も泣いた。泣きながら二人がアニキの歌が聞きたいというので、レミオロメンの『粉雪』

を歌った。

二人がより一層激しく泣きだし、どういうわけか周りの客たちまで泣きながらじっと歌を聞いていた。他にも何曲か歌わされ、しまいには客たちがぼくを囲んで輪を作った。

三十分ほどそんなことを続けていたら、すいませんがお静かにお願いします、と店員に言われた。そりゃそうだろう。ちぇっ、とか言いながら他の客たちが元の席に戻り、気がつくと武藤と橋田がぼくの前で正座していた。

「アニキ凄いっす！　素晴らしい！」橋田がぼくの腕を摑んだ。「アニキ、おれたちプロになりましょう！　三人でポプコン出て、ＣＢＳソニーか東芝ＥＭＩからデビューしましょう！」

「異議なし！　その通り！　明日からアニキのコーナーを作りましょう。何曲でも歌ってください。そりゃ客も知らない曲ってことになるかもしんないすけど、絶対受けますって！　いやー、いいなあ、音楽って素晴らしいなあ！」

さっきまで号泣していた武藤が真剣な顔で水野晴郎みたいなことを言っているのを聞くと、酒というのは怖いものだと思った。もう少し酒の飲み方を覚えた方がいいのではないか。これほどまでに態度が豹変するというのは、将来を考えるとあまりよろしくないだろう。

「友達の曲だから駄目だよ」本当は藤巻亮太の曲だったりするのだが、ここは許していただきたい。「プロとかデビューとか、そういうことじゃない。友達でも他人だ。知的所有権というものがある。勝手なことはできない」

「アニキのコーナーを作りましょうよお」武藤がコップの日本酒をあおりながら怒鳴った。「それならいいじゃないすかあ。友達なんでしょ？　許してくれますよお」

「そうですよ、許してくれますよ……ちなみに、知的所有権って何すか？」

橋田が言った。黙っていると、二人は大きな声で、そうしようそうしよう、それでいいのだ、とバカボンのパパのようなことを言い始めた。まあいい。放っておこう。明日になれば忘れる。

一時間後、武藤が意識を失い、それをきっかけに店を出た。まったく同じパターンだ。原宿駅で二人と別れ、代々木公園に帰って寝た。いつの時代でも大学生の本質は変わらない。眠りにつく直前、そう思った。

7

あれほど酔っていたにもかかわらず、二人は自分たちの言ったことを覚えていた。翌日ぼくのところにやってきた二人が開口一番言ったのは、アニキのソロのコーナーをやります、という言葉だった。

これは決まったことですから、と二人が妙に事務的に言った。結局断らなかったのは、ぼくにも一応バンドマンとしての何かが体に残っていたということだろう。一人でステージに立って歌うというのは、ありそうでないシチュエーションだ。ちょっとやってみたいという気持ちがあった。ギターを弾き、歌を歌った。福山雅治とか浜崎あゆみとか、そんなアーチストの曲だ。正直言って、楽しかった。

二人はただステージに立てればそれで十分なところがあるらしく、ぼくが何をしても許してくれた。ソロのコーナーというのはどうなのかと思っていたが、意外と客の反応はよかった。曲が良ければ、みんな素直に拍手してくれたし、一番を聞いて覚えたということなのか、二番からハミングしてくる者までいた。いいメロディというのは、普遍性のあるものなのだ。

一週間ほど、そんな日々が続いた。午後になるとやってくる武藤と橋田と練習し、ステージでギターを弾き、思いきり歌う。終わると、二人と飲みに行った。

ルーティン化してるぐらい飲み方は同じで、テレビやラジオなどの話をしながらビールを飲む。武藤はある段階で日本酒に切り替える。それがスイッチになっているのか、高校時代のことや大学での生活について思い出話が始まり、最終的には女の話になる。そのまま泣きだし、酔い潰れる。橋田は毎日原宿駅までの夜道を武藤を背負って帰る。ワンパターンだが、どこか懐かしい光景だった。

飲みに行くのは、ぼくにとって食生活の安定のために重要なことでもあった。今も昔も、居酒屋はある部分食事処という一面を持っている。肉も魚も野菜も、もちろん米もメニューにあった。酒もそうなのではあるけれど、村さ来で食事を取ることでとりあえず飢え死にの危機は免れていた。

練習をしたり、ステージで歌うこともそうだったし、武藤と橋田と過ごす時間は楽しかった。ぼくたちは急速に親しくなった。一緒にバンドをやるというのはそういうことで、野球やサッカーの同じチームでプレイするのとはちょっと違う。どうしても趣味や性格が反映するから、踏み込んだつきあいをしなければならなくなる。仲良くなるのはある意味で当然の流れだった。

特に橋田はぼくに懐き、家に泊まりに来てくださいよとしつこくせがむので、何日目かに本当に行った。橋田は実家暮らしだったが、両親は歓迎してくれた。高校生の頃は厳しかったらしいが、就職が決まったことで何でもありになっているそうだ。

何日ぶりかで風呂に入り、出るとぼくのTシャツやジーンズは洗濯してあった。いらなくなったので、と橋田はクイーンのフレディ・マーキュリーの写真をプリントしてある少し着古したシャツまでくれた。ありがたくいただいたが、着るのになかなか勇気のいる代物ではあった。ちなみに、パンツはくれなかった。当たり前か。

ぼくは自分からはあまり話さず、二人の話を聞いていることが多かった。二〇一四年の話をしても理解してもらえないだろうとわかっていたからだ。インターネットの話をしても、通じるとは思えない。ＣＤさえまだない時代なのだ。

社会の急速なコンピューター化は、まだしばらく先のことだ。携帯電話もなく、時間の流れはどこかゆったりしていた。だから二人の話に耳を傾けているしかなかったが、それはそれで面白かった。テレビに代表されるエンターテインメントの話には、興味深いものがあった。もちろんよくわからないところもあったが、ぼくが生まれる前の時代の話だと思うと、御伽噺《おとぎばなし》を聞いているような感じがした。

音楽の趣味などからもわかったことだが、武藤はぼくたちの時代で言うところのオタク的要素がある男で、あと十年遅く生まれていたら確実にサブカルチャーにはまっていただろう。

逆に橋田は二〇一四年に今と同じ年齢だったとしても、十分通用するだろうと思われるほど常識的で、言うことも実体験に基づいており、地に足がついている感じがした。二人の性格はかなり違うようだったが、だからこそ友達としてバランスが取れているのだろう。

テレビや音楽の話ばかりしていたわけではなく、むしろ大学生としての二人の生活についての話の方が聞いてて笑えた。今も昔も大学生というのはあまり変わらないようで、二人とも下らないことばかりしてきたようだった。女の話なども、いろいろ聞いた。二人はそれぞれエピソードトークをしてくれた。それは一種の暴露話でもあり、失敗談でもあり、大学生ならではという話だったが、喋りながら二人ともどこか寂しそうだった。

酔っ払うと、来年からはサラリーマンっすよ、と武藤がつまらなそうに言うことも多かった。気持ちはわからないでもない。いいこともあるさと慰めたが、二人とも曖昧に首を振るだけだった。

七月十二日の夜も、そんなふうにして過ごした。新日本プロレスのタイガーマスクがカッコイイとか、テレビドラマ『池中玄太80キロ』の西田敏行はいい奴だ、とかそんな話をしていたが、夜の九時になったところで、帰りますか、と二人が言いだした。昨日まで、終電間際まで飲み続けるのがお決まりのパターンだったが、どういうことなのか。用事でもあるのかと聞くと、明日になればわかりますよ、とにやにや笑いながら二人は帰っていった。

スポンサーである二人がいなくなれば、ぼくも店にはいられない。何かあったのかと思いながら、代々木公園に戻って寝た。いいかげん何とかしなきゃな、とベンチで横になりながらつぶやいた。いつになったら二〇一四年に戻れるのだろうか。まあいい。明日考えよう。

問題を先送りにするのはぼくの悪い癖だったが、それだけではないらしい。ぼくも一九八一年に染まってきているようだった。

8

翌日の夕方近く、やってきた二人を見てぼくは絶句した。二人とも長かった髪をばっさり切り、七三に分けていた。首から上は立派な社会人だが、下は昨日までと同じ薄汚れたシャツとジーンズだ。アンバランスさに思わず吹き出してしまったが、二人は笑わなかった。こういうことっす、と橋田が言った。

「いったい、どうしたんだ？」

「就職っすよ」唇を少し歪めながら、橋田が説明した。「おれら、スパイラル不動産って会社に就職決まってたんすけど、今日、内定者全員出席の昼食会があったんです」

「一種の囲い込みみたいなもので」武藤が短くなった髪の毛を丁寧に手で整えた。「今日、同じ不動産業界で、スパイラルにとってはライバル会社のミレスコア21ってとこが就職説明会か何かやるんですけど、そっちへ行っちゃいかんってことで、社長から役員から出てきて、帝国ホテルで中華料理食わされたんです」

そんなことがあったのか。一九八一年においては青田買いも含めて、いい人材をよそに渡さないという企業側の考えが強かったのだろう。

「先週、人事部長から内定者にそれぞれ連絡があって、社会人として節度ある服装、髪形で来るようにって命令されて。うるせえオヤジだなって思ったんすけど、まあそういうものかなあって……潮時ってことですかね」

橋田が諦めたような顔で言った。そうっすねえ、と武藤もうなずく。

「就職試験や面接までは、何とか頑張ったんですけど……サラリーマンになるわけですからね。いつまでも馬鹿やってらんないよって。そんなのわかってたことですしね。大人になろうぜってことで、今朝二人で床屋行って、こういうことに……世の中、そういうもんですよね」

「そうかもしれないな」

「やるだけやったし、まあいいかって」橋田が武藤の肩を叩いた。「大学は大学で、十分楽しくやらせてもらいました。面白かったっすよ。しょうがないっす。八月からは研修とかも始まるし、サラリーマンになるって姿勢見せておかないと」

「それで……アニキに話があるんですけど」武藤が鼻の頭を掻いた。「おれら、今日で解散します」

「……解散?」

「青学スイマーズは終わりってことです。三年ちょっと、二人でやってきましたけど、どっかで終わらせなきゃならないのはわかっていました。今日の昼食会は一つのきっかけでした。解散するっていうのは、前から決めてたことなんです」

「未練はないっす」橋田がきれいに剃られた顎の辺りを撫でた。「三年続く学生バンドって、なかなかないんですよ。うちのサークルでも離れたりひっついたり……その中で、おれらよくやったよなあって。大きなケンカもなく、揉めたりもしなかったし……。いいとこなんじゃないすかね」

「最後にアニキと知り合って、一緒に組めたのもいい思い出です。ありがとうございました」

二人が頭を下げた。そんなこと止めてくれ、と手を振った。顔を上げた二人の目が少し潤んでいる。

「というわけで、今日のステージが最後です。頑張りましょう」

練習練習、と武藤がギターを取り上げた。何も言えないまま、準備を始める。彼らの気持ちはよくわかった。ぼくも自分のバンドを大学時代に解散させていたからだ。

ぼくの場合、女関係でトラブってバンドが空中分解してしまったのだが、四年生になる直前だったため、もう違うバンドを組むことはないとわかっていた。ぼくと女を取り合っていたボーカルとは、ある時期一緒に住んでいたこともあった親友で、ケンカになったとはいえ心の底から憎み合っていたというわけではない。複雑な気持ちのまま解散した。今でも小さな刺《とげ》が心に刺さったままだ。

学生バンドであっても、解散というのは辛いものだ。それはよくわかる。真剣な表情の二人と練習をし、そのままステージに上がった。二人はそれまでにない勢いで歌い、叫び、ステージ上を走り回った。ぼくはギターを弾かず、歌だけでサポートに徹した。二人が主役なのだ。

武藤も橋田も、客に対して解散すると言わなかった。それは二人の矜持《きょうじ》だったのだろう。客を楽しませたい、というのが彼らの願いだった。センチメンタルな気分にさせたいわけじゃない、と思っているのがよくわかった。

ステージはいつまでも続き、いつもより一時間以上長くパフォーマンスを繰り広げたが、日が沈みかけたのを合図に二人が『栞のテーマ』を嗄れた声で歌い、それですべてが終わった。いつまでも二人はギターをかき鳴らし、歌い続けた。客が全員帰るまで止めなかった。

「……お疲れ」最後の客が立ち去っていったのを見届けてから、ぼくは声をかけた。「お疲れさま」

ギターから手を放した二人が強く手を握り合い、がっちり抱き合った。武藤も橋田も泣いていた。

「終わったー！」武藤が怒鳴った。「チクショー！　終わったあ！」

叫びながら、ギターを大きく振りかぶる。そのままステージに向かって叩きつけた。鈍い音がして、ボディが割れた。チクショー、チクショーと泣きじゃくりながら、何度も振り下ろす。ネックが折れ、弦が切れたが、構わず続けた。ぼろぼろになったギターを抱いてうずくまる。ぼくと橋田を見て、哀しげに微笑んだ。

「こうでもしなきゃ、諦めがつかない」ぽつりとつぶやく。「終わりの儀式なんだ。本当は未練がある。未練しかない。止めたくねえよ」

「趣味で続ければいいじゃないか」無意味なのはわかっていたが、ぼくは言った。「そういう人はたくさんいる。学生バンドは終わったかもしれないけど、社会人バンドとして生まれ変われば……」

「そりゃ難しいっすよ」武藤の微笑が泣き顔に変わっていた。「サラリーマンになるんです。仕事って、そんな甘いもんじゃないでしょ？　遊び半分で働くつもりはないんです。やることはやらなきゃ」

一九八一年に週休二日制の会社は存在していない、という話を前に二人から聞いていた。ブラック企業という言葉もなく、限界以上に働くことを要求され、自分たちの生活を犠牲にしてでも頑張ることが美徳とされた時代なのだ。武藤も橋田もそういう時代に生きている。彼らは正しい社会人になろうとしているのだ。

「……これ、もらってくれませんか」橋田がぼくにマーティンのギターを差し出した。「おれ、ちょっとこれを壊すっていうのは……思い出が詰まり過ぎてて、できないっす」

「わかるよ。大切に持ってろよ。部屋にでも置いておけばいい」ぼくも大学時代に使っていたギターを、捨て切れずに部屋に飾っていた。「弾かなくたっていいんだ。持っていれば思い出せる。それが必要になる時もある」

「思い出っていうのとはちょっと違うっていうか……」橋田がギターを愛おしそうに撫でた。

「いや、思い出ではあるんですけど、それにすがってたら踏み出せないのはわかってますから。受け取ってください。アニキが使ってくれると思ったら、おれも嬉しいし」

「だけど……」

「記念です。おれだって未練はあります。武藤ちゃんとずっと続けたいって、今だって思ってる。だけど、それじゃ駄目なんで……もらってください。アニキだったら、安心して任せられる」

ぼくはギターを受け取った。橋田の気持ちもわかる。預かるよ、と言った。

「返してほしくなったらいつでも言ってこい。大切にするから」

「じゃ、飲みに行きますか」照れ笑いを浮かべながら武藤が立ち上がった。「今日は飲んじゃうよ、おれ。荒れるからね。覚悟しといて」

もう泣いてはいなかった。整理がついたのだろう。表情は晴れ晴れとしていた。

「任せろ。面倒見るから」橋田が壊れたギターを武藤の手から取った。「つきあってくださいよ、アニキ。青学スイマーズ、最後の飲みです。とことんやりましょう。朝まで飲むぞ！」

二人が肩を組んでステージを降りていく。背中が寂しそうであり、ちょっとだけ何かを期待しているようでもあった。アニキとして、先輩として最後までつきあってやろう。そう思いながら、ギターを抱えてぼくも歩きだした。

Part4 プライベート・アイズ

1

翌日から、ぼくは一人で代々木公園のステージに立って歌うことにした。最も大きな理由は、暇だったからだ。

この数日間で、下北沢に行っても意味がないことはわかっていた。あそこにタイムトンネルはない。未来人が現れて、ぼくに地球を救うミッションを言い渡すようなこともない。下北沢まではそこそこ距離もある。くそ暑い中を大汗掻いて歩いても無駄なのだ。

原宿近辺でバイト探しもしたが、こちらも頓挫《とんざ》した。身元のよくわからない人間を雇ってくれるほど甘い時代ではないらしい。そうなるとどこへ行く当てもない。武藤と橋田がいなくなってしまえば、友人と呼べる者もいない。何もすることがなくなってしまったぼくにできることと言えば、ステージに上がって歌うぐらいだった。

もうひとつ言うと、これはリアルな話になるのだが、歌うことで少しばかりのお金を稼げないかという思いがあった。武藤たちのステージを見ていてわかったのだが、一九八一年においてはテクニック的に優れたものがなくても、客は多少の金なら払うのだ。

彼らには悪いが、はっきり言ってぼくの方が少し、いやかなり、歌もギターも上手いだろう。

あの二人がいくらかもらえるのであれば、ぼくだって十分資格はあるのではないか。たくさんのお金をいただこうなどと甘いことは考えてはいない。ワンステージで数百円、せいぜい千円といったところだろうか。それでも何とか食い物を買うことはできるだろう。サバイバルするためには歌うしかないのだ。

というわけで、ぼくはステージに立って歌い始めた。問題は何を歌うかで、ぼくには一九八一年のミュージックシーンのことなどわからない。どんな曲が流行っているのか、何が好まれるのか、武藤と橋田と一緒に演奏した何日かの体験しか、参考になるものはなかった。

ぼくが生まれたのは一九八五年で、それ以前ということになると、よほど有名な曲なら別だが記憶しているものはほとんどない。うっすらととか、何となく覚えているというレベルでは、ギターを弾くことはもちろん、歌うことはできないのだ。

やむを得ず、一番ぼくの記憶がはっきりしている時代、つまり九〇年代、二〇〇〇年代の曲を中心に選んでいった。多くの者がそうだと思うが、中学高校時代に覚えた曲というのは、記憶というよりもっと深く体に刻み込まれている。そういう曲ならコードも覚えていたし、ギターを弾くこともできた。

もちろん、それらは一九八一年には存在していない曲だ。客にとっては何のこっちゃなのかもしれないが、それしかやりようがない。受け入れてもらえるかどうか不安だったので、押さえとしてどんな時代でも通用する曲を歌うことも決めた。単純に言うと、ビートルズやローリングストーンズだ。ぼくも一応バンドをやっていた身だから、そういう曲はそこそこコピーしていた。

そういった古典的名曲と、九〇年代、二〇〇〇年代に流行った曲、更にぼくが子供の頃よく耳にしていた覚えのある曲を合わせて歌うことにした。なるべく客にとって違和感のないような選曲を心掛けた。

二〇〇〇年代のＪポップの曲選びについてはかなり神経を遣った。ラップやヒップホップなんてとんでもない。西野カナが受けるかどうかも疑問だ。きゃりーぱみゅぱみゅに至っては論外だろう。

ラインナップされたのは、例えばブルーハーツやＢ'zやＢＯØＷＹなどだ。小室哲哉や小林武史なども歌えないことはないのだが、アコギ一本では演奏できないものが多く、技術的な意味で諦めざるを得なかった。

即席で練習して、ステージに立った。歌詞などはかなりあやふやで、適当にその場でアドリブ的に補いながら歌った。意外だったが、思っていたよりかなり受けた。

いや、それは当然なのかもしれない。ぼくは〝珠玉の〟と言っていい名曲中の名曲を選び抜いている。自分で言うのも何だが、完璧なラインナップだ。メロディは普遍性のあるもので、十年二十年ぐらいで古びたりはしない。時代を超えて受け入れられるのは当たり前なのだ。

覚えている限りの曲を二時間ほど歌い、ワンステージを終える。客もそれぐらいの時間がちょうどいいようだったし、ぼくの喉もその辺が限界だった。武藤と橋田が歌っていた曲も、もちろんレパートリーに加えた。八一年にスタンダードとなっているそれらの曲が受けるのはわかっていたことだ。九〇年代以降の曲と並べて歌うと、それなりに格好はついた。

時間は余るほどあったから、午後と夕方と一日ツーステージやった。毎日続けていたら、だんだんと客も増え、彼らがぼくの歌う九〇年代の曲を覚えて一緒に歌ったりするという現象も起きていた。それに伴い、小銭をくれる客も多くなった。

最低でも五、六百円、いい時は二千円近い金がステージ前に置いた空き缶の中に投げ入れられた。その金で多少ましな食べ物を買い、それでも余ったので生まれて初めての経験だったが、銭湯にも行った。それまでは公園の噴水で体を洗っていたのだ。

でかい浴場に浸かって伸び伸びと手足を伸ばすというのは非常に気分のいいものだった。体や頭を洗い、シャワーを浴びて汗を流すと、働いてるなあ、という実感があった。

食生活と入浴という住環境が満足できる状態になると、次は衣服ということになる。いくらかの小銭を握って竹下通りへ行き、二〇一四年で言うところの裏原宿にあった古着屋でTシャツを買った。どうやら百円ショップはまだ存在していないようだったが、古着屋は驚くべき安値で服を売っていた。

冬になったらどうしようとか、同じジーンズを何日も穿き続けているのはどうなのかとか、若干の不安要素はあったが、今をとりあえずしのぐことができるようになって、ぼくは満足していた。とにかく生きていける。何とかなるのではないか。そんなふうにして、十日ほどが過ぎていった。

2

その女が来るようになってから、少なくとも五日が経っていた。

三十歳ぐらいだろう。小柄だが、意志の強そうな形のいい顎と切れ長の目が目立つ。はっきりと美人だった。七月下旬で、暑い盛りだったが、体にぴったりした黒のパンツスーツを制服のように毎日着ていた。ジャケットも長袖だ。ややユニセックスな印象を受けた。

いつも最前列でぼくのステージを見つめている。一緒に曲を口ずさんだりすることはない。楽しんでいるふうでもなかった。厚ぼったい唇をちょっと尖らせ、黙って腕組みをして見ている。もっと言えば睨みつけていると言った方が正しいかもしれない。アヒル口というのが二〇一四年辺りの女子の間で流行っていたと思うが、美しい鳥を思わせる印象を持った。

その姿は目立った。真剣な表情はチャーミングとも言えたが、何か思い詰めたものを感じさせた。よほど暇な人なのだろう、と歌いながら思った。ぼくは一日二回演奏するのだが、彼女は連日すべてのステージを見ていたのだ。

常連と呼べるような客がいないわけではなかったが、毎回という者はさすがにいない。彼女のように全ステージを異常に集中して見ている人間はいなかった。熱心というのとはちょっと違う。もっと切羽詰まったものを感じた。ファンということになるのだろうが、はっきり言ってかなり怖かった。

七月二十四日の夕方、その日二回目のステージを終えたぼくは、いつものようにベンチに戻り、そこで横になっていた。二時間歌い続けるというのは、体力的に厳しいものがある。しかも炎天下だ。寝っ転がったっていいだろう。

三十分ほどそうしていると、太陽が傾いていくのがわかった。今日の稼ぎはいくらだったのかと小銭を数えてみると、九百円ほどあった。もうちょっと待って少し涼しくなったら、何か食い物を買いに行こうとぼんやり考えていたら、後ろから声がかかった。嗄れているというほどではないが、かなり湿度の低い声だった。湿度はゼロだ。

「ちょっとよろしいでしょうか？」

振り向くと、あの女が立っていた。毎回のことだが、黒のパンツスーツ、白のブラウス。メイクは薄い。色白のその顔に、真剣な表情を浮かべている。

「……何か？」

上半身だけ起こしてそう言った。正直、ちょっと面倒臭かった。

「少し、お話をさせていただければと。多少、説明が必要になるかと思っています。もしよかったら、その辺でお茶でもいかがでしょうか？」

「お茶？」

「ええ。コーヒーでもいかがです？」

ベンチから立ち上がり、改めて女を正面から見た。小柄なのはわかっていたが、間近で見ると身長は百五十五センチぐらいだとわかった。真っ黒なセミロングの髪が肩先で揺れている。スリムな体型で、胸は薄い。強《こわ》ばった笑みを頬に貼り付け、緊張したまなざしでぼくを見つめていた。

「コーヒー……ですか？」

「はい。ぜひお願いします」

女が一歩近づいてきた。かすかに柑橘系の匂いが漂う。

「コーヒーですかあ……そうですか。あの、ぼくは全然いいんですけど」

コーヒーというワードがぼくに与えた衝撃は大きかった。コーヒー。最近ご無沙汰の単語だ。

彼女の表情は硬かったが、声音は柔らかく、害意がないとわかったのも確かだ。むしろ興味が湧いた。どういう人間なのだろう。それより何よりコーヒーだ。コーヒーが飲みたい。

「ありがとうございます」女が深々と頭を下げた。「わたしの知ってる店でもよろしいですか？」

もちろんです、と答える前に女が歩きだした。パンプスの靴音を聞きながら、ぼくはギターを背負ってその後に続いた。

3

女が入ったのは原宿駅にほど近いロングタイムという店だった。店内に入ると、天井でシーリングファンがゆっくりと回っていた。

「もしかして、カフェバーより食事できる店の方がよかったでしょうか？」

奥の席に座った女が、ぼくを見上げた。

「カフェバー？」

「ええ……もう五時過ぎだし、そんな時間といえばそうかなと」

「……いや、そんなことないです。とりあえずお茶でもっていうのは、その通りだと思います」

実際問題として腹も減っていたが、コーヒーという言葉の響きには抗い難いものがあった。人間というのは面白いもので、時として嗜好品が食欲より優先される場合がある。ぼくは武藤たちと居酒屋に行っていたが、コーヒーを飲むだけのために喫茶店に入ったりしたことはなかった。半月、あるいはそれ以上そんなことはしていない。今はコーヒーが飲みたかった。コーヒーという単語には驚くべきパワーがあった。

「この店、あんまり食事は……でも、スパゲッティならあったと思います」

「スパゲッティ？」

「わたしも、ここで何か食べたことはないんです。でも、ナポリタンとかミートソースぐらいは……」

女が席にあったメニューを開く。店員が近づいてきて、何になさいますかと微笑んだ。

「どうされます？　何か食べます？」

「……あなたは？」

「わたしは紅茶を。アイスティーにします」

「じゃあ、ぼくも……コーヒー……あの、あの、ブルーマウンテンブレンドっていう奴を……」

うなずいた店員が去っていった。店内に流れている曲に耳を傾けていた女が、ホール＆オーツ、とつぶやいた。

「ホール＆オーツ？」

「どこでもかかってますね、『プライベート・アイズ』。流行ってるから……」

周りを見ると、観葉植物の飾られている棚にＢＯＳＥとロゴの入ったスピーカーがこれ見よがしに置かれていた。曲はそこから流れている。キャッチーなメロディラインに聞き覚えがあった。どこで聞いたのだろう。

女が脇に置いていたヴィトンのバッグから煙草を取り出して火をつけた。少し細めのその煙草からメンソールの香りが漂ってくる。サムタイムとパッケージに印刷されていたが、そんな煙草は見たことがなかった。

「すみません、突然声をかけたりして。わたし、こういう者です」

女が名刺をテーブルに置いた。マウンテンレコード邦楽制作局第二制作部相庭《あいば》制作室、と長い部署名があり、その下にディレクター黒川小夜子《くろかわさよこ》と記されていた。源氏名みたいな名前だと思ったが、名刺にあるのだから本名なのだろう。暑いですね、と言いながら小夜子が黒のジャケットを脱いだ。COMME desナントカというロゴが見えた。

「お名前を教えていただけますか？」

「松尾といいます……松尾俊介、二十九歳」

「失礼ですけど、お仕事は？」

飲み物が運ばれてきた。ミルクはいかがなさいますかと聞かれ、使いますと答えた。

「お住まいは近くなんですか？」

小夜子の質問にはビジネスライクな響きがあった。外見通り、クールな性格なのかもしれない。鼻の頭を掻きながら、ちょっとだけ笑ってみせた。答えようがない。代わりに砂糖を入れたコーヒーを掻き混ぜて口をつける。思わず目をつぶった。美味いんですけど、これ。

「すみません、ぶしつけな質問で。いいんです。あの……松尾さん？」

小夜子が何か言おうとしたが、無視してコーヒーを一気に飲んだ。熱い苦い甘い。

「美味い！　こんなに美味いのか、コーヒーって！」

「それは……そうですか？」

「あの、お代わりもらってもいいですか？　もし良ければ、アイスコーヒーを頼んでも？」

どうぞ、と小夜子が店員を呼んだ。不思議そうな顔になっている。

「いや、すみませんね。アイスコーヒー！　贅沢だなあ……あ、気にしないでください。それで、何かぼくにご用でも？」

「名刺にもありますけど、わたしは音楽ディレクターをしています」

「はあ。ディレクター？」

「レコードを作ってるんです。八年目になります」

レコード。そうなのだ。一九八一年においてＣＤはまだないのだった。武藤と橋田から聞いて、それはわかっていた。

「優れた、新しい才能を……アーチストを探すのも仕事です。アンテナは常に張ってます。代々木公園のステージで、変わった曲を歌ってる人がいるという噂は入っていました。半月ほど前に聞きに行って……三人組だったんですね？」

「……そういうことになるのかなあ」

「でも、何日か経ったら一人になっていた。それはそれで構わなかった。わたしが目をつけていたのはその一人で、つまりあなたです。続けて毎日通いました」

そうですか、とうなずいた。ぼくが小夜子に気づいたのは五日前だったが、その前から彼女は客の中にいたようだ。

「一週間、すべてのステージを見させていただきました。はっきり言いますけど、歌は上手くありませんね」

「はあ」

別に何とも思わなかった。ぼくの歌はカラオケボックスで歌うには十分だったが、その程度のものでしかない。声も良くはないし、音域も狭い。大学時代バンドをやっていた頃も、ボーカルは他のメンバーに任せていた。

「ギターはそこそこですけど、文化祭レベルです」

その通りです、と頭を掻いた。さすがはレコード会社の音楽ディレクターということなのか、よくわかってらっしゃる。ぼく程度のテクニックの持ち主は全国に何万人といるだろう。年数だけはやってるから、聞き苦しいということはないと思うが、抜群に上手いとは言えないこともわかっている。

「ですが楽曲は素晴らしいと思いました。天才的と表現しても足りないぐらいです」

「そりゃあ……そうですか？」

ありがとうございますと頭を下げたが、別に嬉しくも何ともなかった。曲はぼくが作ったものじゃない。ぼくが知っているアーチストが生み出したものを聞いて覚えていただけのことで、天才なのは彼らだ。ぼくではない。

「一曲一曲、詞もメロディも凄いです。完璧で、完成されています。わたしが一番驚いたのは、曲にパターンがないことです」

「パターン？」

「メロディを作る人には、それぞれ固有の癖があります。それは個性とも言えますが、アマチュアはワンパターンに陥りがちです。似たような曲しか作れないんですね。でも松尾さんは違う。どの曲を取っても、それぞれオリジナリティに溢れていて、独創的です。同じ人間が作曲したとは思えません」

それはそうだろう。ぼくが歌っていた曲は、それぞれ違うアーチストが作ったものなのだから、似ていたらその方が問題だ。作詞者、作曲者は曲によって違う。パターンがないと小夜子が言うのは当たり前だった。

「わたしが不勉強なのかもしれませんが、聞いたことのないコード進行、構成、メロディライン……驚きの連続でした。すべてが斬新としか言いようがありません。興味深いのは、それでいて耳になじむメロディを併せ持っていることです。ただアマチュアが闇雲に作っているのとは違います。計算されていて、完全に出来上がっている。独りよがりでもなく、大衆性もあり、芸術的でもある。これだけは言わせてください。感動しました」

ほとんどノンブレスで一気に喋った。感動しました、ともう一度言って、はあはあと荒い息をつく。顔が少し紅潮していた。

「はあ……そうですか」

それほど不思議には思わなかった。ぼくがステージで歌っていた曲は、ぼくが生まれてから二〇一四年までにずっと聞いていたヒット曲の中から、選びに選びぬいた名曲ばかりだからだ。

生まれてから二十九年間、何百何千、もしかしたら何万という曲を聞いていただろう。いわゆるヒット曲は数知れない。だが、心に残る名曲というのは、それほど多くない。ちょっと売れたぐらいの曲は、いずれ忘れる。それはヒットソングの宿命で、流行り歌なんてそんなものだ。

そういう曲はそれでいいと思うし、泡のように浮かんでは消えていくヒットソングというのも嫌いではない。そんな曲を含めてのポピュラーソングということになるのだろう。

ただ、ぼくにとって重要なのは、ステージでギターを弾き、歌わなければならないということだった。サビだけは覚えてる、というような曲だと演奏はできない。そうなると、選ばれたのは八〇年代、九〇年代、二〇〇〇年代を通して記憶にはっきり残っている名曲ばかりということになるのは必然だった。

三十年間、あるいはそれ以上の年月をかけてセレクトされた究極のベストアルバムに収録された曲を歌っているようなものなのだから、感動しましたと小夜子が言うのはある意味当然だろう。彼女を感動させたのは、未来のアーチストたちの、音楽の力なのだ。

「松尾さんは、プロとして活動してらっしゃるんですか？　どこか事務所に所属しているとか？」

小夜子が聞いた時、アイスコーヒーが届いた。ガムシロとミルクを死ぬほど入れる。

「プロ？　事務所？　いや、そんなことは……」

「誰か、既成のアーチストでもアマチュアでも、楽曲を提供したことは？」

「ないです。そんなこと」

甘々のアイスコーヒーを飲む。甘味というのはもはやセクシーだった。

「お願いがあります」煙草を消した小夜子が向き直った。「マウンテンレコードと契約してください。いえ、もっとはっきり言います。わたしと契約していただけないでしょうか？」

この上ない真剣な表情でそう言って、深く頭を下げた。いや、その、とつぶやきながら、ぼくはストローでアイスコーヒーを吸い上げた。

4

頭を上げた小夜子の顔が強ばっていた。指でつついたら破裂しそうだ。

「少し……、自分の話をさせてください」

どうぞどうぞ、とうなずいた。何しろ時間は腐るほどあるのだ。話し相手になってほしいと言うのなら、いくらでもおつきあいできる。

「わたしの父は東京フィルのバイオリン奏者でした。母はオペラ歌手です。そういう家に生まれ、育ちました」

「そりゃあ……凄いですね」

「小さい頃から音楽の才能があると認められました。発表会やコンクールなどでも、何度も賞を取っています。夢はクラシックの音楽家になることでした。ですが……プロになるだけの才能はありませんでした。何かが足りなかったんです」

小夜子の頬に苦い笑みが浮かんだ。

「大学受験で藝大に落ちて……滑り止めということではありませんが、桐朋学園に入りました。ご存じですか？」

「聞いたことはあります。私立の有名な音楽系の大学ですよね？　あそこだったら十分なんじゃないですか？」

「そこで自分の本当のレベルがはっきりとわかってしまって……テクニックとかではなく、もっと根源的なものがわたしにはなかった。上手い下手ということなら、上手い方だったかもしれません。ですが、それだけではプロとして通用しません。努力で越えられるような壁ではないとすぐわかりました。プロは諦めて音楽教師になろうと大学の教授に相談していた時、ある曲を聞いて衝撃を受けました」

「ある曲？」

「『ノルウェイの森』です。ビートルズの」ありがちですけど、と小夜子が髪の毛に手をやりながら微笑んだ。「本当に、天地が引っ繰り返るようなショックでした。体の震えが止まらなかった……ぼろぼろ泣いてしまったほどです」

「失礼ですけど、あなたの年齢だったら……」

頭の中で素早く計算をした。音楽ディレクターになって八年だと言っていなかったか。だとしたら今三十歳ぐらいで、一九五〇年前後の生まれということになる。それまでビートルズを聞いたことがなかったらしい。クラシックの家に育つと、そういうことになるのか。

「ビートルズのような、ああいう音楽を作りたい、と強く思いました」

「それで、レコード会社に？」

「はい。わたし、勉強はよくできたんです」小夜子が悪戯《いたずら》っ子のように小さく舌を出した。「優等生だったんですよ、音大で。成績も優秀でした。入社試験では筆記試験の成績が重視されます。割とすんなりマウンテンレコードに入ることができました」

「そりゃ音大出で成績優秀なら会社も採用するでしょうね」

「同期は十人いましたけど、制作局に配属されたのはわたしだけでした。音大出の経歴が買われたようです。ソニーさんや東芝さんにも、女性ディレクターはたぶんいないと思います。うちの会社は新興ですから、新しいことにチャレンジしようっていう考えもあったのかもしれません。二年近く、先輩の吉田というディレクターについてアシスタントをやりました。結局雑用係なんですけど」

「なるほど」

「すごく厳しかったですよ。怒られたり、怒鳴られたりしたこともありました。でも吉田さんの仕事ぶりは業界でも有名でしたから、この人しかいないって……死に物狂いでついていきました。本当はとても優しい人なんです。一年かけてわたしにすべてを教え、最終的には会社に掛け合って、わたしをディレクターとして独り立ちさせるように強く言ってくれて……そのおかげでアシスタントからディレクターになることができました」

「恩人っていうわけですね」

なかなかいい話だ。平成になるとそういう気骨のある人間の話はあまり聞かなくなる。

「数組のアーチストを抱えて、わたしはディレクターデビューしました。その中に、ジェットエクスタシーもいました。松尾さんも知ってますよね？　ジェッタシーです」

「ジェッタシー？　いや、すいません。知らないです。それはバンドですか？」

信じられない、という目で小夜子がぼくを見つめた。

「松尾さん、二十九歳っておっしゃいましたよね？　ジェッタシーを知らない？　五年前のデビュー曲『灼熱のオンザロード』は？『太陽と海のシーズン』は？　聞いたことぐらいあるでしょう？」

何だそのタイトルは、と胸の中でツッコみながら、実はアメリカに長くいまして、と首を振った。武藤や橋田もそうだったが、海外にいたと言えば多少おかしなことを言っても納得してもらえる。小夜子もそうだった。

「そうですか、それなら知らないのも無理ないですよね……じゃあ、そのTシャツもアメリカで買ったんですか？」

「Tシャツ？」

小夜子がぼくの胸の辺りを指さした。

「ウニ……クロ？　ウニクロって読むんですか、そのロゴ……聞いたことありませんけど、ブランドなんですか？」

まあその、と適当に笑ってごまかした。あまり触れてほしくないということがわかったのか、すみませんと小夜子が煙草を取り出して火をつける。銀色に光るライターにデュポンというロゴが刻まれていた。

「ジェッタシーのリードボーカルで、曲をすべて書いていたのは新城豪士《しんじょうたけし》です。彼には才能がありました」

聞いたことのない名前だったが、黙ってうなずいた。余計なことを言うとボロが出るだろう。

「レコード会社のディレクターにとって、才能は宝です。わたしは彼の曲作りを全力でサポートし、歌詞やメロディについて徹底的に話し合い、よりいい曲にするために努力しました。新城のためなら何でもしようと思いましたし、実際何でもしました。デビューシングルは六十万枚を超えるビッグヒットになりました」

「『灼熱のオンザロード』でしたっけ？　努力の甲斐がありましたね」

「その後二年間、そんな日々が続きました。忙しかったです。レコーディング、ツアー、テレビやラジオの出演、プライベートに至るまでいつも一緒にいましたからね。休みもろくに取れなかった。でも、充実してました。楽しかったと思っています。あの時までは」

「あの時？」

「デビュー二周年を控えたある日、アルバムの曲について打ち合わせがしたいと新城が言って……ホテルに呼ばれました」小夜子がうつむいた。「部屋に入って、話をしましょうと言った時、新城がわたしを襲ってきて……」

声が濡れていた。話さなくてもいいですよと言ったが、頭をひとつ振って先を続けた。

「すべておれのおかげだろって、おれがいるからお前もでかい面《つら》ができるんだろうって……抱こうとしました」

「ひどい男ですね」

「抵抗して、部屋を飛び出しました。でも、それで終わりにはならなかった。翌日、相庭という会社の上司に呼び出されて……ジェッタシーの担当から降りろ、と命令されました。新城がねじ込んだんです。わたしを外さなければマウンテンレコードとの契約を打ち切り、別のレコード会社に移籍すると脅したんです」

「セクハラでパワハラだ」ぼくは顔をしかめた。「最低の野郎ですね」

「相庭にもひどく叱られました。うまくやればよかったじゃないかと当てこするように言われました。それぐらいいいだろうとか、もっとひどいことも。何のための女ディレクターなんだって怒鳴られて……女性がクリエイティブな仕事に係わるのは難しいんです。レコード業界だけの話じゃありません。どんな会社だってそうでしょう」

「そりゃずいぶん、ひどい話ですね」

「結局、わたしがディレクターから外れ、相庭がジェッタシーを担当することになり、それからもヒット曲を出しました。二年前に解散しましたが、会社にもたらした利益は少なくなかった。結局、得をしたのは相庭です。その実績も含めて制作室長になりました」

「名刺にあった相庭制作室っていうのは……」

「彼のことです。マウンテンレコードには他にもいくつか制作室がありますが、すべて室長の名前が入るんです。相庭は今もわたしの上司なんです」

「いますねえ、そういう人。要領がいいっていうか、立ち回りが上手い奴っていうのはねえ……」

「その後、何組かのアーチスト、アイドルなどを担当しましたけど、ヒット曲を作ることはできませんでした」小夜子が自嘲的な笑みを浮かべた。「相庭が裏で動いていたために、社内の風当たりが強くなり、売り上げのノルマはどんどん大きくなって、それなのに予算は削られて……何とかしようと思って努力したんですけど、悪循環っていうんでしょうか。やることなすこと悪い方へ悪い方へと……」

「負のスパイラルですね。よくある話です」

スパイラル？　と首を傾げた小夜子が、松尾さんは海外が長かったんですね、とつぶやいた。

「最悪の時期が長く続きました。吉田さんがかばってくれなかったら、とっくにディレクターとしてはお払い箱になっていたでしょう。ヒット曲を出さないディレクターは……辛いですよ」

「それはわかる気がします」

「あらゆることをしました。演歌歌手と一緒に全国をどさ回りしたこともあります。ラジオ局、テレビ局に毎日通って、自分の担当するアーチストを取り上げてくださいとお願いしましたが、話も聞いてくれませんでした。五年間、過去に一発偶然当てただけの無能な女ディレクターとして、会社からは厄介物扱いされてきました。でも、諦められなかった」

不意に顔を上げて、クリストファー・クロス、セイリング、とつぶやいた。店に流れている曲のタイトルらしい。聞こえてくる曲名を口走る癖があるようだった。一種の職業病なのかもしれない。

「ライブハウスや学園祭を回り、新人を探しました。二年前、とうとう見つけたんです。藝大のバンドが集まるイベントがあって、そこに出ていたイエロープードルという二人組です。今野英《こんのひで》喜《き》という二十二歳の男性と、浅岡《あさおか》りりこという二十歳の女の子でした。今野がキーボード、りりこがギターという組み合わせです」

「女の子がギターを？　それは珍しいな」

「ボーカルを取っていた今野の声に驚かされました。既成のボーカリストにはない、まったく新しい独特の声質で、声だけでビジネスになると直感しました。二人を口説いて音楽事務所に入れ、一年かけて曲を作り、デビューまでこぎつけたんです」

「それで？　どうなりました？」

小夜子の話は単純に面白かった。少女マンガ的展開だ。続きを早く聞かせてほしい。

「オリコンの最高位は五十六位でした。中途半端な結果です。曲は今野が書いたもので、メロディはいいんですが、大衆に訴えかけるものに欠けていたのは認めざるを得ません。ボーカリストとしての今野は天才です。詞の意味を理解し、解釈し、表現する能力は天賦のもので、ああいうスタイルで歌える者は他にいないでしょう。ですが、いわゆるヒット曲を作る方向に才能が発揮されないタイプなんです」

「難しいところですね。優れた曲とヒットする曲って、たぶんイコールじゃないでしょうからね」

「いい音楽を作りたいと思っています。良質の音楽を作り、広めていきたい。そのためにレコード会社に入りました。思いは変わっていません。ですが、ビジネスです。大ヒットしなくてもいいですが、利益を出せないレコードを作ることは許されません。彼らの曲をある程度ヒットさせなければ次はない状況でした。それでも会社にプッシュして、セカンドシングルの話を進めました。四カ月前、ようやく八月末に出すことを了解させたんです」

「ああ、良かったですね。じゃあ、頑張るしかないじゃないですか」

「今野に曲を書かせました……ですが、満足できるものではなかった」小夜子の目が光を失い、表情が暗くなった。「曲としては悪くありません。でも売れないでしょう。レコードにするには十分なクオリティがありますが、デビューシングルと同じぐらいか、それ以下の売り上げにしかならないと思います。セカンドが売れなければ次はないと会社からは宣告されています。かといって、ストップはかけられません。セカンドシングルを出すこと自体、認めさせるのに半年以上かかっているんです。ゴーサインが出た段階で予算化もされています。スケジュールも決まっている。八月末というのは絶対なんです」

「それで、あなたはどうしたんですか？」

「プロの作詞家作曲家に急遽《きゅうきょ》依頼して、曲を作らせました。でも、いいものはできなかった。一定の水準はクリアしてますけど、心に響くような曲ではなかった」

「なるほど」

「セカンドシングルは二人にとってラストチャンスですし、わたしにとってもそうです。この数年の間に、わたしが担当するアーチストはよそに移籍したり、辞めたり、別のディレクターがついたりして、イエロープードルだけが残りました。他にはいません。二人が消えればわたしも終わります。ですが、わたしはこの仕事を続けたい。優れたアーチストを発見して、良質の音楽を作っていきたいという夢は変わっていないんです」

　はい、とぼくはうなずいた。小夜子の言葉にはそれ以上何も言わせないだけの迫力が籠もっていた。

「もうひとつ、女性がクリエイティブな職業についても、男性に負けない能力があることを証明したいという思いもあります。わたし個人の問題ではありません。今後、音楽ディレクターを志す女性が出てくるでしょう。彼女たちに未来があることを伝えたいんです。諦めるわけにはいきません。でも、現実は厳然と目の前にあります。曲はできない。時間はどんどんなくなっていく……どうしたらいいのかわからず、途方に暮れていました。その時、松尾さんの曲を聞いたんです」

　小夜子が顔をまっすぐぼくに向けた。瞳が異常なまでに輝いている。

「代々木公園であなたの歌を聞きました。これしかないとわかったんです。伊達で八年ディレクターを続けていたわけじゃありません。いい曲、ヒットする曲を感じ取り、理解する能力はあるつもりです。お願いです、二人のために、わたしのために、松尾さんの曲を提供してください」

テーブルに手をついた小夜子が思いきり頭を下げた。テーブルがなかったら土下座していただろう。お話はわかりましたが、とぼくは残っていたアイスコーヒーをすすった。

「それは……そんなことをしてもいいのかな？」

ぼくが歌っている曲は、ぼくが作ったものではない。一九八一年以降にアーチストが作り、発表していくものだ。それを先に世に出してしまったら、歴史が変わってしまうのではないか。

それほど好きなわけではないが、ＳＦ映画や小説を見たり読んだりしたことはある。歴史を変えることは絶対許されないという決まりがあるようだ。『バック・トゥ・ザ・フューチャー』でドクが何度もそれを言っていたのは覚えている。

代々木公園で歌っているだけなら、影響はほとんどないだろう。客は数十人だし、その場限りの歌のことなんかみんなすぐ忘れる。だが、レコードとして発表するとなれば話は別だ。それはまずくないだろうか。

ぼくがそんなことを考えて答えを渋っているのを、小夜子は違う意味に受け取ったようだった。条件の話をさせてください、と前のめりになる。

「言いにくいのですが、曲は今野が書いたことにしていただきたいんです。シンガーソングライターとして売り出しているので、どうしてもそこは……もちろん、失礼なことだとわかっていま す。印税はきちんとお支払いします。七百円のシングルレコードのＡＢ面を作詞作曲していただくわけで、具体的にいくらということは言えませんが、大体八十万円から百万円ぐらいになるということは約束できます」

「百万？」

今、何ておっしゃいました？

「松尾さんが代々木公園に寝泊まりしているのは知っています。話しかけたのは今日が初めてですが、ベンチで寝ているところは何回か見ているんです。お住まいがないのでしたら、わたしが用意します。本来ならマウンテンレコードと契約していただくのが筋なんですが、会社にもルールがあります。リミットはもうそこまで迫っています。会社の了解を取っている時間はないんです」

「わかりますが……」

「ですから、わたしが個人でお金を出します。マンションの一室を提供します。家具など必要なものも手配します。少ないですけど、支度金もお渡しします。いかがでしょう、この条件で……お願いします、イエスとおっしゃってください」

小夜子が椅子から降りて、フロアに膝をつく。それは止めてください、と腕を取った。

「そんなことをされても困ります。ぼくは……」

小夜子を座らせた。体が震えている。ぼくをまっすぐ見つめた。命懸けという言葉があるが、文字通りディレクター生命を懸けていることがわかった。

「いいですよ。ぼくの曲で良かったら、どうぞお使いください」

ＳＦ映画の主人公なら大いに悩むところだろうが、ぼくについていえばそんなことはなかった。

歴史が変わったっていいじゃないの。そんなこと知らないって。

突然やさぐれてしまうが、おれのせいじゃないっつーの。誰だか知らないが、ぼくをこの時代にタイムスリップさせた奴が悪いのだ。責任はそいつが取るべきだろう。ぼくにはこの時代で生きていく権利がある。そのために何をしてもごちゃごちゃ言われる筋合いはない。部屋を借りてくれるというのなら、そこには屋根や壁があるだろう。ぼくが今最も欲しているのはそれだ。

家具も用意してくれると小夜子は言った。ベッドだ布団だ。ソファだテーブルだ。金もくれるって？　焼き肉が食える？　ビール？　カツ丼？　ラーメン？　何だってできるぞ。世の中銭や。銭なんや。

「喜んで」ぼくは小夜子の手を握った。「いい曲を作ろうじゃありませんか」

「……本当に？　わたしに力を貸していただけるんですか？」

「ぼくは女性の味方です。あなたの側に立ちますよ」

ありがとうございます、と小夜子が両手でぼくの手を取り、何度も振った。少し泣いている。泣きながら、笑っていた。

5

小夜子は約束を守る女だった。そのままカフェバーとかいう店を出て、駅近くの不動産屋に飛び込み、神宮前のマンションの一室を借りる契約をした。今日から入りたいと言うと、不動産屋の親父は目を白黒させていたが、現金で払うと小夜子が言うと、よろしゅうございますとだらしなく笑った。やっぱり人間は銭なんや。

　不動産屋を出て、次はタクシーで渋谷へ向かった。着いたのは丸井デパートで、そこで家具を選んだ。とりあえずということで寝具が中心だったが、足りないものは後で買い足しましょうと言うので、申し訳ないなあと思いながら従った。

　次に小夜子がぼくを引っ張っていったのはパルコだった。テナントに入っている洋服のショップを何軒か回り、持ち切れないほどの服を買った。今着ているTシャツとジーンズ以外に、ぼくがほとんど服を持っていないのも知っているようだった。

　ビギだのワイズだのロペだの、あまり聞いたことがない何だか妙に照明の暗いショップを回り、小夜子が選んだ服を言われるままに試着し、サイズが合えば買った。デザイナーズブランドはいいですよね、と楽しそうに笑っているので、わからないまま、そうですねとうなずいた。デザイナーズブランドって何だ？

　十着ほど買い、トータルすると結構な金額になったが、これがありますから、と小夜子がJCBのクレジットカードを財布から取り出した。そう言えば丸井でも赤いカードで支払いを済ませていた。ぼくは両手に四つの大きな紙袋を提げて、店を出た小夜子の後に続いた。

「こんなにたくさん……マンションや家具もだけど、本当にいいんですか？」

「レコード会社はそこそこ給料がいいですから」小夜子が歩きながら言った。「わたしは独身で一人暮らしですし、ちょっと寂しい話ですけど恋人もいません。仕事ばかりの毎日で、友人も数えるほどしか……趣味は音楽だけですし、派手に遊ぶわけでもありません。お金を使う方じゃないんです。何年もそんなふうにして暮らしてきました。貯金はあるんです」

「でも、それはあなた個人のお金でしょう？　それをぼくのために使う？」

「いいんです。わたしは松尾さんの曲がほしい。どうしてもです。いい詞やメロディは金で買えるものじゃありません。これぐらいで済めば安いものです」

「だけど……」

「わたしにはもう後がないんです。これが最後の勝負だとわかってます。余力を残しても意味はありません。松尾さんにすべてを賭けています。狙い通りレコードが売れれば、会社も考えてくれます。今払った以上の金額が戻ってくるでしょう。やけになっているわけじゃありません。勝算はあるんです」

　パルコを出て近くの銀行に行き、ＡＴＭで金を下ろし始めた。とりあえず十万円お渡しします、と暗証番号を打ち込む。

「足りなければおっしゃってください。できる限りのことはするつもりです」

「足りない？　十万が？　とんでもない、三万でいいんですけど……一万円でもいいです」

「支度金です」小夜子が剝き出しの一万円札を十枚ぼくに渡した。「それから、これはさっき契約した部屋の鍵です。住所はこっちのメモに。わたし、どうしても会社に戻らなければならないので、ここで失礼しますけど、大丈夫ですか？　部屋には一人で行けます？」

　異常なまでにてきぱきしていた。実務能力は高いようだ。何とかなるでしょう、と答えた。

「本当にありがとうございました。明日、連絡します」

　それじゃ明日、と手を振った小夜子が、そのまま通りに出てタクシーを拾い、あっと言う間にいなくなった。去っていくタクシーを見送りながら、ううむ、と唸って紙袋を持ち直した。どうするべきか、答えはわかっていた。

駅を目指して歩き、途中にあった高そうな中華料理屋に入った。席に座るのと同時に、ビールを二本持ってきてくださいと頼んだ。

「注文しても？ メニューはいいです。フカヒレの姿煮をください。エビチリと酢豚とチンジャオロースと餃子とラーメンとチャーハンを。ラーメンの種類？ 何でもいい、一番高いのを……順番？ それもどうでもいいです。できた順に持ってきてください」

頭のおかしな客が来た、と店員が肩をすくめたが、知ったことではなかった。食べたいように食べさせていただく。金はあるんだ。

贅沢に料理を食い散らかし、ビールを追加し、紹興酒も飲んだ。満足したところで店を出て、タクシーに乗り込み神宮前のマンションの住所を言うと、あっさり連れていってくれた。

部屋には何もない。電球さえついていなかった。寝具などは明日届くことになっている。空っぽの部屋だが、昨日までベンチで寝ていたことを思えば天国だった。ワンルームマンションで、床はフローリングだ。なかなかオシャレじゃないの、と思いながら床に転がって寝た。五秒かからずに熟睡していた。

6

ドアをノックされる音で目が覚めた。昨日、小夜子に買ってもらっていたセイコーのクオーツ時計で十一時であることを確かめてから、玄関に向かった。

「……どなたですか？」

「電報です」

デンポウ？　そりゃいったい何のことかと思いながらドアを開けると、制服姿の男が立っていた。

「松尾俊介さんですね？」

「そうですけど……」

「電報のお届けです」何やら細長い紙を差し出す。「印鑑をいただけますか？」

「印鑑？　ああ、ハンコね……すいません、持ってないんですけど」

じゃあサインを、とややつっけんどんに言う。適当に名前を書いて渡すと、足早に去っていった。

電報とは何か。結婚式で祝電というものがあるのは知っていたが、家まで配達してくれるものなのか。便利なのか何なのかよくわからない。紙片を開くとカタカナの文字が並んでいた。どう読めばいいのか。

「ホテルニュージャパン406ゴウシツデマツ」声に出して読み上げた。「シキュウコラレタシ。サヨコ……小夜子？」

電報は小夜子からだった。何でカタカナなんだろうと素朴な疑問が湧いたが、とりあえず置いておこう。ホテルニュージャパン？　聞いたことないぞ。どこにあるんだ？

場所を調べたかったが、パソコンどころかスマホもなかった。ググって検索することはできない。何て不便な時代なんだとつぶやきながら、昨日買ってもらったメルローズのシャツとスラックスに着替え、ジャケットは手に持ったまま部屋を出た。

一九八一年には当然だが電話が存在する。それはわかっていた。昨日、不動産屋で物件を探した時、即入居できる部屋という条件をつけた。あれこれ調べて電気ガス水道が使える部屋が見つかり、時間もなかったのでそれでいいですと即決したのだが、電話は個人負担なので引かれていなかった。

小夜子が電報を寄越したのは、電話がないからだ。携帯なんてあるわけがない。そういう時代なのだから仕方がないと思いつつ、ホテルニュージャパンはどこにあるのか道行く人に聞いたりしたが、永田町にあるらしいとわかっただけで、詳しい場所までは誰も教えてくれなかった。

結局面倒臭くなって、タクシーを停めた。金はあるんだってば。ホテルニュージャパンまでと言うと、はいはい、と答えた運転手がアクセルを強く踏んだ。車内がニコチン臭くて不快だったが、二十分ほど走ると目的の場所に着いた。

聞いたことがないホテルだし、ビジネスホテル的なものを想像していたのだが、予想を遥かに超える大きな建物が目の前にあった。十階建てぐらいだろう。どうやらアーケードのショッピングモールや、オープンカフェまであるようだ。ドアマンやボーイなども大勢いる。明らかに一流のホテルだ。Tシャツにジーンズ姿でなくて良かったと思いながら、フロントを抜けてエレベーターホールに向かった。

406号室というのだから、四階なのだろう。ボタンを押し、田舎のキャバクラみたいな電飾のついたエレベーターに乗り込む。

四階で降り、表示に従って廊下を歩いた。暗くて雰囲気があるといえばそうなのだが、増築したということなのかやたら通路が錯綜している。迷路のようだ。火事でも起きたらどうするつもりだろうとうろうろしているうちに、ようやく406号室に行き当たった。

ノックをして、松尾ですがと呼びかけるとすぐにドアが開いた。小夜子が笑顔で迎え入れてくれた。

「こんにちは。すみません、お呼び立てして」

「いえいえ、そんな……」入ったところは一種のウェイティングルームのようだった。「何と言うか、趣がありますね」

「スイートってわけじゃないんですけど」どうぞ、と小夜子が先に立って歩きだす。「打ち合わせでよく使います。二つ部屋があるんで、使い勝手が良くて。会社とも近いですし、テレビ局とかにも行きやすいですし……ホテルだったら曲をかけたりしても大丈夫ですから。こちらです」

部屋の奥にあったドアを開く。余裕のある造りだ、と感心した。二〇一四年だとこうはいかないだろう。続き部屋があった。十畳ほどだろうか。それほど広くはない。小さめのテーブルが中央にあり、それを取り囲むようにして三人の男女が座っていた。

「昨日お話ししたイエロープードルの二人です。こちらが今野くん。彼女はりりこちゃん」

小夜子が指さした。松尾と言います、とぼくが頭を下げると、二人もぎこちなく礼を返した。

「……今野です……よろしく……」

男は白い麻のスーツを着ていた。髪にウェーブがかかっていて、耳の下まで伸ばしている。大柄ではないが、バランスの取れた体つきだ。整った顔立ちで、表情にどこか翳があった。年上の女にもてそうだ。

動きのひとつひとつが緩慢というか、ゆるやかだった。薬でもキメてるんじゃないかと一瞬思ったが、そうではなくて自分のポーズを確かめながら動くからそうなるのだとわかった。重度のナルシストなのだ。

ルックスも普通ではないが、それ以上に声が独特だった。男性とも女性ともつかない、中性的な声だ。少しジャジーな感じで、色気がある。挨拶を聞いただけでそう感じたのだから、歌うとどういうことになるのだろう。

「どうも……浅岡りりこです」

女の子が無表情のまま言った。異常に色が白い。独特なヘアスタイルで、オカッパというか、巫女《みこ》さんのようだ。時代的には少し早いのだろうが、いわゆる不思議ちゃんの走りなのかもしれない。

かなりのやせ形で、何を食って生きているのかわからない。美少女という範疇《はんちゅう》に入るのだろうが、接し方の見当がつかなかった。どこか少年っぽい印象を受けた。

りりこもぼくに何を話していいのかわからないようで、目を合わせることなく、今野と小夜子をちらちら見ている。おそらく今野とできているのではなかろうか。バンドにはありがちなことで、ぼくにも覚えがないわけではない。

「そちらは鷺洲《さぎす》さん。アレンジャーです」

もう一人の男を小夜子が紹介した。派手なアロハにパナマ帽をかぶった四十歳ぐらいの小太りの男が、ハロー、と手を上げた。どこから見ても堅気《カタギ》ではない。はっきり言ってうさん臭かった。未練がましく手にしていたカラフルな箱をテーブルに置く。よく見ると、それはルービックキューブだった。

「鷺洲さんは業界でも有名な方で、アレンジャーとして超一流なんです。わたしとは昔からつきあいがあって、今日は無理を言って来ていただきました」

「サヨの頼みじゃ断れないよ」鷺洲が細い葉巻をくわえた。「ああ、眠い」

ぼくは時計を見た。もう十二時近い。吸血鬼か、あんたは。

鷺洲は引っ切りなしに葉巻をふかし、どうやら酒も飲んでいるようだった。無意味なまでに明るく、動きがせわしない。躁病なのではないだろうか。

「聞きましたよ。あなたが曲を作ってるんだって？　いい曲だってサヨが言ってるけど、どうなの？」

ウインクした鷺洲を手で制して、今野がゆっくりと体を前に寄せた。

「……黒川さんがあなたを強く推薦しています。彼女を信頼しています……その通りなんでしょう」

もうちょっとまとめて話していただけないだろうか。ぶつ切りで話されるとリズムが狂う。だがそれが今野の喋り方のようだった。

「ですが、どんなにいい曲でも、相性があります……音域の問題もある。ぼくの声に合った曲なのかどうか……それを確かめないと、歌うことはできません」

「来て早々で申し訳ありませんけど、松尾さんの曲を聞かせてもらってもよろしいでしょうか」

小夜子が立てかけられていたギターを差し出して、お願いしますと言った。何となく手に取ったが、どうしたらいいのやら。

「そうですね。そうするしかないんでしょうけど、ここで？　ちょっと恥ずかしいっていうか……」

ステージで歌うのとは違う。広いとは言えない部屋で、四人の人間に見つめられながら歌うというのは、なかなか照れるものがあった。とはいえ、仕方ないだろう。町中で歌えば人の迷惑になる。ホテルの部屋ならその心配はない。

「サヨ、これ」鷺洲が床に置いていたナカミチ・1000というテープレコーダーをテーブルに載せた。「録音してもいいよね？　何度も歌わせるのはかわいそうだもの」

マイクもあるから、と差し出してくる。業務用なのか、これも異様に大きい。今野が退屈そうな顔でテーブルに肘をついている。りりこは感情のない目で窓の外を見ていた。お願いします、と小夜子が言った。

「はあ……わかりました。何を歌えばいいですか？」

「なるべくいろんな曲を歌っていただきたいんですけど」

リクエストとあればしょうがない。こっちはお金をいただいてる身だ。スポンサーには従わなければならないだろう。

何の曲を歌おうか、とレパートリーを思い浮かべる。四人の視線がぼくに向けられているのを意識しながら、じゃあ歌います、とギターを構えた。鷺洲が手を叩く乾いた音が響く中、ぼくは歌いだした。

Part5　世界に一つだけの花

1

十数曲ほど歌ったところで疲れて止めた。歌ったのは例えば米米クラブだったりKANだったりZARDだったり広瀬香美だったりスピッツだったりだ。ミスチルや久保田利伸、安室ちゃんや浜崎あゆみの曲などでも良かったのだが、代々木公園で歌っていた曲とかぶるので今回は別のものを選んだ。

九〇年代のヒット曲が多いのはぼくが八五年生まれだからで、小室哲哉や小林武史、つんく♂などはわざと省いた。ギター一本で演奏するのが難しい曲が多いし、小夜子たち四人が理解できるかどうか怪しいと思ったせいもある。B'zやGLAY、ラルクなども伝わらないだろうと判断してとりあえず歌わなかった。

こんなもんですけど、とやや投げやりにつぶやいた鼻先で鷺洲が立ち上がった。叫びながらテーブルを両の拳で乱打する。足をバタつかせながら髪の毛を掻き毟《むし》ったかと思うと、ぼくに抱きついてきたのには驚いた。止めてくんないか、おっさん。

「凄い！　凄いよ、松尾ちゃん！」頬擦りしながら鷺洲が吠えた。「ファンタスティック！　ブラボー！　素晴らしすぎ！　あんた何者？　何歳？　二十九？　今までどこに隠れてたの？　サヨ、あんた偉いね！　よく見つけてきた！　頑張ったね！」
「松尾さんは他にもレパートリーを持っています」小夜子が座ったまま低い声で言った。「四、五十曲はあるでしょう。もっとあるのかもしれません。素晴らしい才能だとわたしは確信しています」

「あんた凄いわあ」鷺洲がぼくの手を握って、ぶんぶんと振り回した。「おっどろいたぁ……曲もいいし詞もいいし、バリエーションに富んでるし……誰に習ったの？　キョーヘイ先生？」

「キョーヘイ先生？」

「筒美京平よ」決まってるでしょ、と鷺洲が鼻を鳴らす。「音楽やって長いけど、こんなに興奮したの久しぶり……見て、手が震えてる。泣けてきそう」

「いや、そんな……」

「どういう人生？　誰の影響？　大学はどこ？」

「鷺洲さん、後にしてください」小夜子が視線を横に向けた。「今野くん、松尾さんの曲、どう思った？」

大儀そうに髪を掻き上げた今野が、そうですね、と胃ガン末期の患者でももうちょっと何とかなるんじゃないかと思ってしまうぐらい辛そうに口を動かした。

「曲は……本当にいいメロディだと……聞いたことがないパターンで……ぼくは……」

「あんたさあ、その喋りどうにかなんないの？」鷺洲が突っ込んだ。「前から思ってたけど、イライラすんのよ！　もっとシャキシャキ喋んなさいよ。どうなの、それで。文句あんの？」

「ぼくは……それは……」

「結論を言いなさいよ、結論を！　あんたが嫌だって言うんなら、その辺から誰か連れてくる。誰だっていいわ。松尾ちゃんの歌を歌いたいっていう奴はいくらだって――」

「……そんなつもりは……歌ってみたいです……音域も合うし……」

「あんたは？」

鷺洲がりりこを見た。黙ってうなずく。異存はないらしい。決まり、と小夜子が指を鳴らした。

「時間がありません。シングル候補の曲を選びましょう」

「ルームサービスに電話して」鷺洲がハイテンションで怒鳴った。「シャンパンでも飲む？　まだ早い？　コーヒーでいい？　どうする？」

異常にせっかちな口調だった。じっとしていられないのか、部屋の中をぐるぐる歩き回り始める。よくよく変わった人だと思った。

2

録音していたぼくの歌を聞きながら、どの曲を選ぶか意見を出し合った。小夜子と鷺洲、りりこは煙草を吸う。狭い部屋の中は白くかすみ、呼吸困難に陥るのではないかと思ったが、彼らにとっては当たり前のことらしかった。

「いやあ、いいわあ、どれを取っても」ポットから注いだコーヒーをがぶがぶ飲みながら、鷺洲が煙を吐いた。「アップテンポのもバラードもミディアムも……松尾ちゃんの頭の中をかち割ってみたい。どうなってるのかしら？」

「わたしはバラードはちょっと違うと思うんです」小夜子が異議を唱える。「曲としては申し分ないんですけど、今回のシングルは再デビューのつもりで一からやり直したいんです」

「じゃあ、どれにする？　どれがいい？」

「……歌いやすいかどうかが重要で……」今野がアイスコーヒーをストローで掻き混ぜた。「……歌い込む時間はそれほどないわけですよね……なるべくわかりやすい曲を……松尾さんの曲はどれも素晴らしいんですが、知らないコード進行とかもあって……」

「何とかしなさいよ、それぐらい。あんた、自分の立場わかってんの？　結構追い詰められてるんだよ？」

唾を飛ばして喋る鷺洲を、落ち着いてください、と小夜子が制した。

「時間はないですけど、納得のいく曲を選びましょう」

「黒川さんは……どれがいいと？」

今野が聞いた。みんなの意見を、と言いながら小夜子が指を形のいい顎に当てる。

「りりこちゃんは？　何かある？」

「あたし？　別に……」

りりこが小夜子と今野を交互に見た。あまり強く自己主張をするタイプではないようだ。松尾さんはお勧めとかありますかと聞かれたが、ぼくにもこれというものはなかった。

ぼくが歌った十数曲は、どれも二〇一四年においては、マスターピースと呼ぶべき楽曲であり、ある種のスタンダードだ。ただヒットしたとか売れたとかいうのではなく、それぞれのアーチストのベストな曲であり、時代を象徴する名曲揃いとも言える。優劣などつけられない。

小夜子はぼくに代々木公園で歌っていた曲のフレーズを口ずさんでは、あれを歌ってほしい、これを歌ってくださいとリクエストを追加した。言われると何でもその通りにしてしまうのは、ぼくのサービス精神のなせる業だ。候補となる曲は更に増え、選ぶのは余計に面倒になったが、小夜子にとってはむしろその方がいいようだった。

二時間ほど激論が続いた。CDの時代に生きていたぼくにとっては我慢ができないほどカセットテープレコーダーというのは操作に時間がかかる代物で、曲のサビを聞くために次の曲を出すまでの間、何秒もかかる。頭出しの機能がないのだ。フラストレーションが溜まったが、ナカミチ・1000は機材として最高級だと鷺洲が言うので耐えるしかないのだろう。

多数決を取ったり、鷺洲の強引なプッシュがあったり、優柔不断としか言いようのない今野に無理やり意見を出させたりしながら、小夜子は話を進めていった。最後に残ったのは『世界に一つだけの花』だった。言わずと知れたSMAPの名曲だ。

「曲調がいいと思う。ちょっと懐かしい感じがするし、だけどどこか新しいっていう……不思議なメロディよね」

鷺洲が感想を言った。ぼくの記憶では確か二十一世紀に入ってからの曲だったように思うのだが、それが懐かしいと言われるのは槇原敬之的にどうなのか。

「サビがしっかりしてるからアレンジしやすいし。アイデア湧くわあ」

「曲もですけど、詞も素敵ですよ」小夜子がうなずく。「ナンバーワンにならなくてもいい、もともと特別なオンリーワンって……そうですよね。本当にそう。一種のメッセージソングと言ってもいいのかも」

「……歌いやすいメロディラインです」今野が頬杖をつく。「コード進行もシンプルだし……一度聞いただけですぐ覚えられそうな……」

りりこは何も言わず、かすかな笑みを浮かべているだけだった。決めましょう、と小夜子が時計を見た。午後五時になっていた。

「『世界に一つだけの花』を次のシングルにします。鷺洲さん、メロディを譜面に起こしてもらえますか？　まずはそこから始めましょう」

そうよねえ、とうなずいた鷺洲が部屋の隅にあったでかいバッグとテープレコーダーを両手に持った。ベッドルーム使うよと言って出ていく。さて、と小夜子がぼくたちを見た。

「とりあえず休憩しましょう。お腹空いてない？　ここにいてもしょうがないから、食べに行きましょう。鷺洲さんの作業が終わるまではどっちにしても待ちだし……松尾さん？　どうかしました？」

「いや、別に……」

『世界に一つだけの花』はＳＭＡＰの楽曲で、作詞作曲が槇原敬之だという記憶ははっきりとあった。いいのだろうか。よく考えてみると、結構大変なことをしているのではなかろうか。

「大丈夫ですか？」

「ぼく？　ああ、全然……全然大丈夫です」

すまん槇原。申し訳ないＳＭＡＰ。これも成り行きなのだ。許していただきたい。

3

一時間ほどホテルのレストランで食事を取ってから部屋に戻った。自分でルームサービスを頼んだらしく、鷺洲がクラブハウスサンドイッチを齧っていた。

「できたよ」何枚かの紙を差し出す。「つくづく、いい曲だこと」

小夜子と今野、りりこが譜面を覗き込んだ。ぼくも見たが、音符の羅列が続いているだけなので意味がよくわからない。三人は譜面が読めるのだ。

「松尾さん、詞を書いておいていただけますか？　正確にお願いします」

紙とペンを渡された。一番の歌詞はほぼ完璧に覚えているのだが、二番以降はうろ覚えだ。困ったなあとは思ったが、必要なのはよくわかるので必死で記憶を呼び起こすことにした。

何だったたっけなあ。困ったように笑いながら、ずっと迷ってる人がいる、だったかなあ。悪戦苦闘しているぼくを横目に、楽曲として完成されているからありがたいですよね、と小夜子が言った。

「ここをこうしたらとかああしたらとか、半音上げるとか下げるとか、構成を変えようとか、詞が余ったり足りなかったりとか、そういうことを考える必要がないっていうのは……大幅に時間を短縮できます。こんなことめったにないですよ」

「松尾ちゃんは完璧よ」鷺洲がぼくにコーヒーをいれてくれた。「天才だもの。詞も曲も直すところなんてない。余計なことしなくていいって」

「そうすると、逆に鷺洲さんにかかる比重が大きくなるっていうか……アレンジ次第ってことになりますけど」

「任せといてよ。イメージが膨らみすぎて、まとまるかどうかだけが心配だけど……松尾ちゃん、何かこうしてほしいとか、こんな感じでとか、そういうのある？」

「まあ……あんまり派手な感じじゃなくて……」詞を書きながら答えた。「サビの、そうさ僕ーらは、ってところは、どっちかっていうとノスタルジックなイメージで……」

「吉田拓郎的な展開かしら……そうさ僕ーらは……そうねえ、そうよ、そうなのさ……」

鷺洲が自分の世界に入り込んでいくのがわかった。放っておいた方がいいようだ。そんなことより詞を思い出さなければならない。どんなだったかなあ。

「二人はメロディを覚えて」小夜子が指示した。「今野くん、何だったら歌いながらでも……ベッドルーム空いてるから、そっちで練習してきたらどう？」

無言で立ち上がった今野が部屋を出ていった。テープレコーダーは鷺洲が独占していて、メロディは覚えているのだろうかと思ったが、その辺はどうにかするつもりらしい。

りりこは座ってじっと小夜子を見つめている。ギターを担当していると聞いていたが、今、この段階で取り急ぎすることはないらしい。

小夜子が備え付けの電話に向かって受話器を取り上げた。ダイヤルを回す。ダイヤルって？

だが、確かにそれはダイヤルだった。思い返してみれば、幼稚園に通っていた頃、家の電話はそうだったような気がする。いや、さすがにプッシュホン式だったか？　携帯がないのはわかっていたが、ダイヤル式の電話というのはちょっと信じられない光景だった。

「すみません、マウンテンレコードの黒川です……おはようございます」小夜子が早口で話し始める。「そちらのスタジオの押さえを……いえ、指定はありません。空いていればどこでも。いつだったら空いてます？　二十八？　しあさってですね？　それでは終日でお願いします」

スタジオ取れたわ、と小夜子がりりこに言った。

「二十八日よ。十時集合。遅刻しないでね」

「わかりました」

「レコーディングを早めに終わらせないと、八月の発売に間に合わない」

小夜子が爪を噛んだ。八月って？　とぼくは聞いた。

「スケジュールの話はしたと思いますけど……」小夜子が鋭い目でぼくを見つめた。「ハチサンイチに発売するためには、プレスや納品まで考えると八月の第二週には完パケになってないと……でも良かった、ミュージシャンは押さえてあるから……」

小夜子はぼくやりりこ、鷺洲のことは頭にないようだった。独り言をつぶやきながら、分厚い革表紙の手帳を開いてアドレスを調べている。

「……こんな無茶な話はめったに聞かないけど、やるしかないもの……アイドルだと思えば……ピンク・レディーはもっと凄かったっていうし……あった」

ダイヤルを回す。ピンク・レディー？　と聞いたが、完全に無視された。

「ああ、おはようございます。ポンタさんですか？　マウンテンレコードの黒川です。どうも……すみません、この前お願いした件なんですけど、レコーディングの日が決まりました。二十八日なんですけど……ええ、三日後です。午前十時スタートです。フルで入っていただきたいんですが……え？　無茶言うなって？　お願いしますよ、そこを何とか……曲は明日にはお届けできます。すみません、よろしくお願いします」

電話を切った小夜子がまた手帳をめくって、大谷カズオとつぶやいた。見つかったのか、受話器を顎に挟んだままダイヤルを回す。昔の人は不便だ。スマホがあれば一発で番号なんか出てくるのだが。

「黒川さんは何を？」

他に誰もいないので、りりこに聞いた。スタジオミュージシャン、と面倒臭そうに答える。

「ピアノとかドラムとか、そういう各パートのプロに伴奏をやってもらわないと、歌うも何もないでしょ？」

「それはつまり、カラオケテープを作るってことかな？」

「……そういうことになるのかなあ」りりこが不思議そうな表情になる。「歌声が入ってない演奏ってこと。よくわかんないですけど」

留守電、と舌打ちした小夜子が何かメッセージを吹き込み始めた。どうもせわしないことになってきたようだ。詞はどうなの？　と鷺洲が喚いている。少々お待ちください、とぼくはペンを握り直した。

4

七月二十八日午前十時、ぼくは小夜子の指示に従って市ケ谷駅にいた。国鉄市ケ谷駅で待っていてほしいと言われて、国鉄とは何のことかと思ったが、要するにＪＲのことだった。いろいろ大変だ。

約束の時間に遅れること五分、小夜子がやってきた。かなりの暑さだったが、いつものように黒のかっちりしたスーツを着ている。それはどこのブランドですかと聞くと、ニコルですと答えた。知らないなあ。

「今野くんたちはもうスタジオに入っています。行きましょう」

「はあ……どこへ？」

「一口坂です」

先に立って小夜子が歩きだした。一口坂と言われても困る。ぼくは東京の出身だが、八王子の人間なのでこの辺りは詳しくないのだ。

駅前の大きな通りを東に上がり、四本目の角を左に曲がった。遠いんですかと聞くと、そうでもないです、とどんどん歩いていく。小柄な割にはストライドが大きく、足は速い。この時代の人たちは暑さをあまり苦にしないようだが、ぼくには応えた。直射日光をがんがんに浴びながら十分ほど行くと、そこが一口坂スタジオだった。

「フジサンケイグループの……ニッポン放送の子会社なんですよ、ここ」受付のところで何かサインをしながら小夜子が囁いた。「何でも手を出しますよね」

「楽しくなければテレビじゃない、でしょ？」

武藤か橋田が言っていた言葉を思い出しながらそう答えると、にっこり笑ってエレベーターに乗り込んだ。二階に上がったすぐ左手にスタジオ２とプレートのかかった部屋があった。レンガの壁についていたドアを小夜子が押し開く。

ぼくは普通の大学生だったので、もちろんプロが使うレコーディングスタジオというものを見たことがない。意外と狭かった。目の前に広がっているそのスペースを小夜子はコントロール・ルームと呼んだが、おそらく三、四坪ほどしかないだろう。全体の三分の一もしくは四分の一ほどの面積を巨大な長方形の卓が占めているため、余計に狭く感じる。

その卓はミキシング・コンソールというもので、最も重要な機器らしい。イギリスのニーブ社製ですよ、と小夜子が得意げに言ったが、何のことだかさっぱりわからなかった。

コンソールの前に大きなガラス窓があって、そこから向こうがいわゆるスタジオということになるらしい。メインのスタジオ以外に小さなブースが三つあり、それにはまた別の使い方があるようだったが、今のところぼくにはわからなかった。

コントロール・ルームには二人の男がいた。二十代だろう。一人は野口と言って、チーフアシスタントですと自己紹介した。髪の毛を思いきり刈り上げていて、妙に体にフィットした何とも説明し難いスーツっぽい服を着ている。理数系出身の匂いがしたのは、かけているグリーンの縁の眼鏡のせいだろうか。カメレオンのような顔付きだった。

もう一人は大沢と名乗った。スポーツをやっていたのだろう。引き締まった体にタンクトップと薄い生地のジャケットをはおっている。オシャレということになるのだろう。髪の毛が気になるのか、しきりに手で直している。ツーブロックは初めてなんでと言ったが、何のことやらさっぱりわからなかった。

渡された名刺を見ると、二人ともマウンテンレコードの正社員であることがわかった。ぼくもかなり自由な社風の会社にいたつもりだが、こんな連中が社内にいたら大問題になったのではなかろうか。

メインスタジオの中でひと際目立つのは中央に置かれたドラムセットだった。他にもギターやベース、ローランドと思われるキーボードがあった。中で四人の男たちが動き回っている。その姿を見てぼくは絶句した。

コントロール・ルームの若い二人のファッションもぼくには謎だったが、その比ではない。黒の革ジャンを着ている者、西部劇のガンマンのような服を着ている者、凝ったデザインの三つ揃いのスーツを着ている者、Tシャツに短パン、ビーチサンダルというハワイのロコみたいな服を着ている者とファッションはばらばらだったが、共通しているのは異常なまでのロン毛だった。全員腰まで髪を伸ばしている。誇張でも冗談でもなく、本当に腰までだ。いったい何を考えているのか。どういう時代なんだろう。

「どう、野口くん。順調？」

小夜子が聞いた。野口が進み出て、問題ありませんとはきはきした口調で報告する。アシスタントらしい受け答えで、その辺は妙に体育会風だった。

「セッティングは終わってます。ミキシング・コンソールが新しいんで、なかなか難しいんですけど……佐久間氏が来ればどうにかなるんじゃないかと」

「竜さん、まだ来てないの？」

「さっき電話がありました。今新宿だとか。向かってると伝えておけって」

「毎度のことね……センセーはいつも遅れる」

「真打ちは後からだと言ってました。イエロープードルの二人は今休憩室にいます」野口が淡々と説明を続ける。「ミュージシャンの方は皆さんお揃いです。あの人たちがこの時間に遅刻しないで集まったっていうのは……ノストラダムスの大予言が早まるってことですかね？」

スタジオとコントロール・ルームをつなぐガラスのドアが開き、サヨ！　と声がした。鷺洲が手を振っている。さっきは見えなかったが、中にいたらしい。前に会った時とは色違いの似たような派手な柄のアロハを着ていたが、中の四人の男と比べると遥かに常識的なスタイルに見えた。にやにや笑いながら細い葉巻をくわえている。

「ハロー、お疲れ。あら、松尾ちゃん。どうよ、調子は……ああ、疲れた」

体を投げ出すようにしてコントロール・ルームの端に置かれていたソファに座る。いかがですか、と小夜子が聞いた。

「バッチリよ。プロだもん、やる時はやりますよ。こんな突貫作業できないって、あいつらブーブー文句垂れたけど、まああんたに頼まれたらね……断りませんよ。みんな、曲聞いて度肝を抜かれてたよ。あの人たちもやっぱりミュージシャンだからね。音楽バカなのよ。曲が良くなきゃやる気なんか出ないけど、いい曲だったら何でもやるわ。どんな大金積まれたってクソみたいな曲にはクソみたいなプレイしかしない。今回は違う。見てなさい」

出てきた四人の男たちが一斉にサヨ！　と叫んだ。それぞれ小夜子をハグする。三つ揃いは頬にキスまでしていた。お前らはアメリカ人か。

「あんたと仕事するのは好きだよ、サヨ」ドラムが握手する。「音楽のわからん馬鹿と一緒にやるのは嫌いでね。できれば、もう少しギャラを上げてもらえ……」

「ごめんなさい。それだけはご勘弁を」

小夜子が食い気味に言った。ぼく以外の全員が爆笑する。仕事上のつきあいというより、もっと親密なものを感じた。強い仲間意識。信頼感。彼らの間にはそれがあった。

それじゃ、皆さんの音を聞かせてください、と小夜子が言った。男たちがそれぞれブースに戻って楽器の前に立つ。来なさい、と鷺洲がぼくの腕を引っ張ってスタジオの外に出た。

「あの四人は本物のプロフェッショナルよ。自分の仕事と役割がわかってる。その辺のスタジオミュージシャンとは格が違う。とりあえず弾いていただきましょう。調整するのはそれからってことで」

どうぞ、と自分が座っているソファの隣を指す。はあ、とうなずいて腰を下ろした。

「心配しないでいいわ。サヨはラッキーな子よ。あの四人が揃うなんて、ほとんど奇跡だわ」

「そうなんですか？」

「みんな引っ張りだこだもの」鷺洲が葉巻をくわえた。「年間何百っていうレコーディングに参加してるし、アーチストのライブやツアーもあるし……でも、ラッキーっていうんじゃ小夜子に失礼かもね。人徳ってことかな。あの子には誠意ってものがある。音楽に対する畏れがある。そりゃ手を貸してあげたくなるって。この業界じゃ損をするタイプかもしれないけど、真剣に向き合ってくる者にはそれなりに返さないとね。結局は人間なんだもの」

「鷺洲さんもそう思ってるんですか？」

「女のディレクターは辛い。それはよくわかる」何度もうなずいて煙を吐く。「センスがあったって何だって、女だっていうだけで厳しい扱いを受ける。関係ないじゃんねえ、そんなの。男だろうが女だろうが、一生懸命にやってる人間が報われなかったら嘘だって。あたしはね、とっくの昔に金のために働くのは止めた。ちゃんとした音楽を作りたいっていう人としか仕事はしないって決めたの。サヨにはそれがある。そうでなきゃ指一本だって動かさない」

うなずいた時、ドアが開いて思いきり難しい顔をした中年の男が入ってきた。不機嫌と言ってもいい。竜ちゃーん、とソファから跳ね起きた鷺洲が飛びついた。

「松尾ちゃん、こちらチーフエンジニアの佐久間竜ちゃん。日本一の耳を持つ男よ」

「世界二位だ」佐久間が歯軋《はぎし》りをした。「フィル・スペクターにはかなわん。クソ」

「あの人はプロデューサーじゃない」

「耳の話だ。音感のことを言ってる。あいつは異常者なんだ。クソ」

どうなんだ、と怒鳴った。駆け寄ってきた野口が、スタンバイOKです、と異常に真剣な顔でうなずく。クソが、と佐久間が吐き捨てた。

5

レコーディングが始まった。ぼくは経験がないのでただ見ているしかなかったが、要するにそれはカラオケテープを作る作業だった。スタッフはそれをバックトラックと呼んでいたが、ボーカルの入っていない演奏はつまるところカラオケだろう。

鷺洲の作ってきたアレンジを元に、ミュージシャンがそれぞれの楽器を演奏し、佐久間がそれを録音していき、最終的にはベストのテイクを選んですべてを合体させる。リズム、テンポ、ピッチ、音質や全体のトーンについては小夜子がディレクションし、佐久間も鷺洲もそれを確認しながら作業を進めていった。

見ている限り、この時代のレコーディングにコンピューターは補助的な役割でしか使われていないようだった。音質の設定や音量のコントロールなどは佐久間がコンソールのレバーを自分の指で操作してバランスを決めていた。それはまさに匠の業で、集中力は異常なほどだった。

全員の力を結集させて、約五分のカラオケを作ったわけだが、これはまだラフ音源なの、と鷺洲が教えてくれた。部屋の隅にあった小さなブースに入った今野が、できたばかりのラフ音源を聞きながら歌い始める。歌い方は小夜子が指示していた。

今野のボーカルは見事のひと言に尽きた。その歌声はすべてにおいて完璧だった。正直な話、SMAPの及ぶところではないし、槇原敬之本人が歌うよりも遥かに上だろう。表現力、理解力、説得力、その他すべてにおいてパーフェクトな出来だった。聞いていて総毛立った。音楽を聞いて鳥肌が立つというのは、めったにあることじゃない。感動で体が震えるほどだった。

その後もレコーディングが続いた。四十八時間で完パケにすると小夜子が宣言し、今野とりりこもうなずいている。過労死するぞ、いやマジで。

ぼくは先に仕事を終わらせたスタジオミュージシャンたちに紛れるようにして一口坂スタジオの外へ出た。こんなことにつきあっていたら命がいくつあっても足りない。すみませんすみませんと口の中で詫びながら、通りかかったタクシーを捕まえて神宮前へ行ってくださいと頼んだ。休ませてください、お願いですから。

6

八月になった。昔は今ほど暑くなかったと二〇一四年のオジサンオバサン連中は言うが、一九八一年もやっぱり夏は暑い。

ストリングスのレコーディングにまで立ち会う気はなかったし、そこまですることはないと言われていたのでミックスダウンの現場には行かなかったが、カセットテープに録音された演奏を聞くと、実際にSMAPが歌っていたのと驚くほどよく似た仕上がりになっていた。これは鷺洲の理解力と指導力の賜物《たまもの》で、ぼくは曖昧にしか曲のイメージを伝えられなかったが、それをうまく掬《すく》い取り、再現することに成功していた。

鷺洲はエキセントリックな性格で、一癖どころか何十癖もあってつきあい方は難しかったが、クリエーターの意向を尊重する姿勢は真摯なものがあり、ぼくの言っていることや表現したいことをかなえようとする態度は最初から最後まで一貫していた。

小夜子もそれは同じで、何につけてもぼくに意見を聞いた。イエロープードルのアーチストイメージの確立のために、作詞作曲のクレジットは今野にしている。ぼくの名前ではないことを気にしているようで、小夜子は会社と交渉してぼくをフリーのディレクターとして契約することを認めさせていた。印税とは別にディレクターのギャラを支払ってくれるという。その辺は裁量で何とでもなるようで、日当をもらうことになった。日銭は欲しかったから、ありがたくいただいた。

数日後、ラフォーレ原宿の喫茶店に呼び出された。行ってみると小夜子と今野、りりこが待っていた。今日の午後から歌入れのレコーディングを始めるというスケジュールは聞いていた。

「松尾さんも立ち会ってください。ご意見をいただければと思っています」

これを、と小さな箱を二つ差し出した。名刺が入っていた。マウンテンレコード・スペシャルディレクター松尾俊介とある。肩書なんてつけたもの勝ちだ。

「アドバイスなんて必要ないでしょう。今野くんの歌は素晴らしいですよ。文句はありません」

そうは言ったものの、別にやることがあるわけではない。どこへ行く当てもなかったので、ランチを済ませてから一口坂スタジオへ一緒に行き、今野のレコーディングに立ち会った。

今野とりりこについて、ぼくにはわからないことが多かった。二人ともクラシック出身で、正統な音楽教育を小さい頃から受けていたのは聞いていた。藝大出だというのだから、それ相応に頭もいいのだろう。ぼくの周りにはいなかったタイプの人種であることははっきりしていた。

二人とぼくでは音楽に対する取り組み方が違う。ぼくは多くの者がそうであるように、モテたいから、目立ちたいから音楽を始め、バンドを組んでいた男だが、二人にとって音楽は血肉のようなもので、人格と渾然一体化している。音楽が彼らのアイデンティティーなのだ。

モテたいとかビッグになりたいとか、そういうこととは無縁な場所に生きている。二人とも家は金持ちらしく、そのためか上昇志向とか物欲とか、そういう世俗的なものは一切感じられなかった。音楽に携わって生きていければそれで十分らしい。つまりは生まれついての芸術家ということなのだろう。ぼくの理解が及ぶところではなかった。

小夜子や鷺洲、佐久間たちスタッフはそれぞれ忙しく、レコーディングの間はあまり話す時間はなかった。その分、今野とりりこと一緒にいることが多くなった。はっきり言って、今野とは話が合わなかった。自分のことにしか興味がない性格で、ユーモアを解さない。どういう局面であれ、笑ったところを見たことがなかった。

自分のスタイルを固持することに、生きている理由と意味があるらしい。体が弱いわけでもなさそうだったが、レコーディングの合間には必ずスタジオのソファで寝そべり、宙を見つめている。異常な偏食で、魚は一切食べないし肉もチキンしか受け付けない。米と水が駄目だと聞いて、どうやって生きているのかむしろ心配になった。米はともかく水が飲めないというのはどういうことなのか。

りりこともコミュニケーションは取りづらかった。今野とは違い、何か言えば返してはくれるのだが、一切感情というものがない。あらゆることがどうでもいいらしかった。

小夜子の指示には素直に従うし、お喋りをしたりもするのだが、他のスタッフに自分から話しかけたりすることはまったくなかった。世間話をしようとしないのは今野とも共通するところだ。ギターはうまいのだが、好きで弾いてるということでもないらしい。たまに微笑んだりすると結構可愛いのだが、だからといって個人的に話しかけたいとは思わなかった。

ただ、りりこは今野のことを意識しているようだった。小夜子と打ち合わせをしている今野をじっと見つめている姿を何度も目にしていた。それは明らかに恋する女の子の視線だった。ひたむきというか、真剣な思いが伝わってくる。

今野と小夜子がいないと、別のスタッフと食事をしたりすることはない。小夜子はボーカルを取る今野と話さなければならないことが多かったが、自分には関係なくてもいつも一緒にいた。

他人事《ひとごと》だから何でもいいが、りりこも辛いだろうなと思った。今野は重度のナルシストで、女性に思いを寄せるようなことはない。どんなに想っても振り向いてはくれないだろう。しかし恋というのはそういうもので、忠告したって始まらない。意味がないのはわかっていたから、何も言わなかった。

そんな二人と一緒にいなければならないというのは結構なストレスで、疲れるとアシスタントを務める野口や大沢と話すようにしていた。二人はぼくとそんなに年齢が離れていないので、何となく話も合った。待ち時間には大沢が集めているチョロQで遊んだりした。去年発売されたばかりだという。なかなか不思議な環境にいるなあ、と思いながら毎日を過ごしていた。

7

レコーディングと並行して、小夜子には別にやらなければならないことがあった。会社との打ち合わせだ。

レコードというのは、ただ作ればいいというものではない。世の中のあらゆる商品と同じで、販売しなければ意味はない。レコード店に並べておくだけでも駄目で、宣伝しなければならない。そのためにハードスケジュールの合間を縫って会社との話し合いを続けているんですと若干愚痴のニュアンスを交えながら小夜子は話してくれた。

もともと、イエロープードルのセカンドシングルは制作と発売を会社から了解されている。予算にも入っていた。ただ、マウンテンレコードという会社は、イエロープードルにまったく期待していなかった。うるさい女ディレクターが毎日企画書を出してくるから仕方なく認めた。その程度のスタンスだ。従って、レコードは出すが、予算はつけないというのが会社の方針となっていた。

マウンテンレコードには宣伝部という部署があり、予算に応じてプロモーション活動を展開する。ポスターを作ったりチラシを撒いたり、場合によってはアーチストを全国行脚させ、レコード店を廻ったりデパートの屋上で歌わせたりもするそうだ。

ヒットが期待されるアーチスト、人気があるアーチストならテレビやラジオなどメディア露出も考えられるだろうし、会社が勝負を懸ける価値があると認めれば、各駅に巨大なポスターを張ったり、雑誌に広告を出したり、金があればテレビスポットだって打ったりもする。

だがイエロープードルにそんな金はかけられないと会社側は判断した。それどころか、最低限の、雀の涙以下の予算しか与えられなかった。小夜子はしつこく粘ったが、努力の甲斐なく決定は覆らなかったという。

ペラペラの二色刷りのチラシが千枚作られ、それだけがプロモーションツールだった。それも最初はモノクロだったのを、泣かんばかりに訴えてようやく二色になったのだという。聞いていて、もはや笑えてくるほどだった。

八月第一週の週末土曜日、小夜子に呼ばれてマウンテンレコード社へ行った。青山通り沿いにある四階建てのそこそこ大きなビルだった。おそらくこの時代においてはかなり先鋭的なデザインの建物なのだろう。コンクリートが打ちっぱなしになった壁や、モノトーンのフロア、デスクやオフィス家具など、ぼくの目から見るとやや懐かしい感じもあったが、普通の会社と比べると相当ハイセンスということになるのではないか。

マウンテンレコードはＣＢＳ・ソニーや東芝ＥＭＩなどアメリカ資本の入っているメジャーなレコード会社ではなく、独立系レコード会社として一九六九年に設立されたそうだ。ほぼ同時期にポニーキャニオンもレコード会社としてスタートを切っており、規模も似ているためによくライバル視されているらしい。

社内には多くの人たちがいて、それなりに働いていた。休みは日曜日だけで、忙しければ出勤し、代休を取ろうと考える社員はなかなかいないという。ブラック企業なのかと思ったが、どうもそういうことではないらしい。マウンテンレコードだけの話かと思ったが、だいたいどこの会社でもそんなもんですよと小夜子は言った。勤労意欲の高い時代だ。

総務部の人間を紹介されたり、販売部や宣伝部などを見て回った。デスクにパソコンがないことや、ほとんどの社員がデスクで煙草を吸っていたりするなど、不思議な感じもしないではなかったが、社員自体に違和感はなかった。スーツを着た男たちや私服のＯＬたちからは常識的でフレンドリーな印象を受けた。

それが大きく覆されたのは二階にある制作部へ入った時だった。午後一時という時間だったが、デスクには半分も人がいない。そしているのはまともな社会人とはとても思えない男ばかりだった。例外なく髪の毛が長い。もしくはアフロだ。席の配置などから考えて、それぞれの班の責任者と思われる男たちがいるのだが、そういう立場にいる者でさえもほぼ全員がロン毛だった。

そしてファッションがこれまた異様で、サイケデリックというのか原色をフルに使った服を着ている者や、至るところに穴の開いたジーンズを穿いている者など、とにかくまともではない。

そういう男たちがきちんとデスクに座って何か仕事をしている様は、シュールにさえ見えた。

小夜子が真っ先に引き合わせてくれたのは吉田という課長だった。新入社員の小夜子に、ディレクターという仕事を教えてくれたんだという話は聞いていた。

吉田はフロアでただ一人、カジュアルな黒のジャケットとブルーのシャツ、そして濃い茶色のスラックスという、二〇一四年でも通用しそうなファッションだった。髪もそれほど長くない。厳しい人だと聞いていたが、ぼくに対しては当たりが柔らかかった。

「黒川の力になってください」

ぼくの手を力強く握り締めてそう言った。小夜子はどんなふうにぼくのことを説明しているのだろう。『世界に一つだけの花』をぼくが提供しているということは、言っていないはずだ。

吉田はずいぶんと小夜子のことを心配しているようで、自分の教え子がディレクターとして瀬戸際にいるのはわかっているようだった。公平に見て、なかなかいい上司っぽい。

室長にも紹介した方がいい、と吉田が言った。はい、と強い顔でうなずいた小夜子がぼくを引っぱって、一人だけデスクを離して配置している男のところに連れていった。よく見るとデスクに相庭室長と書かれたプレートがあり、前に小夜子から聞いていた嫌な上司であることがわかった。

四十歳前後だと思うのだが、高級そうなスーツを着込んでいるにもかかわらず、相庭もまたロン毛だった。しかもウェーブがかかっている。顔は典型的な日本のサラリーマンなのだが、ヘアスタイルとファッションのバランスはかなり狂っており、キングオブコントに出場させたいほどキャラが固まっていた。

小夜子が相庭にぼくを無表情で紹介した。ああとかうんとか相庭がうなずき、それで儀式は終わったようだった。小夜子はぼくをフロア内にあった会議室に案内し、ソファに腰を落ち着けた。

「あれが相庭室長?」

ええ、とうなずいた小夜子が唇を曲げた。

「あまり話したい相手じゃないんです。松尾さんのことを認めさせるのも大変でした。課長の吉田が間に入ってくれて、ようやくOKがもらえましたけど……面倒臭い人なんです」

「そんな感じはしますけどね。吉田さんともあんまり……うまくいってないんですか?」

わかりますか、と小夜子がつぶやく。そりゃ丸わかりだ。相庭は吉田を見ようともしなかった。何があったか知らないが、よほど根深い確執があるのだろう。座り直した小夜子が、今日の午前中会議がありました、と話しだした。

「『世界に一つだけの花』の制作枚数が確定しました。イニシャル、つまり初版プレス枚数は……八千枚だそうです」

真っ暗な顔になっている。八千枚というのが多いのか少ないのかぼくにはよくわからないのだが、表情から察するにかなり少ないのだろう。

「今年、うちの会社から発売されたレコードの中では最低の数です」

小夜子がため息をつく。そうですか、としか言いようがない。わたしの力がないばかりに申し訳ないです、と頭を下げた。それ以外にもいくつか話をしたが、いい話はひとつもなかった。

イニシャルが八千枚と決まったので、全国のレコード店に行き渡らせることはできない。販売部の決定で、東京を中心とした関東圏での発売ということにならざるを得なくなった。もちろんテレビやラジオからのオファーもない。音楽専門誌などからの取材の話もない。プロモーションはまったくない、ということだった。

「二人がやる気を削がれなければいいんですけど。まあ、ああいう子たちだから、売れる売れないはあんまり気にしないとは思うんで、それだけが救いといえばそういうことになるのかなあって」

どうするつもりなんですかと聞くと、どうしようもないですね、と首を振った。

「でも、曲としての出来は素晴らしいと思っています。わたしが過去に作ってきたどの曲よりもベストだと断言できます。他の予算を全部カットして、試聴用のデモテープを通常の三倍以上作りました。あらゆるテレビ、ラジオ、雑誌、その他メディア媒体にわたしが自分で手紙を書いて送ろうかと……聞いてくれさえすれば、必ずわかってくれる人がいるはずです」

「そりゃあ……そうですねえ、誠意は伝わりますよ、きっと」

慰めるように言ったが、世の中そんなに甘くはないだろう。誰も知らないアーチストのデモテープなど聞いてはくれないだろうと思ったが、小夜子が万策尽きているのもわかった。慰めるしかないじゃないの。

思えば、二〇一四年にはインターネットというツールがあった。早い話、宣伝費がなくてもYouTubeにアップして世間からの評価と関心を集めるという方法論もないわけではない。ネットから火がついた商品やアーチストがいることは知っていた。可能性はゼロではないのだ。だが一九八一年において、インターネットはなかった。小夜子が意気消沈するのも無理はない。

「スタッフの士気はすごく高いんです」小夜子が訴えるように言った。「鷺洲さんをはじめ、ミュージシャンの人たちも、これは凄くいい曲だと……自信持っていいよって。アシスタントの野口くんや大沢くんも、聞いてて身震いしたって言ってます。こんな素晴らしい曲は初めて聞くとまで……」

ぼくは黙っていた。聞けばわかるかもしれない。その通りなのだろう。だが、聞いてくれるところまで持っていくのが至難の業なのだ。それは小夜子もわかっているはずだった。

「ただ、あれですよね、いい曲だからって、売れるとは限らないですよね」

冷たく聞こえないように、慎重に言葉を選んで言った。とはいえ、冷静に現実を見つめる必要もあるのではないか。小夜子が今回の曲にすべてを懸けていることは知っていたし、イエロープードルに強い思い入れがあることもわかっている。これが駄目ならディレクターとして終わってしまうだろうということも聞いていた。

だが、現実は完全なアウェイだった。逆風が吹きまくっている。この状況で売れるものなんてないとぼくは判断していた。そうであるなら過剰な期待をせず、事後処理を考えておくべきではないか。うまく立ち回ればディレクターとして残れるかもしれないし、最悪それが無理でも、社員としてマウンテンレコードに居続けることは十分に可能だろう。

ディレクターという仕事に未練があるのはわかるが、小夜子も社会で暮らす普通の人間だ。食べていかなければならない。夢みたいなことを言ってる場合ではないだろう。

とにかく今はレコードを完成させることに全力を尽くします、と小夜子が立ち上がった。それしかないんでしょうね、とうなずくしかなかった。

8

それから連日、小夜子はテレビ局やラジオ局、出版社などを回り、誰彼構わずデモテープを押し付けて回った。ぼくも暇だったのでつきあった。

小夜子も伊達に八年ディレクターをやっていたわけではなく、それなりに知り合いはいるようだったが、デモテープを受け取った誰もが、聞く聞くと言いながらカセットテープをデスクに放り投げるだけだった。そこにはあらゆるレコード会社から送られてきたと思われるカセットテープが山積みになっていた。

「本来ならSP、セールスプロモーターが動く仕事なんですけど」一週間ほど経ったある日、文化放送を訪れた帰りに四ツ谷駅近くのトンカツ屋でメンチカツ定食を食べながら小夜子が言った。「期待されていないアーチストは辛いですよね。誰も動いてはくれません」

「言いたいことはわかりますよ」

ぼくはメンチを頬張りながらうなずいた。ちなみに、この三金という店のメンチカツ定食は四百五十円だった。大変リーズナブルな値段だ。

「でも、ちょっといい話があって」

「どんな?」

「四、五日前、デモテープを社内にも配ったんです。まず会社に理解してもらわないとと思って」

「なるほど」
「そうしたら今朝になって、経理部の女の子がわたしのところに来たんです。聞きましたって……いい曲だと思いますって言ってくれました。ちょっと泣いてしまったとも」
「そうですか。わかってくれる人もいるってことですね」
「励まされました。そんなのはセンチな女の子の感想に過ぎないって言われるかもしれませんけど、わたしたちのしてることは間違っていないんだって……」

悪い話ではない。音楽には人の心を揺さぶる何かがあるということで、『世界に一つだけの花』はそういう力を持っているのだ。

それだけの力がある曲だということはおよそ二十年後に証明される。それはぼくにもわかっていた。問題は一九八一年の段階で多くの人がそう思うかどうかで、それは誰にも答えられないことだろう。

ぼくとしても不安がないわけではなかった。何かの間違いでヒットしたとして、それは未来のSMAPや槇原敬之にどんな影響を与えるのか。大きく言えば日本の文化史にもかかわってくるだろう。それでいいのか、やっぱりマズいことになるのか、判断がつかなかった。そこそこ売れるぐらいに収まってくれないだろうかというのが正直なところだ。

だが、小夜子のところに女の子が来たという話は一種の前兆だったのかもしれない。青山のマウンテンレコード社に戻ると、販売部の何人かの社員から、至急連絡がほしいという伝言が小夜子のデスクに残されていた。それぞれの社員は別々に伝言を残していたらしい。組織的な、あるいは部署的な話ではないようだった。

何があったのだろうかと小夜子が内線を入れると、三人の若い販売部員が制作フロアにやってきた。彼らは口々に、『世界に一つだけの花』を聞いたと言った。最初に聞いたのは女性の社員で、その子があまりに強く勧めてくるので仕方なく聞いたという。

聞いた者は隣りの席の社員にデモテープを渡した。あっと言う間に部員全員が聞くことになった。誰もが何かを感じたという。社員の中には席を飛び越えて上司や役員にまで聞かせようとする者もいた。二十代だけではなく、三十代四十代はもちろん五十代の人間もいい曲だと感心したそうだ。

だからといって初版枚数を増やそうとか、そういうことではない。そんなに会社というのは簡単に方針を変えたりしない。だが、販売部全員がこの曲に強い思い入れを持ったし、それをどうしても黒川さんに伝えたかった、と彼らは言った。

何かに感動し、興奮した人間の多くがそうであるように、彼らは口を泡だらけにしながら語った。やたらと早口になっていた。その後になってわかったのだが、販売部だけではなく宣伝部やレコード制作には関係のない経理や法務など他部署の人間からもそんな話が寄せられていた。

「不思議な感じです」小夜子が言った。「社内でも知らない者の方が多いかもしれない無名のアーチストの曲に対して、こんなにいろんな人が何か言ってくるっていうのは、わたしも初めての経験で……」

「どうなるんでしょう？」

「少しだけでも、売れてくれればいいんですけど」自信なさそうにつぶやいた。「ヒットしてほしいなんて、そんな贅沢なことは言いません。次につながるような、それぐらいの売り上げがあれば……」

「自分で言うのも何ですけど、曲はいいと思います。メロディも詞もとてもよくできていますし、鷺洲さんのアレンジも素晴らしい。今野くんのボーカルは言うまでもありません。でも……」

素材としてはいい。完璧な一曲だと言っても過言ではない。だが、音楽というのは時代を映す鏡的な側面もある。

『世界に一つだけの花』が平成の世にあれだけ爆発的な人気を呼び、大ヒットしたのは、時代がそれを求めていたということが間違いなくあった。ナンバーワンではなくオンリーワンを目指すべきだという槇原敬之のメッセージは、あの頃の大衆の声を集約したものだ。だから誰もが口ずさみたくなった。はたしてそれは一九八一年においても通用するのだろうか。

もちろん、SMAPという国民的アイドルグループが歌ったから大ヒットしたということもある。彼らには、ファンという一定の支持層がついていたし、その動向は常にマスコミにとって格好の話題だった。新曲を出せばどのメディアだって取り上げただろう。

同時に『SMAP×SMAP』という冠番組がプロモーションに大きな役割を果したのも事実だし、ぼくの記憶が確かなら、この曲はドラマの主題歌か何かではなかったか。プロモーション態勢は万全だったのだ。

曲が良くて、宣伝が効果的なら、それは売れるだろう。イエロープードルにそんなバックはない。そう考えると、間違いなく売れると断言はできなかった。

9

八月二十五日の夕方、ぼくは小夜子と共にマウンテンレコードの制作室フロアにいた。いつからそうなったか知らないが、二十五日というのはこの一九八一年においても給料日で、社員の多くが何となくにこにこしていた。大変結構なことだ。

チーフアシスタントの野口と大沢がやってきて、精算がどうしたとかそんな話をしている。小夜子は仕事ができる女だったが、アシスタントの経費の精算を後回しにしてしまう悪い癖があり、野口たちは少しいらついているようだった。

「黒川、二番に電話」破れたジージャンを着た異様に痩せこけた藤倉というディレクターが乱暴な口調で怒鳴った。「LFから」

ちょっとゴメン、と片手で拝むようにした小夜子が電話に出た。ああ宮本さん、と明るく笑う。

「ごぶさたしてます。はい、元気です、おかげさまで。なかなかお会いできませんね。編成の副部長ですもんね、レコード会社のペーペーのディレクターなんかと会ってる暇なんか……はい？今、何て？　オールナイト？」

心底驚いたのか、小夜子が大声を上げた。その顔は怯えているようにさえ見えた。

「それは……本当に？　決定ですか？　何曜日……九月？　すみません、どういうことなのか、突然すぎて……いえ、そんな。もちろんです。了解です。もしよかったら、わたしがそちらへ伺いますが……ああ、はい。ではもう一度連絡します。失礼します」

受話器を置いた小夜子が、ヤバい、とひと言つぶやいた。平成の女子高生か、あんたは。

「どうしたんすかあ？」

野口が耳たぶをつまみながら聞いた。オールナイトよ、と小夜子が立ち上がった。

「オールナイトニッポンの今月の推薦曲に『世界に一つだけの花』が選ばれたって。何で……どうして？」

「本当すか？」大沢が身を乗り出す。「オールナイト？　毎日？　ひと月？」

「九月の推薦曲！」小夜子が野口と大沢を抱き締めた。「何で？　でも凄い！」

「オールナイトニッポンって……深夜放送の？」ぼくは聞いた。「まあそりゃあ……良かったですね」

「松尾さん、どうしてそんなに落ち着いてるんですか？」小夜子がぼくの両手を摑んで思いきり引っ張った。「オールナイトですよ！　ビートたけし、中島みゆき、吉田拓郎、彼らの番組で『世界に一つだけの花』が流れるんです！　こんなことあり得ない！　奇跡です！」

「鶴光師匠もいますよ」野口が言った。「忘れないでください」

「いや、もちろんそれはとてもいいことだと……でもＡＭラジオでしょ？　誰が聞いてるんですか？　しかも真夜中なわけだし、それはあんまり期待しない方が……」

「しますよ、松尾さん」大沢が顔をしかめた。「何にもわかってないなあ。ＬＦですよ？　聴取率ナンバーワンのラジオ局っすよ？　若い奴らはみんな聞いてますよ」

「そうなの？」

「宣伝に伝えた方がいいっすよ」野口はぼくのことを完全に無視していた。「他部署にも知らせないと」

うん、と強くうなずいた小夜子が内線番号を押す。出たのは誰かわからなかったが、親しい人間のようだった。

「あ、関ちゃん？　黒川ですけど。大変なことが起きました。今ＬＦから電話があって、『世界に一つだけの花』が……ちょっと、聞いてる？　何言ってんの、有線じゃなくてＬＦ、ニッポン放送……え？　有線から話が？　何のこと？」

受話器を持ち替えた小夜子の唇から、ウソ、という声が漏れた。だからあんたは女子高生かっつうの。

「本当に？　たった今？　わかった、じゃあそれも上に話す。こっちも話が……それどころじゃない？　わかった、後でまた連絡ちょうだい。はいはい」

どうしたんです？　と野口が聞いた。わからないけど、と小夜子が首を振る。

「有線から宣伝に連絡が入ったって。『世界に一つだけの花』を重点商品として扱いたいって……」

「有線？　演歌でもないのに？」

「だってそう言ってたもの。ちょっとどういうことなのか……どうして急にそんな話になったのか、訳がわからない」

「楽曲がいいからっすよ、ねえ松尾さん？」大沢がぼくの肩を突いた。「こりゃあちょっと、風向きが変わってきた感じっすねえ」

「上に報告する」小夜子が首を伸ばしてフロアを見渡した。「ＬＦの件も含めて、ちゃんと打ち合わせしないと……吉田さんはどこ？」

「その前に精算終わらせてくれないすか」野口がデスクを叩いた。「このままじゃぼくがスタジオの機材費を全額払うことになっちまう。そんなことになったら破産です」

後にして、と言い捨てた小夜子がフロアを出て行く。待ってください、と二人が追いかけていった。

10

ニッポン放送と有線がバックアップしてくれるという話は瞬く間に社内に広まった。ビッグチャンスだと誰もが感じていたようだが、だからといっていきなり会社の態度が変わったりはしなかった。

予算の追加はしないし、初版枚数も増やさないと室長の相庭は冷たく言った。発売を来週に控え、時間的にも物理的にも今から体制を変更するのは無理だというその意見に小夜子も納得してはいたが、他のディレクターだったら、他のアーチストだったら、相庭の態度ももう少し違っていたかもしれない。

相庭は小夜子とイエロープードルについて、明らかに信頼していなかった。女ディレクターと実績のない無名のアーチストのレコードがいきなり売れたりすることはないと固く信じているようで、他部署からも一考の価値があるのではないかという申し入れがあったようだが、すべて無視していた。課長である吉田の意見を聞こうともしない。直属の室長がそういう態度である以上、他部署も強く言うことはなかった。いつの時代でも会社というのはそういうものらしい。

何日かが過ぎた。ニッポン放送にどういうつもりがあったのか不明だが、昼間の番組や夜の月金のヤング層向けの帯番組で『世界に一つだけの花』が流されているのは何度か聞いた。野口たちによると、ＦＭ東京などでも流れているのを聞いたという。Ｊ－ＷＡＶＥはどうなのかと思ったが、よく考えてみるとまだ開局していなかった。

何もないよりはましなのだろうし、ラジオというメディアが特に若い層に対して影響力があるというのは何となくわかったのだが、やはりそこはＡＭラジオだ。どこまで浸透しているのかはやや疑問がある。テレビの歌番組などからはまったく連絡はないという。音楽専門誌も何も言ってこないし、一般誌の音楽情報ページで取り上げられるという話も聞こえてこなかった。どうにか形がつけばいいのだがと思いながら、八月三十一日の午後一時にマウンテンレコード社に顔を出した。

制作室にあまり人はおらず、小夜子が一人で黙々と伝票を整理していた。月末なのでさすがに経理が怒りだしているという。サラリーマンは辛い。

どんな状況ですかと聞くと、まだ何とも、と答えた。『世界に一つだけの花』は今日付けの発売で、店頭に並ぶのは今朝の開店時かららしい。レコード店は十時ぐらいに店をオープンさせるのだろうから、三時間しか経過していないことになる。今の段階では何とも言えないというのはその通りなのだろう。

「今日は暇です」小夜子がハンコを押しながら言った。「ディレクターってそんなもんですよ。発売するまでは大変ですけど、店頭に並んでしまえばもう何もできないですから。座ってるぐらいしかやることはありません」

「どうなるんですかねえ」

「今日だけですべての結果が決まるというものじゃありませんから。何日かは猶予があるっていうか……針のむしろってこういうことなんじゃないかなあって。落ち着かないですけど」

それから一時間ほど小夜子は伝票整理を続けていたが、ご飯食べましたか？　と不意に聞いた。軽く食べてはいたのだが、レコード業界の、しかもディレクターという仕事が不規則な食生活を強いられているのは知っていたので、つきあいますと答えた。歩いて近くにあった純喫茶というジャンルの喫茶店に入り、古式ゆかしいナポリタンスパゲッティを一緒に食べた。

小夜子は『世界に一つだけの花』について、売れるだろうかとかそんな話はしなかった。やりきったということもあるのだろうし、諦めの境地に達しているようでもあった。代わりにというわけではないだろうが、ぼくに対する報酬の説明をした。レコードは定価七百円で発売されており、この時代には消費税というものがまだなかったから、その七百円に印税率と制作枚数を加えて計算すると、およそ六十万円がぼくの収入ということになると小夜子は言った。

「六十万？」

マジでか。いいのか。ぼくが何かしたわけでもないのに、六十万円って。そりゃ凄い金額じゃないか。

小夜子はそのギャラを銀行振り込みにしたいと言った。それはそうなのだろうが、ぼくには銀行の預金口座がない。至急作ってほしいと言われたが、ああいうものは身分証明書とかがなくても作れるのだろうか。いざとなったら現金でもらえないか相談してみなければならないと思いながら会社に戻った。

制作室フロアに入ると、真っ青な顔をした野口と真っ赤な顔の大沢が小夜子のデスクのところで立っていた。どこ行ってたんですか！　と二人が同時に怒鳴った。

「お昼ご飯を……ごめんなさい」

反射的に謝った小夜子の腕を野口が取り、大沢がぼくの襟首を摑んで走りだした。階段をひとつ昇って販売部フロアに飛び込む。何なの？　と小夜子が言ったと思うのだが、聞こえなかった。電話の音がうるさすぎたからだ。

「大変です。『世界に一つだけの花』がえらいことになって……注文の電話が殺到しています」

野口が口に手を当てて叫んだ。これは、と聞いたぼくに、そうっす、と大沢が大きな声で返事した。

「全国のレコード店からここに電話がかかってきてます。東京とか関東近県だけじゃなくて、全国からっす。地方の営業所をすっ飛ばして、いきなり本社の販売部へ……」

「レコードを寄越せと言ってるんです。どこの店も怒ってます。割り当てが少なすぎるって！」

言われてみると、電話を受けている販売部員たちは、皆一様に頭をコメツキバッタのように下げ続けていた。申し訳ありませんが品切れで、というような声も聞こえた。

「……是枝《これえだ》部長」

フロアのドアのところにいたぼくたちを見つけて、ノーネクタイの背広姿の中年男が近づいてきた。顔を思いきりしかめている。

「お前のせいで欠品になる」是枝部長が小夜子に向かって言った。「畜生、こんな醜態は部長に

なってから初めてだ。欠品なんて！　情けない。下手したら始末書もんだ。お前のせいだから
な！」
「……すみませんでした」
小夜子が頭を下げ、野口と大沢もそれにならった。もちろんぼくも深く深く頭を下げる。是枝
部長がにやりと笑った。
「取り返さなけりゃならん。会議なんか通してる暇はない。おれが決める。十万枚追加プレスだ。
おれが発注する。誰にも文句は言わせん」
読み間違えた、と呻いて自分の席に戻っていく。野口と大沢が抱きあっている。小夜子がぼく
を一瞬見て、顔を両手で覆った。

Part 6　川の流れのように

1

二〇一四年においてはパソコンなどからのダウンロードで音楽そのものを手に入れるのが一般的だが、一九八一年にそんな便利な手段はなかった。そもそも、個人でパソコンを所有している者自体がかなり稀で、ダウンロードもへったくれもないのだ。

CD、コンパクトディスクもまだ存在していない。つまりレコードというのは文字通り塩化ビニール製の盤のことで、今日発注したから明日できるというものではなかった。全国へ輸送するのだって時間がかかる。つまり、しばらくレコード店にイエロープードルの『世界に一つだけの花』は並ばないということだった。

レコード業界では欠品を恥とする商習慣があるらしい。販売部の是枝部長が盛んに唸ったり怒ったりしていたのはそのためで、品切れならそれはそれでしょうがないんじゃないすか、とぼくなどは思うのだが、そういうわけにはいかないという。実際、是枝部長は会社の公式な会議などでも自分の責任を認め、頭を下げたそうだ。なかなか厳しい業界だ。

小夜子は文句を言ったりしなかったが、上司である相庭はデスクを叩き、販売部を声高に非難した。罵ったと言ってもいい。お前はマンガかと言いたくなるぐらいわかりやすく、販売部が弱気なせいで数千万円の損失があったと責め立てた。ぼくは直接見ていないが、偉い人の会議で痛烈に面罵までしたそうだ。

ぼくの聞いている限り、『世界に一つだけの花』の初版枚数を最低レベルの八千枚にするように主張したのは相庭で、その後にラジオや有線などが取り上げてくれたり、社内で評価が上がったにもかかわらず、そのままの数字でいいと突っぱねたのもこの人だ。そうやって考えてみると、販売部の判断が弱気だったとかではなく、相庭の判断に欠品の原因はあったと思われるのだが、最終的に枚数を決める権限は販売部にあるようで、責任は彼らが取らざるを得ないというのが社内的コンセンサスだった。

相庭という男について、小夜子から聞いてある程度わかっていたつもりだが、どうも思っていたより面倒臭い奴のようだった。制作室内の会議などでも、あいつらは馬鹿で無能だと販売部を罵り、社長をはじめ役員連中にもそう訴えたという。

確かに売り損じが出たのは会社にとってマイナスなのだろうが、同僚でもある社内の人間を悪《あ》し様《ざま》に言って自分だけが正しいと主張するのはどんなものか。おまけに今回のヒットは自分の手柄だとぬけぬけと売り込んでもいるらしい。まあ、会社ってそういう奴がいるもんなんですけどね。

そんなゴタゴタはあったが『世界に一つだけの花』は売れ続けていた。翌週のオリコンチャートでは四十一位にランクインした。八千枚しかプレスされていなかったためにその順位となったのであって、例えば五万枚作っていたならトップスリー入りは間違いなかっただろうというのが関係者の一致した意見だった。

オリコンの左ページに載った、と小夜子たちレコーディングスタッフは狂喜乱舞し、赤丸急上昇という印がついたことに野口などは本当に泣いていた。その後再プレスされたレコードが全国に届き、それもまた飛ぶように売れた。

イエロープードルについて、あるいは黒川小夜子というディレクターについて、マウンテンレコードは一切期待も評価もしていなかった。宣伝費がゼロだったことからもそれは明らかだ。だが、そういうアーチストとスタッフが作った曲が爆発的に売れているという現実に会社は驚き、社内の空気は一変していた。会社というのがそういうものであることはぼくにもよくわかる。

売れるだろうと予想されているもの、あるいは期待されている商品について、思惑通り売れたとしても会社はあまり評価しない。場合によっては、それしか売れなかったのかと怒られることもあるぐらいだ。

しかし、まったく期待されていなかった商品がそこそこ売れたりすると、会社は大騒ぎする。ましてやイエロープードルの場合、そこそこではなくはっきりとヒットしていた。大変だ大変だと会社中の全部署が慌てて動きだしたのも無理はない。

臨時の会議が招集され、社長決裁で予算が下り、遅ればせながらではあるがプロモーションと再プッシュが決定した。実はその必要もなかったぐらいで、テレビ、ラジオ、雑誌社などから凄まじい勢いで出演依頼が舞い込んできていた。広告代理店は来月から始まる車や化粧品のコマーシャルのタイアップ話まで持ち込んできた。

社内外からありとあらゆるオファーが来たが、それを捌《さば》く立場にいたのは小夜子だった。イエロープードルを見いだし、育て、多くの反対意見を押し切ってレコードを作ったのは小夜子で、仕切れるのは彼女以外いない。他部署がイエロープードルのセカンドシングルの制作にあまりいい顔をしていなかったのは事実で、それもあって誰も何も言えなくなっていたのだ。

宣伝部のプロモーターたちは、テレビなどで露出するよう頼み込んできたが、小夜子はにっこり笑いながらもすべて断った。一過性のブームにしたくない、とぼくたちスタッフを集めて宣言した。

「タイアップは断ります。そのために作った曲じゃありませんから。テレビも出しません。あの二人の露出は抑えます。世間に期待感と飢餓感を煽るんです。長い目で見れば、急激な露出はマイナスになります」

彼ら二人をテレビに出演させないことについては、別の理由もあったようだ。あの子たちは喋りがうまいわけじゃありません、と言った。

「歌番組で司会者とうまく絡むのは期待できません。特に今野くんははっきりと下手です。視聴者もがっかりするでしょう。アーチストイメージを守らなければならないんです」

小夜子の言い分はもっともであり、プロモーターたちも引き下がった。相庭室長はもっと露出するべきだろうと苦言を呈したが、小夜子はそれに対しても別の答えを示した。今後十月、十一月、十二月と連続してシングルレコードを作り、十二月末にはフルアルバムを出すことを提案したのだ。

普通のアーチストなら、そんなことはできない。作詞作曲というのは、何だかんだ言って結局インスピレーションによる。工場のように計画的に作れるものではないのだ。

だが、小夜子はぼくが他にも楽曲を数多く持っていることを知っていた。既にデモテープ的なものまであるのだ。この状況ならそんな無茶も可能になるというのが彼女の判断で、実際その通りだった。

相庭はこの申し出にすぐ乗っかった。イエロープードルは確実に売れる、という読みがあったのだろう。相庭制作室の売り上げがアップするというのなら、嫌いな部下の提案でも受け入れる。そのぐらいの度量はある男だった。

「寺尾聰もシングルを隔月で三枚リリースした」相庭は小夜子以下レコーディングスタッフを集めて訓示した。「ちょっと昔の話だが、原田真二も三カ月連続発売したし、サザンオールスターズは半年で五枚シングルを切った。アーチストには売り時というものがある。強気で攻めろ」

言ってることはそれなりに格好いいのだが、背広とロングヘアというミスマッチにぼくは笑ってしまった。何だお前は、と睨まれて、申し訳ありませんと頭を下げた。

2

九月十日、小夜子と鷺洲、イエロープードルの二人、そしてぼくの五人だけでまたホテルニュージャパンの一室に集まった。話し合いのテーマは、次のシングルをどの曲にするかだ。例によってぼくが曲を歌い、聞き比べながら意見を出し合った。それぞれに思うところはあったのだが、鷺洲が異常な勢いで主張したことで意外とあっさり決まった。『赤いスイートピー』だった。

「松尾ちゃんはホントに凄いわ」ぼろぼろ泣きながらぼくの手を握った。「あんたはステキ過ぎる。どうしてそんなに女心がわかるの？」

　オッサンに女心と言われても困るのだが、この頃には鷺洲がゲイであるとわかっていたので、言わんとすることは何となくわかった。

「この詞はねえ……いいわあ、すっごく。何度聞いても泣けてきちゃう」

　鷺洲がでかい拳で両目を拭った。松田聖子が新宿二丁目で圧倒的な人気を誇っているという話を聞いたことがある。テレビでもラクダみたいな顔のオカマがその魅力を情熱的に語っていた。『赤いスイートピー』はぼくが生まれる前からあった曲のはずで、世代的にダイレクトなものではない。松田聖子は十数曲、あるいはもっとたくさんのヒットソングを世に出していただろうし、売上枚数的にはこの曲以上のものもあったと思う。それでもぼくがこの曲を歌ったのは、ぼくの世代の人間がカラオケで歌う定番の曲だったからだ。八〇年代に出た曲が二〇一四年においても人気だというのは、やはり何かあるのだろうと思わざるを得ない。

　作曲者はユーミンで、メロディも素晴らしいのは間違いないが、作詞をした松本隆はこの曲の世界観を作ったという意味で偉大だったと言えるだろう。詞が凄くいいと鷺洲が盛んにテーブルを叩くのは無理のないところだった。

「確かにとてもいい曲ですよね」少し地味かなって思わなくもないんですけど、と小夜子が言った。「イエロープードルらしいってことなのかもしれません」

「……メロディも……絶妙です……バランスがいい」今野がいくつかのフレーズを口ずさんだ。

「新しくて、だけど懐かしい……フォークソングでも歌謡曲でもない。これは……まったく新しい音楽なのでは？」

「いいから仕事を始めましょう」せかせかと鷺洲が動きだした。「譜面を作るわ。サヨ、あんたはミュージシャンを手配して。あんたたち、何をぼんやりしてるのよ。さっさと練習でも何でもしなさいよ」

せっかちなのは鷺洲の性格だ。わかりましたと苦笑した小夜子が電話に手を伸ばす。今野とりりこが見つめ合って小さくうなずいた。

3

やり方は全員がわかっていたから、レコーディングは順調に進んだ。問題はない。予算が増えたのでスタジオミュージシャンはギャラが上がって喜んでいた。音楽的な環境も格段に良くなっていた。

その間も『世界に一つだけの花』は絶好調で売れ続け、発売二週間で十万枚を突破していた。今から約十年後、小室哲哉がミリオンを連発する時代が来るはずだが、この時点での十万枚というのは大ヒットということになるらしい。しかもまだまだ売れそうだった。

テレビには出さないと小夜子は方針を決めていたが、雑誌の取材は可能な限り受けた。既に小夜子の目は『赤いスイートピー』に向いており、そのプロモーションのためにインタビューなどが行われた。雑誌が発売になるのは来月だから、ちょうどタイミング的には合うという。いろんなことを考えるものだ。

ラジオにもなるべくなら出したくないと思っていたようだが、オールナイトニッポンの推薦曲に選んでくれたニッポン放送には感謝の気持ちがあったらしい。義理堅いのは小夜子の性格だ。会社のプロモーターが懇願してきたこともあって、ＬＦの番組には出演すると言った。

すぐに話は具体化され、夜の帯番組『大入りダイヤルまだ宵の口』が何かのコーナーを飛ばしてイエロープードルに時間をくれることになった。ラジオというのはアドリブの利く媒体だ。

そこで『世界に一つだけの花』を歌い、そして発売前だが特別にりりこの生演奏で『赤いスイートピー』も歌うことが決まった。アンプラグドだとぼくが言うと、みんなが戸惑った顔になった。松尾さんはアメリカ暮らしが長かったから、と小夜子がフォローしてくれたが、どうも余計なことは言わない方が良さそうだ。

番組は生放送で、九月十六日の夜十時前後に出演してもらうことになるとプロモーターから説明があった。時間が明確でないのは、ラジオというものがそういうふうにできているからだそうで、結構アバウトなようだ。

というわけで小夜子とぼく、イエロープードルの二人は十六日の午後七時に集まって、タクシーで有楽町へ向かった。緊張しなくていいから、と小夜子は車内で何度も言った。

「ディスクジョッキーとのお喋りは極力少なくしてもらってるから。歌うことにだけ専念してくれればいいの。りりこちゃんもギター演奏が少しぐらい間違ったって大丈夫。まだ誰も聞いたことがない曲なんだから」

わかりました、と今野がいつも以上に苦しげに答えた。ぼくは助手席にいたのだが、振り向くとりりこは微笑んでいた。いつの時代でもそうだが、女性の方がいざとなると腹が据わるものだ。

丸の内警察署の前でタクシーが停まり、その隣にあるニッポン放送のビルへ入った。受付も守衛もいない。そこそこ大きなビルなのだが、入館手続きは必要ないようだった。アナーキーな時代だ。

三階へ上がり、先に来ていた野口と大沢、マウンテンレコードの宣伝部の人間と合流し、控室に入った。放送は九時すぎからということで、ラジオ局のスタッフは準備のために慌ただしく動き回っていたが、合間を縫ってチーフディレクターをはじめとするスタッフが挨拶に来た。

番組のメインMCは、くり万太郎という冗談なのか何なのかよくわからない名前の男だったが、話によるとニッポン放送の社員アナウンサーなのだという。ふざけてんのか、お前らは。

小夜子を中心に、名刺の交換会が始まった。ぼくもその列に加わった。一応ぼくもレコーディングスタッフということになっているので、そうせざるを得ない。小夜ちゃん、と前歯がビーバーのように突出している背広姿の男が出てきた。ああ宮本さん、と小夜子が何度も頭を下げた。

「全部宮本さんのおかげです。ありがとうございました」

オールナイトニッポンの推薦曲に選んでくれた編成部の副部長だと紹介してくれた。前からの知り合いであることは二人の様子からもわかった。だっていい曲だもんねえ、と宮本が揉み手をした。

「聞いたら一発でこれだって。おれだけじゃないよ、編成全員が手を挙げたもん。満場一致だよ。ねえ、毎回行政で決められてたまるかって。いいものはいいんだって発信してかないと、リスナーに馬鹿にされちゃうよ」

スタッフが今野とりりこを別室に連れていった。演奏の準備など、やることがあるらしい。ラジオ出演に際して、小夜子を含め制作室の人間は基本的にやることがない。ＬＦとの打ち合わせなどは宣伝部のプロモーターの仕事で、ぼくや野口、大沢などは本当に遊びに来ているのと大差なかった。アーチストが出る番組に立ち会うのはディレクターの義務だから来ているだけで、ただいることが仕事だった。何もすることはない。

小夜子は八年ディレクターをやっているから、ニッポン放送にも知り合いがいた。お久しぶりですと入ってきた人間と挨拶を交わし、野口と大沢に紹介している。後輩に人脈を引き継いでいくのは先輩の重要な仕事だろう。どんな業界でも同じだ。

こんばんは、と小夜子が黒縁の眼鏡をかけた小太りの男に笑いかけた。お疲れさまです、と男が軽く頭を下げる。二十代に見えたが、やけに場慣れした感じがした。センセー、とラジオ局のスタッフが呼んでいるところを見ると、放送作家のようだった。

「聞きましたよ。作詞家デビューするんですって？」

小夜子が言った。ええ、と男がうなずく。

「アルフィーのシングルです。Ｂ面なんですけどね」

「すごいじゃないですか。売れますよ、きっと」

「まあ……頑張りますよ」

答えた男の顔を見て、おや、と思った。どうもどこかで見たことがある気がする。短く整えたヘアスタイルはこういう業界の人間とは違って、腕利きのセールスマンのようだった。どこで見たのだろう。

「お忙しいんですよね？」

「そんなことないです。そろそろ辞めようかなって」男が他人事のように言った。「いつまでもできる商売じゃありませんし」

「またそんなこと……前にも同じこと言ってましたよ」

「そうでしたっけ？」

二人が顔を見合わせて笑う。社交辞令の匂いがぷんぷんした。紹介しますね、と小夜子がぼくの腕を引っ張った。

「イエロープードルのサウンドディレクターをお願いしている松尾さんです。こちらは放送作家のアキモトさん」

ぼくが名刺を渡すと、スペシャルディレクターですか、と不思議そうな顔になった。その肩書はぼくがつけたんじゃありませんと言うと、なるほど、とうなずきながら名刺をくれた。放送作家・秋元康とある。

秋元康？

男の顔を改めて見た。眼鏡の奥で細い目が光っている。ＡＫＢ総選挙で、いやもっと他のいろいろな番組でぼくはこの男の顔を見ている。そうだ、彼だ。目の前にいるのは一九八一年の秋元康だった。

「すみません、黒川さん」控室の外にいた野口が入ってきた。「今野くんがちょっと……用意されてるマイクが違うと言ってます。これじゃ歌えないって」

「マイクぐらい何だっていいでしょ」

「でも、本人が……」

ちょっと話してきますと小夜子が控室を出ていった。人が出たり入ったりしているが、話しかけてくることはない。手持ち無沙汰になって、何となく笑いかけた。座りませんか、と秋元康がパイプ椅子を引いた。

「……この番組の構成を担当してるんですか？」

話があるわけでもないので、とりあえずの話題を振った。ピンチヒッターなんです、と答える。

「よくあることなんですがね。イレギュラーなコーナーになると、声をかけられます。何とかしろってね。こっちも慣れてますから」

「お忙しいんでしょうね」

答えはなかった。さっき話した、ということらしい。レコード会社のディレクターなんですね、と逆に聞かれ、そういうことになってますとうなずいた。

「フリーランス？」

「そういう立場になるんでしょうか」

「フリーっていうのはね、大変ですよね」わかりますよ、というように笑った。「さっきも黒川さんに言いましたけど、放送作家という仕事を長く続けようとは思ってないんです」

「そうなんですか？」

「消耗品ですからね。感性の問題もある。世間から一ミリでもずれたらおしまいです」正面からぼくの方を向き、急に早口になった。「松尾さんでしたよね？　フリーのディレクターっていうのは珍しくないですか？　どこか事務所に入ってる？　それとも親しいミュージシャンがいるとか？」

「いや、別に。どこにも所属してないです」

「完全にフリー？　そりゃ凄いな。実力があるんですね」

「そんなこと……たまたまっていうか」

「誰か紹介してもらえませんか？」おもねるわけでもなく、ごく当たり前の挨拶のような口調で言った。「アーチスト、ミュージシャン、アイドル歌手……誰だっていいんです。何だったら演歌だっていい。詞を書きたいんです。はっきり言えば作詞家になりたいと思ってます」

露骨な物言いだったが、嫌な感じはしなかった。何でもいいからチャンスを摑もうとしている。一九八一年においては、秋元康も必死ではい上がろうとしている一人の若者だったのだ。

「なれますよ」ぼくは大きくうなずいた。「あなたは作詞家になる。ただの、じゃない。日本一の作詞家になるでしょう」

秋元康が少し醒めた目で笑った。会って数分の見知らぬ男にそんなことを言われたら、誰だって笑うしかないだろう。だが、もちろんぼくは大まじめだった。秋元康が音楽史上最大のセールスを誇る日本の代表的な作詞家になることを、ぼくは知っている。

「間違いありません。断言したっていい。あなたは日本で最も有名な作詞家になる。レコード大賞の曲だって書くようになります」

「松尾さん、誉めていただいてるんでしょうけど、ぼくもこの業界はそこそこ長い。自分のことはわかってます。そんな大それたことは望んでいません。ただ、放送作家のままでは終わりたくない。だから作詞家になれば……」

「作詞家どころか」ぼくは肩をすくめた。「何だってできるようになる。マルチなクリエーターとして……」

「マルチ？」

「つまり、あらゆる方面に才能を求められる存在になるってことです」ぼくは両手を振り回した。「アイドルのプロデュースだってやるでしょう。大成功します。それで、作詞をするとしたら、誰に書きたいんですか？」

話を戻した。誰にってことじゃないんです、と答える。

「誰でもいいって言ったら語弊がありますが……もちろんメジャーな人に書きたいとは思いますけど」

「たとえば……」一九八一年におけるメジャーな歌手を思い浮かべたが、よくわからなかった。

「誰になるんですかね？」

「そりゃあ……極論になりますけど、美空ひばりさんとか」

秋元康が自嘲するように笑った。天地が引っ繰り返ってもそんなことはあり得ないと思っているのだ。

「書くことになりますよ」『川の流れのように』はぼくの世代の人間にも有名だった。「間違いない。必ずそういう日が来ます。もっとも、その前に素人のアイドルグループに死ぬほど詞を書くことにもなるんでしょうけど」

ぼくが生まれたのは一九八五年だから直接の記憶はないのだけれど、同年に始まった『夕やけニャンニャン』という番組とそこから飛び出してきたおニャン子クラブについては理解しているつもりだ。もちろん秋元康が彼女たちの作詞家だったことも知っている。

「死ぬほど……っていうのはちょっと嫌だなあ」秋元康が明るい笑い声をあげた。「そんなに働きたいわけじゃないんです。死ぬまで遊んで暮らしたいんですよ」

「夢はかないますってことを言いたいんです」

ぼくの言葉にまた笑い声を立てた。あまりにも馬鹿げた冗談だと受け取ることにしたようだ。そりゃまあ、今から数年後にえらいことが起きるとはわかっていないだろうから、そんな反応になるのは仕方ないだろう。

「でも、久しぶりに笑えましたよ。そこまで言ってもらえれば、ギャグだとわかってても気分がいい」短く拍手した。「松尾さんは面白いですね。ぼくのことなんて何も知らないはずなのに、そんなことを……」

知らなくはない、とつぶやいた。二〇一四年の日本人で秋元康の名前を知らない者がいたとすれば、それは相当変わった人間だ。だが、そんなことを言っても意味はない。

「才能っていうのは、わかるもんですよ」

代わりにそう言った。そうですかね、とうなずく。ちょっと気味悪くなってきたらしい。引いているのがわかった。

「お待たせしました」小夜子が戻ってきた。「問題ありません。ちょっとした愚痴です。リハーサルが始まるみたいですから、わたしたちも行きましょう」

「百人ぐらい客を入れてます」秋元康がウインクした。「生イエロープードルを見られるなんて、ラッキーな連中だ。まあ、ぼくもその一人なんですが」

「かもしれないですね。では後ほど」

一礼した小夜子が控室を出ていく。後に続きながら、ぼくは首だけを秋元康に向けた。

「ひとつだけいいですか？　秋葉原に行かれたことはありますか？」

「秋葉原？」秋元康が眉間《みけん》に皺《しわ》を寄せた。「石丸電気の？　あんな電気屋の町に用はないですよ」

「行った方がいい。お勧めします。知っておくべきだ」

「……あんなダサい町に、何があるっていうんです？」

「信じられない未来がありますよ」

「……何の話ですか？」

不安そうに首を傾けた。予言者みたいなことを言われて、わけがわからなくなっているのだ。

行きますよ、と小夜子がぼくを見る。それじゃ、と手を振った。秋元康の首の角度は変わらなかった。

「おかしな人でしょう？」通路を歩きながら小夜子が囁いた。「確か中央大だったと思いますけど、中退して放送作家になったんじゃなかったかな？　才能はあるって聞きますけど、よくわかりません。ちょっとお茶でも飲みます？」

広いスタジオの前にあった３ロビと呼ばれている喫茶室と休憩所を兼ねたスペースに足を踏み入れた。彼のことを知ってるんですかと聞くと、しばらく前に紹介されたんです、と答えた。

「その頃わたしが担当していたアイドル歌手に詞を書いてもらいました」

「そうなんですか」

「どうしても書きたいって強く言われて……紹介者に義理もあったんで、試しにお願いしてみたんですけど」

「けど？」

「正直、あんまり良くなくて。女の子が自分のことを〝ぼく〟って言うんです。それはちょっと……やっぱりその辺は秋元さんも男の人なんだなあって。あんまりわかってないんじゃないかって思って、その話はなかったことに……それからも時々こんなふうにばったり会ったりするんですけど、どうしても話しづらいっていうか」

「そりゃあ、惜しいことをしましたね」ぼくは言った。「ぜひ書かせるべきでしたよ」

「そんなことないですよ。松尾さんは女性の心理を鋭く理解してますけど、秋元さんはそんな……悪い詞だなんて言ってませんよ。ただちょっと違うんじゃないかって」

「今からでも遅くはない。もう一度頼んでみたらどうです？」

「イエロープードルに？　松尾さんがいるのに、そんな必要はありません」何を言いだすのか、と小夜子がぼくを見た。「十分です。それとも、何かわたしに不満でもあるんですか？　だからそんなことを？」

怪訝《けげん》そうな顔になった。そういうことじゃありませんと首を振ると、何を飲みますか、と中腰になった。

「コーヒーでいいですか？」

お願いしますと言って座り直した。わけがわからないとつぶやきながら、小夜子がレジへ向かった。

4

ぼくはそこそこというかかなりというか、ぶっちゃけるとものすごく暇だった。何もやることがないのだ。

そもそもぼくの身分は会社員ではない。出社の義務がない。帰属する組織がない。仕事もなかった。ぼくはイエロープードルに楽曲を提供していることになっているが、実際には何もしていないに等しい。ただ昔のヒット曲を思い出して、それを小夜子たちの前で歌っているだけなのだ。

しかも、それについて努力したり集中したりする必要もなかった。覚えている曲、印象に残っている曲は数多くあり、イコールそれは名曲だ。無理に思い出さなければならない曲というのは、結局のところあまりいい曲ではなく、そんなものは八一年だろうが何だろうが売れるわけがないので頑張って思い出すほどのことはない。優れたメロディというのは体が覚えているものなのだ。

詞を完全に再現することだけが難しくて、そこは面倒だった。誰でもそうだと思うが、一番の歌詞やサビ部分は覚えていても、二番以降まで全部歌える曲というのはなかなかない。ただ、断片的な単語などは結構覚えているもので、それをつなぎあわせたり自分で適当に補って作っていけば何とかなった。

後は仮歌を作るという作業があるぐらいだが、ただ歌うだけなのだから一曲五分で済む。上手く歌う必要もない。メロディと歌詞がはっきり伝わればいいのだ。

他にやることは何もなかった。部屋はある。日給も支給される。生活に不自由はないが、とにかくやることがない。引きこもりの少年はゲームとパソコンだけを延々やっているというが、そんな便利なものはない。調べてわかったが、この時代にまだ任天堂のファミコンは発売されていなかった。ゲーム&ウオッチというちゃちなゲーム機はあったが、モノクロでドットのキャラクターがのろのろ動くだけの代物で、買ってはみたが、すぐ飽きて止めた。

スマホどころか携帯電話もメールもない。二〇一四年においては当たり前に身の回りにあったものが、一九八一年にはないのだ。昔の人はどうやって時間を潰していたのだろう。信じられない。

小夜子がテレビやビデオ、オーディオ機器などを買ってくれていたので、毎日テレビを見ているしかなかった。レンタルビデオ屋もないのだ。ビデオはＶＨＳで、テープで録画するという。予約録画はできない。何のためのビデオなんだか。

貸しレコード屋は原宿にも何軒かあり、野口に頼んで会員証を作ってもらった。何しろ時間があるのでレコードを借りまくり、死ぬほど聞きまくった。だがそれだけだ。他にすることはない。

唯一の暇つぶしは映画だった。一九八一年には名画座というものがあり、古い映画を二本立て三本立てで上映しているのだ。しかも料金は数百円と安い。ぴあやシティロードという情報誌があり、上映スケジュールも記されていた。なかなか便利なもので、雑誌を片手にいろんなところへ行った。飯田橋佳作座、大塚名画座、三鷹オスカーなどには何度も足を運んだ。三本立てだと六、七時間は楽につぶせる。駄目な大学生でもこんなにボンクラな暮らしはしていないのではないかと思いながら、暗闇の中で何時間も座っているのが日課となった。

レコーディングを含め、小夜子はめちゃめちゃ忙しかった。ディレクターと言っても会社員だから、会議などもある。出なければならない打ち合わせなども多い。細かいことを言えば経費の精算だってやらなければならない。あらゆる意味でハードな日々を過ごしていた。

それでも小夜子は時間を作ってぼくと一緒にいた。イエロープードル関係の会議などには出席してほしいと頼まれたし、社外の打ち合わせなどに同席することもたびたびだった。テレビ局、ラジオ局、広告代理店の人間を紹介してもらうこともあった。

現実的な理由として、小夜子には不安があったのだろう。彼女とぼくの間に契約や縛りはなかった。便宜上マウンテンレコードの契約ディレクターということになっていたが、強制力があるわけではない。辞めますとひと言言えばそれまでだった。側にいて、逃げ出さないように見張っているつもりはあったはずだ。

イエロープードルの楽曲を提供しているのはぼくだったが、それは小夜子と鷺洲、今野とりりこの四人しか知らない。野口や大沢にも曖昧にしか伝えていなかった。ぼくが果たしている役割を知る者はいない。どこから来て、何をしていたのか、どうやって生きてきたのかは小夜子でさえよくわかっていなかった。

ただ、優れた歌詞とメロディを頭の中に持っている男で、完成された楽曲をカップラーメン並の速さで提供してくれる。こんな便利なクリエーターはいないだろう。金の卵を産むニワトリであるぼくを独占しておきたいと考えるのは当然だ。だから身近から離さなかった。そういうところはある。

だが、それだけではなかったのも本当だ。小夜子はぼくといろいろ話し、親兄弟も親戚もいない天涯孤独な男であることを知った。友達どころか知り合いさえいないこともだ。

余計なことを喋ってボロが出るといけないので、あまり詳しく話さないようにしていたが、それでも毎日一緒にいればある程度お互いのことはわかってくる。ぼくは一九八一年の日本について、まったく知らなかったし、たとえば総理大臣が誰なのかさえわかっていなかった。

政治もスポーツも経済も文化も何もわからない。言ってることは相当おかしかっただろう。小夜子はぼくのことを海外に長く住んでいた人間で、同時に若干の記憶障害もあると思っていたようだ。

実質的にはだいたいその通りで、ぼくは一九八一年の東京について知っているようで知らないし、自分でも変なことを言っているのはわかっていた。仕事も家も金もない。独りぼっちの男なのだというのが小夜子の認識だった。間違っていない。

小夜子はそういう人間を放っておくことができない性格だった。単純にかわいそうだと思ったのだろう。孤独を感じさせないように気を遣ってくれた。こまめに連絡をくれ、どこへでも連れていき、ほとんど毎日食事を共にした。

正直、ありがたいことだった。二〇一四年の人間は孤独に慣れていない。携帯電話の発明以降に育っているぼくにとって、他人とのコミュニケーションは必要不可欠だった。完全に一人きりというのはめちゃくちゃ寂しくて不安で、小夜子の配慮は嬉しかった。彼女のためになるのなら、どんなことでも力を貸そうと思った。

趣味や好みが似ているということもあった。だいたい、そうでなければ小夜子はぼくを見つけて声をかけたりしなかっただろう。二人でいることに違和感はなかった。小夜子もぼくといることを苦痛には思わなかったようだし、むしろ楽しんでいるようだった。

一九八一年というのがバブル前夜的な時期であったことはわかっていた。数年後に到来する本格的なバブル期というのがどんなものだったか、ぼくには親や先輩などから聞いた知識しかなかったが、一九八一年においても雰囲気を感じることはできた。予兆はあったのだ。

小夜子は一日の仕事が終わると、どんなに遅くても必ずどこかへ遊びに行った。ディスコと呼ばれる、後の世で言うクラブにはほぼ毎日通った。六本木にスクエアビルというほぼ全館ディスコの入ってる十階建ての大きな建物があり、その日の気分で店を替え、毎晩踊った。野口や大沢が一緒のこともあったが、二人がへろへろになっても小夜子は平気で踊り続けていた。

あるいは青山や西麻布界隈の深夜営業の店へ行き、軽く食事をしながらカラオケを歌ったりもした。その手の店に行く時、小夜子はスナックへ行きましょうと言ったが、どうもぼくの思うスナックのイメージとは違い、歌を歌える店というニュアンスの方が強かった。驚くべきことに、一九八一年にはカラオケボックスがないのだった。

ディスコにしてもカラオケにしても、夜遅く、あるいは明け方まで開いている店であったのは偶然でなく、レコーディングという仕事は深夜まで続くことが多く、途中で食事休憩を取ることを忘れてしまいがちだった。ノッてくると、それどころではなくなるのだ。

必然的に暮らしは不規則になり、仕事が終わってからスタッフ一同で夜食ということになる。この時代意外と夜は早く、居酒屋などを除けばほとんどの店が夜の十二時には閉まってしまうので、食事というのは重要なファクターだった。瀬田にあったイエスタディというオールディーズな内装のレストランにもよく通ったが、朝まで営業していたためだ。

六本木へ行くことが多かったのは、深夜あるいは明け方まで開いている店が多かったこともある。中華の香妃園やイタリアンのキャンティなどで食べる鶏そばやバジリコのスパゲッティなどは非常に美味しかった。

明け方、タクシーチケットを渡されて家に帰る。その辺の経費についてはかなり丼《どんぶり》で、経費節約という概念はまだ存在していないらしい。正直に言うと、そういう暮らしはなかなか楽しかった。金が潤沢にある大学生のような感じだ。

そして、楽しいのは小夜子が一緒だからだとぼくはわかっていた。他の誰でもない。小夜子だからだ。

つまりこれは、と九月下旬のある朝、タクシーで神宮前まで帰りながらつぶやいた。好きになっているのかもしれない。体の中から湧き上がってくる笑みを堪えながら、そう思った。

5

『赤いスイートピー』発売に当たって、マウンテンレコードで大きな会議が開かれることになった。各部署の現場の人間が集まってタイトルやプレス枚数を決めるというようなレベルではなく、社長や役員まで出席するという大会議だ。

会議前に小夜子に聞かされたところでは、マウンテンレコードはこの二年ほど大きなヒットがなく、有望な新人も出ていなかったという。もちろん安定した売り上げを持っているアーチストは何組かいたが、それ以上のことではない。売り上げは頭打ちになっていた。というか、少しずつ下がってきていると言った方が正確らしい。

「真面目な話、かなりまずいんです」小夜子が浮かない表情で言った。「極端に売り上げが落ちたとか、会社存続の大ピンチとかいうことになれば、抜本的な対策を講じるべきだと誰もが思うでしょう。組織改編や人事の刷新とか、会社も大ナタをふるうことができます。本当は今そうするべきなんでしょうけど……」

「何となく回ってるから、そこまではできない？」

「今の中途半端な状況が一番まずいんです。本当にどうしようもなくなってからでは何をしても手遅れだって、他の部署でもそう言ってる社員はいるんですけど、ほとんどが若手で発言力が低いっていうか……実際、何とかなってますからね。大きな変化を上は望んでないんです」

「そういうもんですよね」

社長や役員、その他の偉い人が自ら組織の仕組みを変えようと考えるとは思えない。彼らはそれなりに努力して今の地位に就いた。わざわざ引っ繰り返したくはないだろう。

「そこにイエロープードルが突然出てきた。もちろん、単純に売り上げがアップするということもあります。でも、それだけじゃありません。イエロープードルは今後連続してシングルをリリースすることになってますし、アルバムだって出します。もうおわかりだと思いますけど、レコード会社って水商売なんですよね。一発当たれば全部チャラになる。考えると恐ろしい話なんですけど……イエロープードルはうまく展開していけば社を支える太い柱になり得るんです」

小夜子は真剣だった。確かにそうなのかもしれない。

「アーチストは当たるとでかいでしょうからね」

「そうなんです。この半年、あるいは向こう一年という話じゃありません。うまくいけば十年、イエロープードルで会社を回していくこともできるでしょう。そのためには、最初の一歩を間違えるわけにはいきません。会社の将来が懸かってるんです」

そりゃあ社長も出てきますよね、とぼくは言った。レコード会社において財産はアーチストなのだ。

「ひとつのアーチストが出れば、その影響を受けた有望な新人を引っ張ってくることもできるようになる。育成やプロモートにお金をかけることも可能になります。今の会社の在り方を変えるチャンスなんです」

小夜子は上昇志向に欠けるところがある。だから社内的なポジションを上げるためにそんなことを言っているのではなかった。より良い音楽を作るための場所として、会社の環境を良くしたいと思っているのだ。その気持ちはよくわかった。何でも手伝いますよと言ったぼくに、一緒に会議に出てくれればそれでいいですと小夜子が微笑んだ。

6

マウンテンレコード社の四階にある円卓会議室という馬鹿でかい部屋で会議が始まった。進行役は制作室長である相庭が務めた。

「あの人はイエロープードルについて、やる気はなかったんじゃないですか?」

隣の席の小夜子に囁くと、そうなんですけど、とうなずいた。

「自分のミスは部下の責任、部下の手柄は自分の功績って人ですから……ジャイアンなんですよ、要するに」

「大和田常務ですね？　わかりやすいなあ」

「うちにそんな名前の常務はいませんけど……でも、勘はいいんです。イエロープードルは売れるって読んだんでしょう。気をつけないと、何をしてくるか……」

小夜子がうつむいた。相庭のことは聞いている。ジェッタシーというバンドを小夜子から取り上げた話もそうだが、他のディレクターからも同じように有望なアーチストを奪ったりしているという。自分の売り上げを上げるためなら何でもするようだ。

特に小夜子に対しては当たりがきつかったと聞いている。最初は違ったらしい。新入社員だった小夜子が自分の部署に配属された時、相庭は盛んに声をかけてきたし、何度も誘われたという。飲みに行けば必ず隣に座らされ、二人きりになれる場所へ行こうと囁かれたこともあったそうだ。

当然、小夜子は断った。何度も同じことがあったが、気持ち悪くて話すのも嫌だったという。半年ほどそんなことが続いたが、ある日突然相庭の態度が変わった。言うことを聞かない小夜子に腹を立て、陰湿ないじめをするようになったのだ。

もともと女性ディレクターについて、能力に劣るし向いてもいないと公言していたというが、当時の上司などにもそんなことを言って足を引っ張ったり邪魔をしたりした。小学生か、と思えるようなことをしていたのだ。わかりやすいというか、八〇年代的人物だ。

ただ、見えないところで仕掛けてくるので対処には困ったらしい。結局は我慢するしかなかった。そういう時代でもあったのだ。形はどうであれ、そんな男はどこの会社にもいるのだろう。そういう奴に共通するところだが、処世術には長《た》けている。

自分の手柄を強調し、他人を陥れることも平気でやる。他のディレクターのアーチストを横取りするのなんか当たり前だ。経費のキックバックや利益の水増しだってやってのけた。上の人間にへつらったりするのは得意技だという。

そうやって相庭はのし上がっていった。三十代で制作室長になったのはマウンテンレコードでは初めてらしい。気に入らない部下は追い出したし、もっとひどい時には飼い殺しにした。小夜子もそうだ。相庭が制作室長になってからは冷遇が何年も続いたという。でもああいう人が出世するんですよね、と小夜子は暗い顔で言った。

相庭がイエロープードルの今後の利益について説明を続けている。わかりきったことを何度も言うのはこういう連中の癖だ。

退屈になって振り向くと、課長の吉田が座っていた。吉田とはあれから何度も話している。先入観のない男で、どこから出てきたのかわからないぼくのような男に対しても丁寧な態度を取った。小夜子はぼくを鷺洲の弟子だと説明していたが、それだけでぼくが信用できると思ったようだった。

なかなか面白い人なのだが、どうもサラリーマンとしてはダメ社員であるらしい。吉田は過去にいくつものヒット曲を世に送り出してきたし、優れたアーチストを育てた実績もあるのだが、予算管理のできない男だった。スケジュールもルーズで、発売日が遅れたりすることもよくあるという。もちろん納得のいく曲作りをしたいという思いはあるのだろうが、会社なのだからどこかで割り切らなければならないはずだとぼくなどは思う。ある種の音楽オタクなのかもしれない。

本人はレコーディングディレクターという仕事だけできればいいと考えているようで、出世を望んでいなかったし、上も扱いづらかったためにポジションは上がらなかったそうだ。相庭より歳はひとつ上で、つまり後輩に抜かれたことになる。ラインから外れたサラリーマンなのだ。

その他にも大勢の人が会議に参加している。販売、制作、総務、経理、宣伝、その他各部署から人が出ていて、おまけに役員や社長も顔を揃えていた。三、四十人はいるだろうか。全社で二百五十人程度と聞いていたから、かなり大きな会議と言えるのではないか。

「『赤いスイートピー』は傑作であります」相庭が机を叩きながら言った。「自分は百回以上聞きましたが、かつてないほどに完璧な楽曲です。必ずヒットします。自分の音楽人生を振り返っても、これほどの名曲は記憶にありません。思い起こせば自分がエルビス・プレスリーの……」

室長室長、と横から副室長の沢本という男が袖を引いた。話がずれまくってますよと囁く。そうか、と相庭が咳払いをした。

「十月十日を発売日としたいと思うのであります。販売部その他各部署も了解済みです」

あります口調が軍人を想起させた。他部署の人間たちがそれぞれにうなずく。

「前作『世界に一つだけの花』は発売三週間で二十五万枚を売っております。最終的には五十万枚のラインは越えたい。イエロープードルは波に乗っております。この勢いで『赤いスイートピー』は初版プレス二十万枚から始めたい。全国レコード店からの注文を集計し、予約状況などから弾き出した数字であります」

いかがでしょうか、と見得を切った。よくわからないのだが、そういうことを決定するのは販売側の部署の仕事ではないだろうか。だが相庭はすべて自分が決めるのだというニュアンスで発言していた。

その後、各論が始まった。それぞれの部署から担当者が出て、現在の状況と今後の見通しを報告する。相庭ではないがイエロープードルには勢いがある、というのが全員の結論だった。乗らない手はない、と誰もが強く言った。

上層部の人たちはその意見にうなずいていたが、確認をしたい、と神経質そうな顔をした眼鏡の小男が手を挙げた。経営管理担当役員の坂井という男だった。

「確かに『赤いスイートピー』はいい曲だ。私のような年寄りにもわかる。だが、いい曲なら売れるかというと、そんなことはないのが現実だ。決め手になるのは宣伝だろう。宣伝態勢はどうなってる？」

「そうですね、それは聞いておきたい」丸山という社長がゆったりとした笑みを浮かべながらうなずいた。「どうなってますか？」

丸山は名前の通り丸っこい体つきで、背の低い初老の男だ。何度か社内で見かけたことがあるが、いつでも機嫌良くにこにこ笑っている。声を聞くのは初めてだったが、落ち着いていてバランスの取れた人格の持ち主らしいと思われた。変人が多いレコード会社だが、トップに立つ人はさすがに常識があるようだ。

「どうなんだ、宣伝部」相庭が声を高くした。「社長が聞いておられる。報告を」

宣伝部の小川部長が立ち上がった。色が白くて、不健康そうな顔をしている。

「十月売りの音楽誌ほぼすべてにイエロープードルの記事が掲載されます」ぼそぼそと話し始めた。「インタビューが主ですが、どの雑誌でも『赤いスイートピー』について必ず触れています。読者への訴求力は大きいでしょう。同時に芸能誌も十誌以上取り上げてもらってますし、一般誌からもいくつか取材の話が来ています。またスポーツ紙においても……」

「紙はいいんだ。波はどうなんだ？」

相庭が吠えた。乱暴な物言いだったが、小川部長はおとなしく従った。

「先日、ニッポン放送番組内において特別に『赤いスイートピー』を生で歌っております。発売一週間前からはAM、FM各局の番組に出演する予定です。今、文化放送と話し合いをしていまして、九月いっぱいで終了する『セイ！ヤング』の最終週にイエロープードルを毎日出演させるということで……」

「今回、予算がありますので」宣伝副部長がフォローする。「都内国鉄の主要ターミナルに駅貼り巨大ポスターを出そうということになりました。詳細は別紙にありますが、新宿、渋谷、原宿などの他、若者層をターゲットに……」

「テレビは？　テレビはどうなってる？」

相庭が口から泡を飛ばしながら叫んだ。それはですね、と小川が小夜子をちらりと見た。

「テレビにはしばらく出ないということで……イエロープードルの二人が消極的だということです。黒川ディレクターもその方がいいのではないかと……」

「何でだ？」相庭が凄まじい形相になった。「なぜテレビに出ない？」

「ですから本人たちが……」

「冗談じゃないぞ。出るべきだろう」相庭が低く唸る。「お前らは陽水か？　拓郎か？　昔のフォークシンガーか？　テレビには出たくない？　そんな馬鹿な話があるか？」

「いや、そこは……」

『世界に一つだけの花』だってテレビに出るべきだと自分は思っていた」相庭が不機嫌な顔で言った。「無論、状況的に難しいというのはわかっていたから強くは言わなかったが、テレビに出て楽曲を知ってもらうことが何よりのプロモーションだというのは、いちいち言うような話じゃないだろう。今は二十五万枚だが、テレビに出てればもっと売れたさ。倍の五十万枚いったって不思議じゃない。それなのに何もしないっていうのは、宣伝部の怠慢じゃないのか？」

「それはちょっと……違うんじゃないでしょうか」さすがに小川部長が気色《けしき》ばんだ。「うちはそのつもりでした。根回しだってしてたんです。ですが現場からNGが出まして、ちょっとどうにもならないといいますか……」

「現場NG？　誰だ、そんなことを言ったのは」

小川部長が両手を広げる。それを言うのはサラリーマンのルール違反ということなのだろう。代わりに小夜子が立ち上がった。

「わたしです。わたしが指示しました」

「黒川か。何なんだお前、どういうつもりだ？」

相庭が睨みつける。ひるむことなく小夜子が言葉を返した。

「本人たちはテレビ出演に乗り気ではありません。ボーカルの今野は対人恐怖症の気があります。テレビに出て歌うのが向いているとは思えません。わたしも了解しています」

「勝手なことを……お前の了解なんか知らんよ。出すべきだろう。そうは思わんか？　どんな歌番組だって最低でも一千万人の視聴者がいる。プロモーション効果は抜群だ。違うか？」

「その通りですが……でも、相庭室長は最初の段階でテレビ出演なんかできるわけがないっておっしゃっていませんでしたか？　無理に押したら他部署に借りができるから動くなと」

知らんよ、と相庭が肩をそびやかした。

「そんなことは言ってない。お前の聞き間違いだ」

「……はい」

「どっちにしても『世界に一つだけの花』の時とは状況が違う。テレビに出せ。絶対だ。『赤いスイートピー』は五十万枚売らなきゃならん。最低でもだ」

黒川さん、と丸山社長が片手を挙げた。

「テレビに出ないというのは本人たちがそう言ってるから？　それだけですか？　何か他に理由があるんですか？」

「本人たちがどう言ったって、それを説得するのがお前の役目だろう」相庭が尻馬に乗る形で口を開いた。「本人が言ってるから出しません？　そんなのは小学生だってできる話で――」

「わたしはイエロープードルを一過性の商品にしたくありません」遮った小夜子が話し出した。「テレビに出て、広告スポットを買って、集中的にプロモーションすれば『赤いスイートピー』は百万枚行くかもしれません。ですが、長い目で見ればどうでしょう。テレビに出るというのは、情報を露出することです。画面からは人間性が透けて見えます。最初から全部手の内を明かしてしまえば、世間はすぐに飽きるでしょう」

「そこは上手くやれよ。上手に立ち回らせればいい」

「十年、あるいはそれ以上、イエロープードルはメジャーの音楽シーンに立ち続けることができると信じています」小夜子が首を振る。「いい曲、優れた音楽を作っていく力があるんです。彼らがマウンテンレコードを支えてくれることになる可能性さえ感じます。この段階で無理をすれば、三年で潰れてしまうかもしれません。三年間だけ売れたとしても、その先は？　次のスターは？　出てくると保証できますか？」

「十年でも二十年でももたせろよ。それがお前の仕事だろ？　うまくやれよ、そこんところは」

相庭が土佐犬のように唸った。小夜子が顔をしかめる。

「テレビに出さないと言ってるんじゃありません。慎重に考えるべきだと……今は時期尚早ではないでしょうか。ある意味で素人なんです。いきなりテレビに出して、気の利いたことを言えるとは思えません。経験が必要です。今の段階での急激な露出はデメリットの方が大きいのでは……」

「長期的な展望は結構ですがね」急に相庭が口調を変えた。「そんな悠長なことを言ってる場合でございますか？　あなたみたいな現場を知らない女性ディレクターにはわからないでしょうけど、アーチストには売り時ってものがあるわけですよ。今はどう見たってチャンスだ。集中してプロモーションをかけ、世間に認知させるべきでしょう。そうは思わない？」

「わたしは……いい音楽を作るためには……」

「あなたはいい音楽でも何でも作りなさいよ。それがしたいんでしょ？　いいよね、女は……会社が潰れたら結婚でもする？　こっちはね、経営ってものを考えなきゃならないんだ。利益を出さなきゃ駄目なんだよ。そんなこともわからない？」

どうやら相庭は嫌みを言ってるつもりのようだが、言葉のチョイスが妙なのでむしろ滑稽に聞こえた。ていうか、気持ち悪いんですけど。

「そこは難しいところですが、現場のディレクターとして、今はタイミングが違うんじゃないかと……」

「ちょっと、よろしいですか」後ろの席にいた吉田が立ち上がった。「黒川をフォローするわけじゃないんですが、ひとつだけ……彼女の言う通り、アーチストにはイメージというものがあります。それは守らなければならない。おわかりですよね？」

「課長、こっちは素人じゃないんです」相庭がですます口調になっているのは、役職は自分が上だが吉田の方が年上だということもあるようだった。「そちらの彼女は理想はお高いようだが現実を知らない。それを教えるのは課長職の役目なんじゃないですか？」

「まったくです。申し訳ない」吉田が微笑んだ。「ただ、ぼくはイエロープードルの二人と何度も話してます。デビューシングルはぼくも参加してます。あの二人は藝大出のお坊ちゃんとお嬢さんなんです。世慣れてません」

「だから？」

「『ザ・ベストテン』に出しても黒柳さんや久米さんとうまく絡めるとは思えないってことです。その辺のアイドル志望の子みたいな、がっついた欲もない。間抜けな受け答えをしてしまうかもしれない。少なくとも丁々発止のやり取りは期待できません」

「そんなアーチストはいませんって。そこまでは望んでませんよ」

「今の視聴者は馬鹿じゃありません。彼らはアーチストの本質を見抜く目を持っています」吉田が先を続けた。「イメージが崩れれば楽曲がどんなに良くたってカッコいいとは思われなくなる。つまらないと思ったらすぐ去っていくでしょう。黒川は十年と言いましたが、それは本当です。

目先の売り上げにこだわらなくてもいいんじゃないでしょうか」

「課長のおっしゃってることはもっともらしく聞こえますが、お考えが古くありませんか？」相庭が冷笑を浮かべた。「それは昔のやり方ですよ。フォークソングの時代は終わってるんだ。テレビにどんどん出て、名前を売るべきです。売ったもん勝ちなんですよ。イメージ戦略は後で考えればいい……まあいい、他部署は？　何か意見はあるか？」

周りを見た。販売的には、と是枝部長が苦虫を嚙み潰したような表情で言った。

「レコード店からは、やはりテレビに出てほしいという声が強いです。パブリシティのためには効果的だと。そりゃそう言うでしょうけどね」

「だろうな……他には？」

「テレビ局のプロデューサーからは、とにかく一度出演してほしいとオファーが殺到しています」小川部長が手を挙げる。「各局同じです。こちらから声をかけるまでもなく、向こうから強い要望が……正直、断りづらいところがあります」

「レコードを買ったお客さんから会社に何本も電話が入ってます」部署はわからないが、中年の女が立ち上がった。「できれば歌う姿を見てみたいとも……生で歌声が聞きたいという声は強いですね」

「そりゃそうだろう。みんなそう思ってるさ」相庭が手を軽く叩いた。「どう思うかね？　会社だけの話じゃない。ファンが望んでる。アーチストイメージとやらにこだわって、それを無視する？　それでいいと？」

吉田がゆっくりと座った。立ちっ放しだった小夜子がセミロングの髪の毛を後ろに搔き上げる。

「……わたしも聞いています。確かに、わたしがレコードを買った客なら、一度はテレビを通じて生で歌う姿を見たいと思うでしょう」

「だろ？　どう判断する？　お前がディレクターだ。こっちだって押し付けようとは思ってない。お前がどう思うか、聞かせろよ」

「……二人に話します」小夜子がうなずいた。「二人が了解すれば、テレビに出すようにします」

結構だね、と相庭がひと声叫んだ。それが結論だった。あとはよろしく、と資料を片付け始める。静かに腰を下ろした小夜子が、そのまま目をつぶった。

Part7 ウィアー・オール・アローン

1

もちろん、サラリーマンが何でも自分の思う通りにできないのはぼくもよくわかってる。会社とはそういうもので、社外よりむしろ社内的な調整の方が難しく、自分の意見が百パーセント通るなんてことはあり得ない。

小夜子はぼくより一つ年上で、社会人としての経験もある。そんなことは百も承知だった。イエロープードルのテレビ出演には自分なりの意見もあったのだろうが、会議の決定を受け入れなければならない立場なのは本人もわかっているようだった。

会議が終わった後、小夜子に誘われて青山一丁目にある金太郎というお好み焼き屋で食事をした。今日はレコーディングがないからと、彼女は席に着くなりビールを頼んだ。声が大きくなっているのは、やはり会議で出た結論に納得がいっていないからなのだろう。

「でもねえ、しょうがないかなあって」豚玉やネギ焼きなどを適当に注文した小夜子がグラスを掲げた。「販売や宣伝の意見は無視できないし、イエロープードルをテレビで見たいっていうファンは、そりゃ日本中にいるんだろうし……」

言いながらビールを半分ほど飲んだ。しょうがないかなあと繰り返したその横顔に諦めたような笑みが浮かんでいる。そうだね、とぼくもうなずいた。

「テレビの歌番組に出れば、プロモーション効果は一番高いんだろうけど」

念入りに掻き混ぜていたお碗の中の小麦粉の塊を鉄板の上に流し込む。派手な音がした。マヨネーズください、と店員に声をかけると、はあ？　という顔をされた。小夜子も、ん？　という目でぼくを見ている。

「マヨネーズ？　どうするの？」

「……つけて食べようかなって」

美味しいでしょと言うと、気持ち悪いことするのねと言われた。

「松尾くんって、変なことするよね、時々」

どうやらお好み焼きにマヨネーズをつけて食べる習慣は一九八一年にはまだ定着していないようだ。マヨネーズ、キャンセルで、とぼくは言った。

しばらく前から小夜子は二人だけの時や鷺洲のような気心の知れたスタッフと一緒にいる時は、ぼくのことを松尾くんと呼ぶようになっていた。仕事の時はきちんとしたビジネス会話で話すのだが、プライベートでは後の世で言うタメ口を利くのだ。ぼくの方も丁寧語と友達口調が混じった言葉遣いで喋ることが多くなっていた。

「どっちにしてもレコーディングが優先ってことにはなるんだけど」鉄板の端っこで焼きそばを真剣に作っていた小夜子が顔を上げた。「『赤いスイートピー』はほぼ作業が終わったけど、年内にシングルをあと二枚切らなきゃならない。アルバムも作んないと……最低でも十曲は必要になる。時間はない」

アルバムに収録する曲数は十数曲を予定しているという。約二カ月でレコーディングしなければならない。時間が余っているとは言えなかった。

「今までのシングルで作った曲が四曲ある」ぼくは指を折った。「それは入れるにしても、あと六曲以上いるよね。だけどこれからのシングルのために別に四曲レコーディングしなきゃならない。今野くんたちは大変だろうなあ」

「他人事みたいに言って。松尾くんこそ一番大変でしょ。いいのかな、あたしたちの勝手なお願いでこんなこと……」

「こっちは全然構わないけどね」小皿によそってくれた焼きそばに箸をつけながらうなずいた。

「今までに録音した曲だけでも二十曲ぐらいはあるんじゃない？　それで十分でしょ」

そうだけど、とつぶやいた小夜子が紅生姜を嚙み締める。どうももっとたくさんの曲を作らせたいようだ。レコード会社のディレクターというのは、どこまでも欲が深いらしい。

「松尾くんはどうやって曲を作るの？」

小夜子が正面からぼくを見た。前にも何度かその質問はされていたが、どう答えていいのかわからなかった。実際には作っていないからだ。聞いて覚えていた曲を歌っているだけで、何をしているというわけでもない。

頭の中に音楽が降ってくるんだとか、訳のわからないことを言ってもよかったのだが、そこまで厚顔無恥なことは言えない。何となく、と曖昧に笑うしかなかった。豚玉を引っ繰り返した小夜子がコテで切り分けた。ソースの甘い香りが漂う。

「東京の人……なのよね？」

「八王子生まれだよ。言ったと思うけど」

「八王子で育った？　高校生ぐらいまで？」

「そんな感じ」

「大学は行ってるの？　どこ？　就職は？」

昼の端でかすかに笑いながらも、小夜子の目は真剣だった。そういうパーソナルな質問も今まで何度かされていたが、適当にはぐらかしてきた。ひとつひとつ答えていくと矛盾が出てくるとわかっていたからだ。嘘をつくのは得意じゃないし、そもそも嘘をつきたくない。

だが今日の小夜子は執拗だった。いろんな角度から質問を繰り返してくる。ビールが進んでいたためだったかもしれないし、イエロープードルの今後の展開が決まった今、いろんなことをはっきりさせたいという気持ちが小夜子の中で膨らんでいたためなのかもしれなかった。

「……海外に住んでたんでしょ？　どこなの？　留学してたってこと？　それとも仕事の関係？」

はあ。まあ、どちらとも言えないっす。

「いつ日本に戻ってきたの？　仕事は辞めた？」

はあ。いつだったたっけなあ。そんなに前のことじゃなかったような。どうとでも解釈できる玉虫色の答えを返していると、小夜子が諦めたように口を閉じた。無言のまま異様に丁寧な手つきでネギを焼いている。どうしてなのかな、とため息をつきながらつぶやいた。

「どうして、ちゃんと教えてくれないの？」

「そんな……話すほどのことがないんだよ」

「あたし、松尾くんに感謝してる。本当に。松尾くんがいなかったら、こんなふうにはなっていなかった」

ふた口ほど吸った煙草を灰皿で消した小夜子がパッケージからもう一本抜き取って火をつける。こっちこそ超感謝してる、と答えた。

「マジだよ。正直、ぼくは先の見通しが立ってなかった。ノープランさ。どうにもならなくなってたんだ。君が声をかけてくれなかったらどうなってたか」

「だけど、あなたは何も話してくれない」小夜子が首を振った。「何か事情があるのはわかってるつもり。だけど、あたしたちは同じチームにいるんじゃないの？　あたしは自分のことを全部話した。何もかもわかってほしいって思ったから……あなたのことを知りたいの。お互いに理解し合わなきゃ、仕事なんてできないって思う」

どこか信じてもらっていない気がする、と哀しそうな目で言った。そんなことないって、とビールで豚玉を流し込みながら答えた。

「信じてるって。本当だよ」

そう、と小さく微笑んだ小夜子が煙を吐いた。怒っているのではなかったが、とても寂しそうだった。

「別に……いいんですけど」

丁寧語になる。それからしばらくお好み焼きをつついていたが、もう何も言わなかった。四本目のビールを飲み終わったところで、帰ろうかとコテを置いた。うなずくしかない。店を出て、青山一丁目の駅へ向かった。

歩いている間、小夜子は悄然としていた。うつむいたまま、ぼくのことを見ようともしない。駅まではすぐだった。

「じゃあ……失礼します」

地下への階段のところで小夜子が振り向いた。明らかに他人行儀な言い方だった。背を向けて階段を降りていく。明日、レコーディングがある。スタジオでぼくたちは会うだろう。それが仕事だ。

ビジネスに則《のっと》り、作業を進めていく。そういうことになるのだろう。今までだって同じことをしていた。何も変わらない。

でも、小夜子は違うことを考えている。単なるビジネスパートナーということではなく、もっとお互いを理解し合った関係を作ろうとしていたのだ。何となく、ぼくがそれを拒んだ形になっている。それでいいのか、松尾俊介。何か間違ってないか？

「待ってくれ！」

叫びながら走った。改札を抜けた小夜子が振り向く。ゴメンと駅員に片手で詫びて、改札を飛び越えた。

「……話をしよう」

細い腕を摑んでそう言った。無言のまま小夜子が優しく微笑んだ。

2

ぼくたちは青山一丁目から西麻布に来ていた。ビリー・ジョエルの『素顔のままで』という曲が流れているカフェバーに入り、お互いにワインを頼んで向かい合わせで座った。嘘をつきたくなかったんだ、とぼくは言った。わかってる、と小夜子がうなずいた。

「君を騙すつもりはなかった。だけど、本当のことを話しても受け入れてくれるかどうかわからなくて……」

「……話してほしい」小夜子がぼくの目を見つめた。「何でも言ってほしい。知りたいの」

煙草を一本もらえないかと頼んだ。小夜子が差し出したサムタイムをくわえて火をつける。高校二年の時に遊びで吸って以来、初めての煙草だ。深く吸い込んだつもりはなかったが、煙が喉を直撃して咳き込んでしまった。

「大丈夫？　どうして煙草なんか？」

「いや、その……カッコつけた方がいいかなって」悪い、と煙草を消した。「じゃあ話すよ。まず最初に言っておかなければならないのは『世界に一つだけの花』を作ったのはぼくじゃないってことだ」

赤ワインをひと口飲んだ小夜子が目をつぶった。やっぱり、と唇だけが動く。

「……最悪」つぶやきが漏れた。「盗んだってこと？　誰の曲なの？　海外のアーチストね？　邦楽だったら聞いてないはずがないもの」

どうやら小夜子は前々からそんな疑いを持っていたようだった。違うんだ、と首を振った。

「盗作っていうのとはちょっと違う……と思ってる。今の時点であの曲は生まれてないからね。不正な手段を使って作ったんじゃない。ぼくは……あの曲を知っていたんだ」

「知っていた？　意味がわからない」小夜子がもうひと口ワインを飲んだ。「聞いたことのある曲を自分が作ったって装ったわけでしょ？　著作権の侵害だわ。あたしたちの業界では、それを盗作って言うのよ」

「そうじゃない。最初から全部話した方がいいだろう。信じてもらえないと思うけど、それでも言わなくちゃならない」

「……とにかく聞く。どういうことなの？　教えて」

どこから話すべきなのかわからなかったが、結局のところ始まりから話すしかないようだった。

「ぼくは一九八一年の今日、この時代には生まれてないんだ」

「……生まれてない？」

「ぼくは一九八五年の生まれなんだ」85、と宙に数字を書いた。「八一年のことは知らない。生まれる前のことだからね。八五年に八王子で生まれて、そこで育った。大学にも行ったし、就職もした。ただ、今じゃない。二〇〇〇年以降の話だ」

「……二十一世紀ってこと？」

「二〇〇七年、二十二歳になった時、仲間と会社を作った。ベンチャービジネスっていって、そういう大学生は少なくなかったんだ」

「……ベンチャービジネス？」

「全部説明するととてつもなく長い話になる。とにかく聞いてくれ。会社を起業して、そこで働いた。トラブルがあって辞めることになった。転職して家電の販売員になった。別に何ということもない、普通の二十九歳の男だった。二〇一四年に二十九歳になったんだ。七月二日、いつものように朝起きて近所のコンビニへ行った。そして店を出た時……気がついたら一九八一年にいたんだ」

「……それって……？」

「そうだ。タイムスリップしたってことだ」

笑いだすか、怒りだすか、席を立って帰るか。覚悟していたが、小夜子はただ黙って座っていた。不安そうにぼくを見つめているだけだ。視線の意味するところはよくわかった。どこか悪いの？　そういうことだ。

「違うんだ……いや、言いたいことはわかってる。信じられないよね。実はぼく自身も百パーセント本気で信じてるわけじゃない。よくわかってないところもある。ただ、冷静に、慎重に、あらゆる可能性を検討してみたけど、そう考えるしかないという結論に達した。ぼくは正気で、おかしくなってなんかいない。起きたことをそのまま振り返ってみると、そうとしか考えられない。今、ぼくは事実をそのまま話している」

「……信じろと？」

小夜子が肩をすくめる。どう答えていいのかわからないようだ。それはぼくも同じで、どう説明を進めればいいのかわからなかった。

「でも聞くわ。そう決めてたの……どうしてそんなことに？」

「それはわからない。説明できない」白ワインを飲みながら答えた。「とにかく一九八一年にタイムスリップしてしまった。そうしたかったわけじゃない。望んでもいないし、そんなことになるなんて思ってもいなかった。抗うこともできないまま、ぼくは一九八一年に来てしまっていたんだ」

「面白いと思う」小夜子が無理やり微笑を浮かべた。「男の子のそういう話、嫌いじゃない。だけど……」

「君も知っての通り、ぼくには友達がいない。知り合いさえいない。一九八一年にぼくは生まれてないんだから、それは当然だろう」

「……友達がいない人は大勢いるわ」

「いや、そういう意味じゃなくて……家族もいない。家もない。免許証も持ってない。住民票も銀行口座もないんだ。ぼくの存在を証明するものは何もない。日本中の高校や大学を調べてみればいい。ぼくの名前はどこにもないはずだ。ぼくは一九八一年においてどんな学校にも通っていないからね」

「海外生まれ、海外育ちかもしれない。まさかと思うけど、日本人じゃないとか？　それなら住民票がなくてもおかしくない」

「ぼくは日本人だ」いちいちそんなことを言わなければならない日が来るとは思っていなかった。

「どこから見たってそうだろ？　目も髪も黒いし、肌だって黄色い」

どう見ても純大和民族ね、と小夜子が言った。それはそれで傷つくんですけど。

「ぼくの言ってることが正しいと証明することはできない。信じてもらうしかない。二〇一四年から一九八一年に来た男だってね」

それはいいとしましょう、と小夜子がグラスの氷を鬻り始めた。

「そこをいくら言っても水掛け論だもの……いいわ、二〇一四年のあなた、松尾俊介が一九八一年にやってきた。それで、どうやって曲を作ったとおっしゃるの？」

「作ってはいない。聞いて覚えていたんだ」

「そう言ってたよね。どういう意味？」

「『世界に一つだけの花』は槇原敬之というシンガーソングライターが……いや、わかりにくいな。『赤いスイートピー』で話した方がいいだろう。松任谷由実のことは知ってるよね？」

「誰と話してるつもり？　レコード業界の人間でユーミンを知らない人は一人もいないわ」

「『赤いスイートピー』はユーミンが松田聖子のために書いた曲なんだ。作詞をしたのは松本隆」

「松本隆さんが松田聖子のために書いたのは『白いパラソル』よ。あれは確か……チューリップの財津さんが曲を書いてるはず。ユーミンじゃない。ユーミンがアイドルのために曲を？　確かに彼女はアイドルに楽曲提供をしたことがある。だけど、そんなこと……」

「そういう時代がやってくる。今は過渡期なんだ。職業的な作曲家じゃなくて、シンガーソングライターがアイドルのために曲を書くようになる。例えば……ええと、山口百恵ってそうじゃなかったっけ？」

うっすらとした記憶を頼りに言った。宇崎竜童さんね、と小夜子がうなずく。

「ないわけじゃないとは思う。でも、めったにそんなことはない。シンガーソングライターがアイドルに楽曲を提供するなんて……」

「君がどう考えても勝手だけど、そうなるんだ。松任谷由実は確か……呉田軽穂とか、そんな名前で松田聖子に曲を提供する。トップアーチストがジャンルを超えるようになるんだ。そんなに先の話じゃない。もうすぐだよ」

よくわからない、と小夜子が肩をすくめた。ユーミン、松任谷由実について、ぼくは別に詳しくなかったが、クリスマスソングの定番『恋人がサンタクロース』は二〇一四年の人間でも多くの人が知っているだろう。去年新潟のスキー場にスノボをしに行った時、ゲレンデではこの曲がガンガンに流れていた。

暇を持て余していたぼくは原宿のレンタルレコード店で何十枚ものアルバムを借りていたが、その中にユーミンの『SURF&SNOW』があった。ジャケットの表記によれば一九八〇年十二月の発売だという。彼女は三十年以上後の世にも通用する曲を書いていたのだ。

松任谷由実というアーチストは、一九八一年において最も世間に認知されている女性シンガーソングライターの一人ということになるのだろう。トップ中のトップであるユーミンがそうであるように、多くのアーチストがアイドルを含め他ジャンルの歌手に楽曲を提供する時代がもうすぐそこまで来ているということを、ぼくは知っていた。

「『世界に一つだけの花』もそうだ。槇原敬之って人が今から二十何年か後に作る。SMAPという国民的なアイドルグループが歌って、大ヒットするんだ」

「マキハラ……スマップ？　誰なの、それ……聞いたことないけど」

そりゃそうだ。槇原敬之もSMAPもまだデビューしていない。槇原が『どんなときも。』という曲を大ヒットさせたのはぼくが幼稚園の時だったけど、わりとはっきり覚えている。一九九一年だったのだろう。今から十年後のことになる。

ＳＭＡＰについては記憶も曖昧だ。確か九〇年代に入ってすぐデビューしていたのではなかったか。フジテレビで『ＳＭＡＰ×ＳＭＡＰ』がスタートした時、ぼくは中学に入っていただろうか。よくわからない。

いずれにしても、今存在していない人間のことを説明するのは難しかった。二〇一四年において『どんなときも。』はコマーシャルで使用され、ＳＭＡＰのメンバーは単なるアイドルグループという枠組みを超えて多方面で活躍している。超有名人たちだが、一九八一年に彼らはまだいない。説明のしようがなかった。

「じゃあ、少し角度を変えるよ。君はぼくの曲について、一人の人間が多彩なメロディを生み出すことに感心していたよね？　ぼくの曲にはパターンがないって。まるで違う人が作っているみたいだと」

「そうよ。その通り。本当に驚いてる」小夜子が目を丸くさせながら答えた。「松尾くんのメロディには信じられないぐらい多くのバリエーションがある。鷺洲さんも言ってたけど、そんなクリエーターは聞いたことない。ポール・マッカートニーだってジョン・レノンだって、彼らには独特の曲調がある。ビートルズが発表した数多くの楽曲のクレジットは基本的にはレノン＝マッカートニーだけど、どちらが作ったかは聞けばすぐわかる。それがクリエーターの個性でしょ？　どうしたって、誰でもそうなるのよ」

「だけど、ぼくにはそういう個性がない。当たり前のことなんだ。ぼくが君たちに聞かせている曲は、全部別々のアーチストが書いたものだからね」

『世界に一つだけの花』を槇原敬之が作ったように、『赤いスイートピー』を松任谷由実が作ったように、とぼくは指を折った。

「他の曲もそうだ。B面用に作った『さすらい』は奥田民生というアーチストが書いた曲なんだ。そういう曲を、ぼくはぼくが生まれた一九八五年以降に聞いて育った。いい曲は覚えているものだよね？　それを歌っているんだから、曲調がまったく違うのはむしろ当然で、似ていたらいろんな意味でまずいことになる」

「子供の頃に……聞いてた？」

「そうだ。これはぼくもよくわかってないんだけど、八〇年代に大きなハード面での変化が起きるんだと思う。コンピューター機器の導入だ。今、レコーディングは手作業の占める割合が大きいよね？　佐久間さんみたいな熟練したエンジニアやミキサーがいなけりゃメロディは形にならない。だけど、これからは革命が起きる。多くの工程がコンピューターに委ねられる。今まではできなかったことが簡単にできるようになるんだよ」

「……YMOのことを言ってるの？」小夜子が不安そうな顔になった。「確かに、あの人たちのやってることは革命的だと思う。でも、あのやり方がメインストリームになるとは思えない。機材だけでも何トンもあるって聞いたわ。もちろん高価なものばかりよ。アーチストが個人で揃えられるはずがないじゃない」

「技術革新が異常なまでのスピードで進むんだよ。コンピューターは小型化し、軽量化される。大量生産が始まり、驚くほど安くなる。高校生がお小遣いで買えるようになるんだ。例えば、君が会社で精算の時に使っている電卓があるよね？　あれはいくらぐらいする？」

「安くはなったけど……四、五千円？　でもちょっと前までは一万円ぐらいしたかも」

「それが百円で買えるようになる。百円ショップに行けばいくらだって並んでるんだ。だいたい、精算を手で計算すること自体なくなる。金額を打ち込んでいけばエクセルが勝手に計算してくれるように――」

「百円ショップ？　エクセル？　松尾くん、何を言ってるのか全然わかんない」

「ごめん……とにかく、コンピューターが家庭に入るぐらい身近なものになるんだ。君はぼくの曲を今まで聞いたことがない新しいメロディラインだと言ったけど、基本的にはコンピューター導入以降の曲だからなんだよ。新しい機材、新しい音、新しい奏法なんかも生まれる。それを使って作った曲は斬新に聞こえるだろう。モーツァルトがストーンズのサティスファクションを聞いたらどう思うと？　それは極端過ぎる表現だけど、似たようなことなんだ」

　小夜子が黙ってワインを飲んだ。頭がおかしい人間の戯言《ざれごと》だと思っているようだが、それなりに筋が通っていないわけでもないと感じているところもあるのだろう。もうひとつ、とぼくは指を立てた。

「そもそも、一人の人間があんな名曲を量産できると思うかい？　仮にそんな才能の塊がいたとして、同時代の人間は気づかないか？　レコード会社のディレクターは新しい才能の発掘のために血眼になってるんだろ？　どこからも情報が入ってこなかった？　そうとは思えない。気づかないわけがないんだ。だけど、誰もぼくのことは知らなかった。どうしてか。ぼくが未来から来た人間だからなんだ」

　ゆっくりと手を伸ばした小夜子がサムタイムのパッケージから細い煙草を取り出し、ライターで火をつけた。流れている曲に耳を傾けながら、ボズ・スキャッグス、とつぶやく。

「『ウィアー・オール・アローン』……七六年の名曲よ。知ってる？」

知らないんだ、とぼくは首を振った。小さく笑った小夜子が煙を吐いた。

3

「話はわかった……ような気がする。松尾くんは確かにちょっとおかしなところがあるけど、どうかしてるわけじゃない」小夜子が灰皿に煙草を押し付けて消した。「メチャクチャな嘘をついてるんじゃないんだと思う。そんな人じゃないことぐらいわかる。だけど、二〇一四年って……今から三十三年後？　すごく先のようでもあるけど、すぐ来るような気もする。松尾くんは普通の男の子で、今の時代にもあなたみたいな人はたくさんいる。三十三年経ってもそんなには変わらないってこと？」

「どうなんだろう？　子供の頃のことを思い出してみても、ファッションとかライフスタイルがそんなに極端に変わったとは思えないけど……」

三十三年では肌の色や目の色が変わったりしないだろう。三千年経てば体型から何から変わるのかもしれないが、そんなに進化のスピードは速くないのではないか。

「さっき、コンピューターが家庭に入るみたいなことを言ってたよね？」小夜子が運ばれてきたワインをひと口すすった。「会社にだって一台か二台しかないのよ？　しかも馬鹿みたいに大きくて、とても部屋に入れられるような代物じゃない。個人で買える金額でもないし……それでもそうなるって言うの？」

「ぼくもちゃんと知ってるわけじゃないけど、アメリカが月にロケットを打ち上げただろ？」

「ああ、アポロ11号」小夜子がうなずいた。「アームストロング船長が月面に降りたのよ。あれは……あたしが高三の時だったから十二年前ね。テレビで中継されたの。真夜中だったか明け方だったか……親も友達もみんな見てた。凄く興奮した。今でも覚えてる」

「NASAはフロア一杯の……ビル全部だったかな？　とにかく凄い数のコンピューターを並べて周回軌道の計算とかをしたって聞いたことがある。当時はそうするしかなかったんだろう。だけど、二〇一四年に一般に普及しているパソコンには、当時のコンピューター何百台分の機能が詰まってる。一台のパソコンにね」

「……パソコン？」

「パーソナルコンピューター。そう呼ばれるんだ。ノート型っていうのがあって、これぐらいの大きさなんだけど」ぼくは手でサイズを示した。「それだけの大きさでも高性能でね。今、君たちが使ってるコンピューターのおそらく数千倍のことが可能になる」

「……はっきり言うけど、今会社にあるコンピューターは全然使えないわ」小夜子が不愉快そうに言った。「物凄く計算は遅いし、何か順番を間違えただけで動かなくなる。あんなものいらないって、みんな言ってる。あたしもそう思う。自分の手で計算した方が全然速い」

「過渡期だからなんだ。より便利に、使いやすくなる。二十年後にはどこの会社でも社員全員のデスクにパソコン端末が置かれるようになる」

「そんなことあるわけないでしょう」一発で否定された。「いくらかかると？　物凄い金額になるわ。何十億円って額かもしれない。そこまでの資本投下ができる会社なんてない」

理解できないのはよくわかる。正確には知らないが、マウンテンレコードが導入しているコンピューターは一台一千万円ぐらいするのではないか。二百五十人の全社員が持つようになれば二十五億ということになる。マウンテンレコードの資本金は一千万と聞いている。あり得ないと言うのはごもっともだ。いくら説明しても通じないだろう。

「もちろん、会社や個人がコンピューターを導入していく流れはあるんだと思う。そういう雰囲気は感じてる」小夜子が言った。「いずれはそうなるんでしょうけど、あたしが定年になるまでにそうなるかどうか……無理なんじゃない？」

「でも、テレビとかだってそうだっただろ？　発売当初は馬鹿みたいに高かったはずだよね？　昔の人の話を聞いてると、テレビは一家に一台で、凄く高価なものだったって……だけど、一九八一年においてはアパートに住んでる大学生だって持ってるんじゃない？」

「そりゃ、あたしの部屋にだってあるけど。でもテレビはね……必要だもの」

「パソコンも必要になるとは思わない？」

「思わない」小夜子がにっこり笑った。「あんなもの、いらない」

そりゃどうも、とぼくは肩をすくめた。議論にもならない。

「他には？　手塚治虫が描くような世界になるの？」

「三十年じゃそこまではいかない。透明なチューブが町中に張り巡らされて、人間がそこを移動するようなことにはならないんだ」

「つまんないの。でも、現実ってそんなもんかも」

「だけど、携帯電話が発明される」ぼくは指を鳴らした。「そんなに先のことじゃない。ぼくが五歳の時、親父はもう携帯を使ってた。一九九〇年ぐらいだ。幼稚園児だったぼくは親父の携帯をオモチャにして壊しちゃってね。死ぬほど怒られたからよく覚えてるよ」

「ケイタイ電話？」

「今から約十年後、九〇年代には携帯電話を誰もが持つようになる。社会人はもちろん、大学生や下手したら中高生もね」

「だから、ケイタイ電話って何？　電話機なのよね？」

「つまり……個人が電話機を持って外出できるようになるんだ。ウォークマンの発明で音楽を戸外で聞けるようになっただろ？　あれと同じさ。小型で、充電できる。もちろんコンピューターを内蔵していて——」

「何の映画を見たの？『スター・ウォーズ』？　だけど、あの映画にはそんなもの出てこなかったと思うんですけど」

「SF映画の話をしてるんじゃない。現実にそういうものができるんだ」

「まあステキ」小夜子がウインクする。「いいよね、夢があって……昔、ウルトラマンだかセブンだかで、何とか防衛軍の隊員が腕時計型の通信機で話してたけど、あんなのがあったらいいなって思ってたよ、あたしも」

「あったらいいな、じゃない。本当にできるんだ。それどころじゃない。もっと機能的で優れたものになる。二〇一〇年前後からスマートフォンってものが出てくるんだけど、もうこれは単なる通信用の電話機じゃない。パソコンをそのまま持ち歩くのと同じだ。調べたいことがあれば瞬時に検索できる。地図だって電車の時刻表だって見られる。メールはもちろんだけど、アプリを取れば無料で電話をかけたりすることだって可能に――」

「メールとかアプリとか……よくわかんないけど、松尾くんは明らかにメチャクチャなことを言ってるよ。無料で電話ができる？　そんなわけないでしょう。電電公社が許さないって。タダで電話回線を使ったら、泥棒じゃないの」

おっしゃる通りで、スカイプやカカオトークがどうして無料なのかはぼくもよくわかっていない。でもタダなのは本当なんだ。

「今言ってたメールって何？　アプリって？」

小夜子が質問した。そう聞かれても、どう答えていいのかわからない。ぼくが高校生だった頃、既にメールはクラスの全員が使っていた。あるのが当たり前で、何も考えずに利用していて、いつからみんなが使うようになったのかはよく覚えていない。何と説明すればいいのだろう。

アプリについては触れたくなかった。説明が難しいということもあるが、嫌な記憶を思い出したくない。ぼくたちが始めたベンチャービジネスとその失敗について、後悔の念は強かった。一九八一年に暮らしていても、苦い思いを忘れたことはない。代わりにメールについて話すことにした。理解もしやすいだろう。

「メールっていうのは、単純に言えば手紙だよ。そのまんまさ。伝えたいことを文字情報にして相手に送るんだ」

「直接話せばいいんじゃないの？」

「いや、それは……」

「留守電にメッセージを残せば？　たぶんだけど、松尾くんが言ってるのは待ち合わせの場所とか時間とかを伝える時に使うってことでしょ？　わざわざ文字にする？　面倒臭くない？　二〇一四年ってそんなにクラシックなの？」

「そうじゃなくて、もっと便利になるんだ。メールは携帯電話で送受信が可能で、どこでも開くことができるし……」

「むしろ退化してない？　ケイタイ電話って持ち歩けるんでしょ？　電話しなさいよ」

「いろんな使い方があるんだよ」何と言えばいいのか、説明が難しい。「どう言えばいいのかな……」

「しかも、結局文字なんでしょ？　手紙って言ったよね？　文通ってこと？　今でもそんなことしてる人、相当少なくなってるよ。またブームが来るの？」

そうじゃないんだ、と言いながらも否定しきれなかった。学生時代、あるいは社会人になってからも、メールじゃなくてもいいんじゃないかと思うことはよくあった。直接話せばいいんじゃないか、その方が早い、そういう局面はむしろ多かったかもしれない。だけど、確かに便利なツールではあるのだ。どう説明すればいい？

「……とにかく、いろんなことがスムーズになるんだよ。例えば移動中、車や電車の中からでもメールを打てる。複数の人間に同時に送信することも可能だ。いちいち一人ずつに連絡するのは面倒だと思わない？」

「用があったら電話します」小夜子がきっぱり答えた。「松尾くんの言う二〇一四年って、よくわかんない。どうなの？　楽しいの？」

「うーん……そう言われると……本質的な意味での人間の暮らしは変わらないしねえ」

「電話で十分だと思うけどな。そんなふうになる必然性がわかんない」

「でも、便利にはなる。それは間違いない。九〇年代に入ると、携帯電話やインターネットの普及によって生活のスピードが劇的にアップする。そこは一九八一年と違うところなんだろう。ライフスタイルは激変するよ」

「またわからないこと言って……インターネット？　何、それ？」

インターネットっていうのはね、とぼくは話し始めた。小夜子はじっと聞いている。理解しているのかいないのか、それはわからない。ただ、理解しようとしているのは確かだった。

冷静に考えれば、ぼくの話は荒唐無稽にしか聞こえないだろう。なるほど、ＳＦ映画の主人公たちが苦労するわけだ。当たり前に存在している物を別の年代の人間に説明するのは難しい。

何時間もぼくは話した。これから何が起きるか。時代はどんなふうに変わっていくのか。数年後に訪れるであろうバブル期とその崩壊について。その後長く続く不景気のこと。さまざまな制度の改革。国鉄が民営化されるのはもちろん、郵便までそうなること。

神戸の大地震、そして東日本大震災。その他覚えている限りの出来事を話した。小夜子はただ黙って聞いていた。

気がつくと夜が明けていた。小夜子は二箱のサムタイムを空にし、二人で三本のワインを空けた。それでも話は終わらなかった。三十三年間の時の流れを伝えるには、数時間では全然足りない。

「結局……未来はどうなるの？　良くなるの？　悪くなるの？」

小夜子が質問した。よくわからない、と首を振った。

「もちろんいいことだってたくさん起きる。悪いこともね。コインの裏表みたいなもので、簡単には言い切れない。正直、ぼくにはよくわからないんだ」

それは本音だった。携帯電話とインターネットの出現は世界を劇的に変えた。一九八一年から見たら、二〇一四年はとんでもなく便利な時代になっている。それは間違いない。でも、そのために何かを失っているような気もする。進歩を否定するつもりはないけど、利便性や効率のために犠牲になったものも多いのではないか。ハードの発展が急過ぎて、その使い方を誤ってはいないだろうか。一九八一年で暮らしていると、そんな風に思えてならなかった。

「……何かしておくべきことがあったら教えてくれる？」

「さっきも言ったけど、九五年に神戸で、二〇一一年に東北で大震災が起きる」この二つの出来事ははっきりと年を記憶していた。「信じられないぐらい多くの人が犠牲になる。ぼくがその時までこの時代に生きているのなら、どんなことをしてでも警告するつもりだ」

「でも、まだ先だよね。他には？」

「煙草を止めるべきだと思う」ぼくはサムタイムを指さした。「三十年後、煙草の値段は倍以上になる。喫茶店やレストラン、公共の場のほとんどで煙草は吸えなくなる。会社には喫煙スペースが設けられ、そこでしか吸えないんだ。しかも喫煙者は世間からさんざん非難を浴びる。野蛮人扱いされるんだ。今のうちに止めた方がいい。だいたい、健康に悪いことはこの時代でも常識だろ？」

「値段が倍に？　冗談じゃない、そんなことしたら暴動が起きるわ」

「そうはならない」

「倍って……止めようと思わなくたって止めざるを得なくなる。心配しないで」

そう言っていた連中を何人も知っている。結局、彼らは禁煙できなかった。その依存ぶりから見て、おそらく小夜子もそうなるのだろう。仕方ない。本人の問題だ。

「他にアドバイスは？」

結婚しない男女が増えると言おうと思った。行き遅れないように忠告するつもりだったが、余計なお世話というものだろう。なるようにしかならない、と答えた。

「ぼくが経験してきた一九八五年以降の未来と、君の前に訪れるであろうこれからの未来が同じかどうかさえ、ぼくにはわからないんだ。もしかしたら全然違うものになるかもしれない。何を言っても意味がないような気がする」

そうね、と小夜子がうなずいた。それほど強く知りたくはないようだった。どうなるかわからない明日をわくわくしながら待っていたい性格なのだ。

「三十三年後の未来より明日のレコーディングよ」小夜子が立ち上がった。「仕事ってそういうもんじゃない？」

おっしゃる通りです、とぼくも席を立った。店を出てタクシーを停める。乗り込んだ小夜子が手動で窓を開けた。

「話してくれて、どうもありがとう……嬉しかった。面白かったし、興味が出てきちゃった。また聞かせてくれる？」

「そりゃ、もちろん」

「でも、他の人には言わない方がいいと思うの」小夜子の声が低くなった。「信じてくれる人もいるだろうけど、そうじゃない人も多いと思う。信じない人にとっては、凄く、その……おかしな話っていうか、妄想っていうか……」

「わかってる」

「変なふうに取る人っているのよ。そう思われたら、松尾くんは傷つく。だから誰にも言わない方が……」

「そうだね。誰にも言わないよ」

じゃあ明日、と手を振った小夜子が、もう今日だねと笑った。ぼくは肩をすくめた。タクシーが走り去っていった。

ぼくも手を挙げて、タクシーを拾った。まだバブル期ではないので、そんなにつかまえにくくないのだ。神宮前まで、と言ってからシートに背中を預けた。

話してよかったのだろうか。よかったんだ、と小さくうなずいた。いずれ、どこかで誰かに話さなければならなかった。一人で抱え込んでいるのは苦しかったし、すべてをごまかして生きていけるほどタフな性格じゃない。誰かに聞いてほしかったのだ。

あり得ないことだというのはわかっている。信じてもらえないだろうし、受け入れてくれないだろうと思っていた。それでも話したかった。

でも、小夜子はわかってくれた。全部信じたとは思えないが、とにかく理解しようとしてくれた。存在を認めようとした。そんな人が世界に一人だけでもいてくれればいいのだ。十分だ。

「ありがとう」

つぶやきが漏れた。何か？　と運転手がバックミラー越しに見る。何でもありません、と首を振って腕を組んだ。いつの間にかぼくは微笑んでいた。

4

十月十日、『赤いスイートピー』が発売されたその日、次のシングルを何にするか、そしてアルバムに収録する曲を選ぶミーティングを小夜子と鷺洲、今野とりりこと共にホテルニュージャパンの一室で行った。

五人いればそれぞれの趣味がある。好みもある。楽曲提供者という立場にいたぼくはあまり余計なことを言わないようにしていたが、鷺洲はテーブルを叩いて自分の意見を主張するし、今野は歌う側の立場から現実的な音域や歌いやすさにこだわってセレクションをしようとした。小夜子はバランスを取りながらも大衆に受け入れられやすい曲を選ぼうとする。なかなか結論は出なかった。

数時間互いの意見を交換し、議論して、最終的に小夜子が結論を出した。『ＴＳＵＮＡＭＩ』で行きましょう、と言う。全員が賛成した。

いわずと知れたサザンオールスターズの名曲で、ぼくの知る限り平成で最も売れたシングルナンバーだ。昭和だろうが八一年だろうが、これが売れなかったら何が売れるのかという話だろう。同時にＢ面も決まった。宇多田ヒカルの『Automatic』だ。二〇一四年には活動を休止しているはずだが、日本のレコード史上最も売れたアルバムを作ったアーチストのデビューシングルなのだから、この二曲のカップリングはあらゆる意味で最強だろう。ステキ、と鷺洲が両手を握りしめた。

「信じられない……松尾ちゃんの引き出しはどんだけあるの？　詞も曲もホント、サイコーよ。桑田佳祐なんて目じゃないわ」

いや、目ではあるんですけど。ていうか、桑田さんの曲なんですけど。

「『Automatic』も捨て難いんですけどね」小夜子が何度も首を振った。「凄く、不思議なメロディで……こういうタイプの曲って、ちょっとなかったなあって。派手じゃないかもしれないけど、心に染み渡るっていうか」

「でも、地味っていえば地味よ」

鷺洲が言った。そうかもしれない。

「『TSUNAMI』はいいんですが……『Automatic』はちょっと……」今野が眉を顰《ひそ》めた。「これは……どちらかと言えば女性ボーカリストが歌うべき曲なんじゃないかって……」

今野は優れたボーカリストで、自分の能力をよく理解している。独特の直感で女性が歌った曲だとわかったようだ。いいのよ、と鷺洲が怒鳴った。

「すごく新しいサウンドじゃない。こういう実験的な曲をB面に入れておくべきなの。そうやってアーチストの可能性を広げていくことが大事なんだって」

そうですね、と今野があっさりと引き下がった。曲がいいことは認めているのだ。強い不満があるわけではなく、歌いにくいということなのだろう。

それから夜を徹しての話し合いが始まった。アルバムに収録する曲も決めなければならない。

時間はなかった。今までに出した二枚のシングルについては、入れることが決まっている。B面で発売されていた奥田民生の『さすらい』、ブルーハーツの『リンダリンダ』もだ。三枚目のシングル『TSUNAMI』までがそれに含まれる。

だが小夜子の判断で、『Automatic』は外した。少なくとも半分は新曲を入れるべきでしょうという。もっともな話で、シングルを買った人間がアルバムを買う必要性がなくなってしまうだろうから、そうするのは当然だった。

候補となった曲は二十八曲あった。自慢でも何でもなく、すべてが今後三十数年間に出てくる時代を代表するアーチストたちの曲だったから、どれを取っても遜色はない。逆に優劣がつけにくく、選び出すのはかなり困難な作業となった。

例えば鷺洲がミスチルの『innocent world』を推すと、今野が中島みゆきの『地上の星』はどうかと意見を出す。アルバムということでなるべく統一感を出したい小夜子は全体のバランスを考えた曲選びをした。

意見は割れ、多数決が何度も取られた。それにはりりこも参加するし、彼女の一票で最初から振り出しに戻るなんてこともあった。音楽に正解はない。どれが正しくて、どれが間違ってるということはないのだ。

もちろん、アルバムが大ヒットしてほしいと全員が思っている。だが、どの曲ならヒットするかというのは誰にも判断できない問題だった。わかっていれば誰も苦労はしない。

結局、その日のミーティングでは結論が出ず、そのまま延泊して更に一日話し合った。曲の選定が終わったのは翌朝のことだ。適当に妥協して終わらせようという考えは誰の頭にもなく、すべてが決まった時には全員脱力感で呆然としてしまったほどだ。

ミーティングの間、部屋の電話が何度も鳴った。すべて小夜子にかかってきたもので、マウンテンレコードの販売部や宣伝部の人間たちからだった。小夜子は電話をスピーカーに切り換え、内容を聞かせてくれた。是枝販売部長の報告では、『赤いスイートピー』は当初の予想以上の売れ行きだという。発売日、そしてその翌日と全国のレコード店から追加注文の電話が引っ切りなしにかかってきているそうだ。

一週間前からAM、FMラジオ局が相当な頻度で曲をかけていたこともあって、ヤング層を中心に客が押し寄せているということだった。初版枚数は、社長も出席していた会議で二十万枚と決定していたはずだったが、それではとても間に合わないだろうと是枝部長は言った。

「だが大丈夫だ。それぐらいのことは予想済みだ。追加発注についてはプレス工場と話がついてる。最優先で製造することになっているから安心しろ。今回は欠品を出さん」

部長はがらがら声だった。電話注文を受けているうちにそうなってしまったらしい。頑張ってくださいと小夜子が言うと、任せときな、と江戸っ子のような啖呵を切って勢いよく報告を終えた。

それはそれでいい話であり、ぼくたちも単純に喜び合ったのだが、宣伝部からの電話はもうちょっと複雑だった。テレビ局各局から出演依頼が殺到している、と小川部長が泣きそうな声で言った。

「こっちの調べでは、来週のオリコンウィークリーのチャートで初登場二位、週末の動き次第では一位もあり得るとわかってる。もちろんテレビ局もそんなことは承知だ。各局の番組から出演してほしいという要請が来てる。何とかならないかと――」

ぼくも日々をぼんやりと過ごしていただけではなくて、それなりに八一年について勉強をしていた。この時代においてベストテン形式の歌番組が盛んなことはわかっている。レコードのセールス枚数やラジオなどでかかった回数、視聴者からのリクエスト葉書などをテレビ局が集計し、それでランキングをつけていく。十位以内に入った曲についてはマストで出演させるというやり方が主流で、非常に明朗会計的手法と言えるのではないか。

リモコンのないテレビのチャンネルをがちゃがちゃ手で回していれば、一日に最低でもひとつは歌番組を見ることができた。NHK『レッツゴーヤング』、日テレ『ザ・トップテン』、フジテレビ『夜のヒットスタジオ』、東京12チャンネルから社名を変更したばかりのテレビ東京『ヤンヤン歌うスタジオ』等々。中でも最も有名なのはTBSの『ザ・ベストテン』だろう。ちなみにテレ朝『ミュージックステーション』はまだ始まっていないようだった。

ぼくがテレビの歌番組を真剣に見ていたのは中学から高校ぐらいにかけての頃で、例えば『HEY!HEY!HEY!』だったり『うたばん』だったりのように、司会者のキャラクターやトーク力が重要視される番組が多かったが、一九八一年においては音楽を聞かせることに番組は力を注いでいるようだった。『夜ヒット』なんかはその典型と言える。

ただ、もちろん挨拶的なお喋りであるとか、近況報告的なトークなどは必ずある。短い時間で受け答えをしなければならないので、むしろアーチストやアイドルの素の顔が見える場合があった。小夜子がイエロープードルの歌番組出演に消極的だったのはそのせいでもある。

ネガティブに考えれば、そこで今野なりりりこなりの人間性が透けて見えることでレコードの購買者たちが引いてしまうかもしれないという意見もあるのだろうが、ポジティブな見方をすればゴールデンタイムのテレビで曲を流せるのは何にも勝るプロモーションになる。小夜子の不安はわからないでもないが、より大きなヒットを求めるのであればテレビに出るべきだろう。ぼくはそう思っていたし、マウンテンレコード宣伝部の総意もそういうことだった。

『ザ・ベストテン』からスケジュールについての問い合わせがあった、と小川部長は悲鳴のような声で言った。『世界に一つだけの花』の時は出演オファーをすべて断っていたが、もうそんなわけにはいかないとTBSサイドも真剣になっていたし、小川部長も同意している。

言うまでもなくマウンテンレコードには他にもアーチストがたくさんいる。チャートで上位に入っていなくても、推薦曲あるいは注目曲といった扱いで番組に出演させる方法はあった。各レコード会社はその枠を取り合っていて、イエロープードルが出なければそこに他のアーチストが出られなくなる、というのが小川部長の悲鳴の理由だった。ある種のバーターということだが、世の中はそういうものだろう。

とはいえ、今回小夜子はイエロープードルの歌番組出演にゴーサインを出している。どうせ出るからにはちゃんとしましょうという判断から、スタイリストやヘアメイクなども一流のスタッフを揃えていた。トークについては想定される質問を作って何度も練習をしている。準備は万端であり、小川部長にもその旨伝えた。その場でTBS『ザ・ベストテン』への出演が決定した。

『ザ・ベストテン』という伝説の歌番組のことは、二〇一四年においても多くの人が知っているだろう。『徹子の部屋』という長寿番組で有名な黒柳徹子と『ニュースステーション』で薄笑いを浮かべながら皮肉をちくちく言っていた久米宏が司会を務めていたこともだ。

ぼくが幼稚園に通っていた頃まで番組は続いていたはずで、うっすらと記憶もある。視聴率は常時二十パーセントを取っていたのではなかったか。番組終了後にも何度も同窓会的な趣旨の番組が放送されていて、それを見たこともあった。

今でもちょっとノスタルジックなニュアンスの番組があると過去の映像が流されたりする。生放送が売りで、スタジオに来られない歌手などがいるとどこまでも追いかけていくという、考えてみると恐ろしいコンセプトの番組だ。時には新幹線のホームから中継することもあるそうで、コンプライアンスの厳しい平成においてはあり得ない話なのではないか。

出演当日はぼくも含めてマウンテンレコードの関係者ほぼ全員が収録を見に行くことになった。それほど大きな意味のある番組ということなのだ。今野とりりこは緊張を隠せなくなっていたが、何しろザ・ベストテンだ。初テレビとして申し分のない舞台と言えるのではないか。

十月十五日木曜日午前十一時、ぼくたちは赤坂見附駅前に集合した。今からテレビだ。ザ・ベストテンだ。小夜子を先頭に、小川宣伝部長、是枝販売部長など総勢二十名によるＴＢＳ・Ｇスタジオへ向かっての行進が始まった。

5

放送そのものは夜九時からと聞いていたし、ぼくも一視聴者として見たことがあったから知っていた。生放送だというから夜になってから集まればいいのだろうぐらいに思っていたのだが、ラジオと違ってテレビはそんなことを許さなかった。リハーサルをやりますという。

その日のベストテンのランキングでは、一位がイモ欽トリオの『ハイスクールララバイ』で三位は近藤真彦の『ギンギラギンにさりげなく』だという情報が事前に入っていた。何だイモ欽トリオって。

イエロープードルは四位にランクインしていた。アイドルの時代ということなのだろう。リクエストの葉書などは圧倒的にマッチやトシちゃん、聖子を支持する声が強かったらしいから、そりゃ仕方がない。

リハーサルというのは主にカメラ割りなどを確認するために行われるようだった。イエロープードルのために用意されたセットは馬鹿みたいに巨大で、二体の真っ黄色に塗られた進撃の巨人並みにでかいプードルのぬいぐるみと千本以上のスイートピーがフロア全面に敷き詰められるものになると聞かされた。ただ、リハーサルの段階では何もないそうで、当然といえば当然だろう。

今日の放送ではスタジオ出演の歌手が六組、中継が四組だという話も伝えられた。毎週そんな感じらしい。生放送である番組の進行は分刻み秒単位で行われるというが、リハーサルに関してはそこまで厳密ではなかった。というよりかなりアバウトで、二時間以上待つことになるだろうと宣伝部の社員から報告があった。しかも更に遅れる可能性もあるらしい。そういうものなのか。

ぼくを含め、みんな暇を持て余し、控室では、去年創刊されたというビッグコミックスピリッツや誰かが持ち込んできていた週刊宝石とかいう週刊誌や平凡パンチというよくわからない雑誌などを眺めているしかなかった。ただありがたいことに宣伝部が各出版社の雑誌編集部にイエロープードルが『ザ・ベストテン』に出演するというリリースを流していたため、六つの雑誌から取材の依頼が入っており、それでずいぶん時間が潰れた。

週刊TVガイド、ぴあ、セブンティーンなどぼくも知っている誌名や、写楽《しゃがく》、アングルなどのように、そんな雑誌ありましたっけ？　というようなところからも取材陣は来ていた。

二時になって、リハーサルは四時からになりましたとADが知らせに来た。押しているらしい。仕方ないだろうと是枝、小川の両部長がうなずいているところに、真っ黒に陽に灼けた中年の男が入ってきた。番組のプロデューサーだという。渡された名刺に岸和田という名前があった。

冗談みたいにわかりやすい人で、デザイナーズブランドのスーツを着て、下は黒いタートルネックのセーターだった。手首には金のブレスレット、指にはごつい金のリング。パロディかお前は。ぜひ肩にカーディガンなり巻いていただきたかったが、それはしていなかった。

ただ、外見はいかにもな業界人だったが、小川部長と話す口調は、いわゆる業界言葉ではなかった。ザギンでシースーでも、とか言いだしそうな風情だったが、きちんとしたビジネス会話をしている。どうもそういう逆さ言葉を使うような人種は、八一年の段階で既に絶滅しているようだった。

「……黒柳さんが入られたそうだ」顔色の悪い小川部長が弔電を読み上げるような声で言った。「いつものことなんでわたしは挨拶に行くけど……君たちはどうする？」

誰にでも挨拶を欠かさないのは律義な小川部長らしいことだった。とはいえ、それは基本だろう。番組MCのご機嫌伺いをするのは彼ら宣伝部の義務でもあった。ディレクターである小夜子にその必要はないはずだったが、行こうよとぼくは囁いた。暇なせいもあったし、黒柳徹子という名物司会者を見てみたいというミーハーな気持ちもあった。

小夜子と二人の部長と共に黒柳徹子の控室へ向かった。捜す必要はなくて、歩いていたら独特の口調で早口に喋っている声が聞こえてきた。ノックをした岸和田プロデューサーが、どうぞ、とドアを開けた。小川部長を先頭に中を覗き込む。いわゆるタマネギ頭の意外と小さな女性が鏡の前に座っていた。黒柳徹子だった。

ぱっと見た感じで言うと、二〇一四年にさまざまなバラエティ番組でお見かけする彼女と、目の前にいる黒柳徹子はそんなに変わっていないように思えた。一九八一年の彼女が老成しているのか、二〇一四年の彼女が異常に若々しいのか、よくわからない。

「ご無沙汰しております。マウンテンレコードの小川でございます」小川部長が海老のように腰を曲げた。「いつも大変お世話になっております！」

「いいえとんでもありません」黒柳徹子が食い気味に喋り出した。「こっちこそ、いつもねえ、本当にあらあらこちらこそご迷惑おかけしちゃって。聞いてますよイエロー……イエロー？」

プードル、と岸和田プロデューサーが囁く。そうプードル、と黒柳徹子が手を叩いた。

「ねえ可愛い名前。ワンちゃんでしょ？　ステキよね、夢があって。ワンちゃんっていえばパンダなんですけどね、あなたパンダお好き？　もうね、ホントに愛らしくてわたくしこの前中国まで行って実際に拝見させていただいたんですけど、ついでに抱っこもさせてもらってきて、もうすっごく柔らかくてふわふわで温かいんですよ」

ノンブレスで喋り続けていた黒柳徹子の横にいた一人の女の子が立ち上がって、おはようございます、と頭を下げた。その脇に髪の長い痩せた男が立っていたが、こちらは何も言わない。

「よろしくお願いします」

女の子はプロデューサーの岸和田をじっと見つめている。有村架純そっくりだと思ったが、こちらこそよろしくう、と岸和田が突然体をくねらせ始めた。

「いやもう、名曲だよねえ、『風立ちぬ』。凄い人気だよお」

「ありがとうございます」

女の子がもう一度頭を下げる。松田聖子だった。町を歩く若い女性の半分以上が同じ髪形をしていたが、それがいわゆる聖子ちゃんカットと呼ばれているものであることは知っていた。目の前の松田聖子は当然聖子ちゃんカットで、みんなこのアイドルを真似ているのだと思うと感慨深いものがあった。

松田聖子は黒柳徹子に挨拶をしに来ていたらしい。そこで摑まってしまい、おそらくはパンダの話を延々と聞かされていたようだった。

「……あまり長居すると黒柳さんに迷惑だから失礼しようか」

お客さんも来たようだし、と立っていた痩身の男が言った。いいのよあたしは、と黒柳徹子が引き留めたが、失礼しますと微笑んだ松田聖子が控室から出ていった。超いい匂いがした。

「……ご無沙汰してます」

目の前を通り過ぎようとした男に小夜子が小さな声で挨拶した。ああ黒川さん、と男が足を止めた。

「こっちこそお久しぶり。イエロープードル、聞きましたよ。ぼく、大好きです」

「ありがとうございます」

先を行く松田聖子の背中を見つめていた男がゆっくりと向き直った。

「『赤いスイートピー』……ラジオで聞きました。名曲ですね」

「いえ、そんな……」

「聖子に歌わせたかったですよ。それぐらいいい曲だ。まるでユーミンが作ったみたいなメロディですよね。それにあの詞！　ユーミンと松本隆さんのいいとこ取りみたいな……あれをイエロープードルの子が書いた？　相当研究したんでしょうね」

「そういうことかも……」

「実はね、ここだけの話なんですが」男が小夜子に一歩近づく。「聖子の来年一月のシングルはユーミンに書き下ろしてもらうことになってたんです。ぼくと松本さんで説得しましてね。快諾してくれましたよ。それで、サビのメロディだけ先週テープが送られてきたんですけど……『赤いスイートピー』とよく似ていました。いや、そっくりだった」

男の目が鋭く光った。偶然ですね、と小夜子が硬直した声で答える。

「もちろんそうでしょう。ユーミンしか知らないフレーズですからね。ぼくだってテープが来るまで知らなかった。そんなこともあるんでしょう。でも、こっちは大変でね。もう一度発注し直さなければならなくなった。偶然っていうのは恐ろしいものですよ」

「……そうですね」

「春色の汽車に乗って、か……」男がつぶやいた。「実に松本隆的なフレーズだ……いや、すみません。今度良かったら飯でも食いませんか？　今野くんでしたっけ？　彼に曲を頼んでみたい。その時はよろしくお願いしますよ」

失礼、と男が去っていった。誰？　とぼくは小声で尋ねた。

「ＣＢＳソニーの若松ディレクター」小夜子が囁く。「松田聖子のために『風立ちぬ』を大瀧詠一に書かせた人よ。やり手だわ」

「……次のシングルはユーミンに書かせるって言ってたね」

どうやらそれが『赤いスイートピー』になるはずだったらしい。ぼくたちは数カ月前に、その曲を発表してしまったことになる。若松というディレクターも困っただろうが、ユーミンはもっと焦っただろう。危ないところだったと言うべきか。

「それでそのプードルちゃんはどちらに？　テレビは初めてって聞きましたけど」黒柳徹子の甲高い声が聞こえてきた。「ぜひご挨拶させていただきたいわあ。いい曲よね……いい曲？　あら、あたし聞いたことあったかしら？」

立ち上がりかけた黒柳徹子を押さえた小川部長が、今すぐ連れて参りますと軍人のような口調で言った。イエロープードル側から頭を下げに行くのが順番ということらしい。

目配せされた小夜子が、呼んできますとうなずいて控室を出た。いろいろ手続きが必要な業界なのだ。ぼくも一緒に廊下を歩きだした。

Part8　ギンギラギンにさりげなく

1

イエロープードルの二人が黒柳徹子に挨拶をしている。セレモニーというか教科書通りの表敬訪問だったが、これが芸能という業界なのだろう。一、二分話しただけだったが、いろんなことが丸く収まるのならそれもありだ。

控室に戻った。ぼくはマウンテンレコードの社員ではないから、プロモート活動や関係者と打ち合わせをすることもない。正直、ここにいる必要もないのだ。よっぽど一人でぶらぶら町歩きでもしようかと思ったが、小夜子をはじめとするスタッフの緊張感溢れる表情を見ているとそれも憚《はばか》られた。

メイク台の前に座ってぼんやりしていると、ドアがノックされた。トイレに行くと言って控室を出ていったはずの小川部長が青い顔で戻ってきた。

「トシちゃんとマッチには挨拶に行った方がいいんじゃないかな？」不安そうな表情で言った。

「向こうさんからは来ないだろうし、二人とも飛ぶ鳥を落とす勢いだ。順番から言ってもうちの方から……」

「別にいいんじゃないですか？」小夜子が首を振った。「あの二人とイエロープードルはスタンスが違います。どっちが上とかそういうことじゃなくて、接点がないんです」

「まあそうだな」是枝部長がうなずく。「無理にご機嫌を伺うこともないんじゃないか？」

明らかに軽んじた調子だった。是枝部長に限ったことではないが、マウンテンレコード社の社員たちにはどこかアイドルを軽んじる雰囲気があった。いやしかし、と小川部長が顔を引きつらせながら言った。

「挨拶ぐらいしておくべきなんじゃないでしょうか。いずれはマウンテンレコードからもジャニーズの子がデビューするようになるかもしれない。その子たちがうちの会社を支えてくれるようになるかも……」

そんなことにはならんだろうと是枝部長が苦笑した。ジャニーズじゃないか、と口元を歪める。

「瞬間風速は凄いよ。それは認める。だけどファンの中心は中高生の女の子だ。一、二年で飽きる。そんな奴らがうちの会社を支えてくれると？」

「いや、挨拶はした方がいいですよ」ぼくは立ち上がった。「行きましょう。ぜひ行きましょう」

マウンテンレコードに対する愛社精神はないが、一応給料をいただいてる身としてその分のお返しはしなければならないだろう。ぼくの生きてきた時間は、ほぼジャニーズタレントの隆盛と重なる。主だったところだけでも少年隊、光ＧＥＮＪＩ、ＳＭＡＰ、ＴＯＫＩＯ、ＫｉｎＫｉ Ｋｉｄｓ、Ｖ６から関ジャニ∞まで、エンターテインメント業界で大勢力となることをぼくはよく知っている。是枝部長の考えは間違っているのだ。

数年後、どうしてうちにはジャニーズの歌手がいないんだと髪を掻きむしる姿は見たくない。ぼくはこの粗暴だがどこか憎めないオヤジが嫌いではなかった。

「しかしね、松尾氏」是枝部長はぼくのことを松尾氏と呼ぶ癖があった。「何もあんなジャリタレに……失敬、それは言い過ぎだが、ああいうワーキャーだけのアイドルなんて、いつまでも続くもんじゃないだろ?」

それが続くようになるのだ。おそらくSMAPはデビュー二十年以上経っているはずだし、少年隊東山だってまだまだ現役だ。時代は変わるんですよ、部長。

もっとも、そんなことを言っても通じないだろう。世の中にはつきあいってものがあるじゃないですかと言うと、意外そうな顔でこっちを見た。

「松尾氏がそんなことを言うとはね」

「余計なことかもしれないですけど」ぼくは微笑を浮かべながら是枝部長の肩を揉んだ。「ここは小川部長のおっしゃることの方が正しいのでは? 実質的にはイエロープードルの方が後輩です。形式的なことかもしれませんが、それが礼儀ってものでしょ?」

営業部によくいるタイプの是枝部長はバリバリの体育会系だった。それもそうかとうなずいて、居合わせたTBSの局員に田原俊彦と近藤真彦はどこにいるか聞く。

「トシちゃんはわかりませんが、マッチさんはリハーサル中です」

「よし、わかった。タイミングはいい。ぱっと行ってぱっと挨拶してぱっと帰ろう」ぱっと、を連発しながら是枝部長が立ち上がった。「向こうさんだって忙しいさ。話し込むような暇はない。リハ中にどうもって言えばそれで済む。行こう行こう」

そうしましょうか、と小夜子が今野とりりこを促してドアに向かう。反対するほどのことではないと思ったようだ。ぼくたちはぞろぞろと控室を出て、Gスタジオに向かった。

2

スタジオの重い扉を押し開けると、聞き覚えのあるメロディが流れていた。二〇一四年になっても一部の芸人がモノマネをする『ギンギラギンにさりげなく』だ。驚くべきことに、演奏していたのは生バンドだった。カラオケではない。時代の感じられる光景と言えよう。

ところどころ破れている袖無しのジージャンに、妙に裾の詰まったジーンズを穿いた近藤真彦がマイクに向かって吠えていた。それは歌ではなく、音程も完全に外れており、リハーサルなんかやりたくねえんだよ、という空気がびんびんに流れていた。

二〇一四年に時々見る近藤真彦は、ジャニーズの重鎮という感じで大人の雰囲気を漂わせているが、目の前のマッチはやんちゃな悪ガキを絵に描いたようだった。わかりやすくふて腐れており、投げやりなのがわかった。一瞬もじっとしていないのは性格的なものなのだろうか。

カメラマンと照明にフロアのディレクターが指示を出している。マッチはその辺を走り回っているADらしい若い男を摑まえて、オレンジジュース買ってこいよ、と命令しているのが聞こえた。

「つぶつぶだぜ？　つぶつぶじゃなきゃ飲まねえからな？　そんで百パーな、百パー」

お前は部活の先輩か。嫌われ者の野球部OBか。理不尽な命令だったが、直立不動でわかりましたと答えたADがスタジオを飛び出していった。ご苦労なことだ。

おはようございますと言いながら、小川部長がカメラの横に立っていた背広姿の男に近づいていった。ジャニーズ事務所の関係者、おそらくはマネージャーなのだろう。お互い面識があるようで、笑顔で話し始めた。終わるまで待ちましょうと小夜子が言い、ぼくたちは少し離れたところにあったテーブルまで下がった。

そこには先客がいた。パイプ椅子にもたれるようにして子供が座っていた。小学校三、四年生だろう。はっきり言って生意気な姿勢だったが、注意するのは憚られる雰囲気があった。身長はまだ小さいが、子供とは思えないぐらい目鼻立ちがはっきりしている。相当な美少年と言っていいのではないか。

ぼくの視線に気づいた少年が面倒臭そうに顔だけを向けた。反射的に頭を下げる。子供相手に何をしているのだろうと我ながら思ったが、そうせざるを得ないオーラがあった。

「こんにちは」ぼくは少年に近づいた。「どうも」

「どうも」

少年が愛想なしに右手を上げる。それでも椅子から立ち上がりはしたから、礼儀を知らないということではないらしい。

「見学かい？」

「そうだけど」

「お母さんとか、一緒なのかな？　それともＴＢＳの人の息子さんとか？」

違う、と少年がはっきりした口調で答えた。

「あの人に連れてきてもらった」

指さしたのは小川部長と話している男だった。マッチさんのマネージャーかな？　と聞くと、そうだと答える。

「ああ、君はジャニーズの子なんだね？」

「違う」潔く否定した。「まだ入ってない」

「まだ？　どこから来たんだい？」

「千葉」

「何歳？」

「八歳」

聞かれたことしか答えない。とにかく無愛想だった。だが受け答えはしっかりしており、頭がいいのがわかった。

「ジャニーズの子じゃないけど、マネージャーに連れられてきた？」

「ジャニーズ事務所に入れって誘われてるんだ」少し得意げに少年が言った。「ぼくはそんなこと考えてなかったけど、親戚のおばさんが勝手に写真を送ってさ。それを見た誰かが連絡してきて、うちに入らないかって……」

「スカウトされたんだ。凄いじゃないか」

「どうしようかなって思ってる」少年が初対面のぼくと話しているのは、ちょっと退屈になっているということもあったようだった。「あんまり興味ないんだ。断ろうかなって……今日はマッチさんがベストテンに出るから見に来ただけなんだよね。友達はみんな見てる番組だし、テレビ局なんてなかなか入れないからさ」

彼の年齢なら同級生はみんな番組を見ているというのはよくわかった。芸能人と会って話したり、そうでなくてもテレビ局のスタジオに入ったということが何よりの自慢になる年頃だ。学校で話せば誰もが羨ましがるだろう。

「興味がない？　入りたくないってこと？」

「まあね。ていうか、ジャニーズ事務所に入るとレッスンとかで原宿に通わなきゃならなくなるんだって」少年が軽くウェーブのかかった長い髪を指で整えた。「うち千葉だしさ。検見川だもん。遠いでしょ？　面倒臭いじゃん」

「芸能界に興味は？」

「そりゃ、なくはないけど……でもいろいろ忙しいんだよ。剣道もやってるし、原宿まで通うっていうのはちょっとね」

「いや、入った方がいい」ぼくは一歩近づいた。「ジャニーズに入るべきだ。君は向いてる。絶対スターになれるよ」

少年が口の端だけを歪《ゆが》めて笑った。何言ってんだオッサン、という表情だ。間違いない、とぼくはその肩に手をかけた。

「保証するよ。君はスターになる。いや、そりゃいきなりとは言わないよ。世の中そんなに甘くはない。だけど頑張っていれば必ず報われる。ジャニーズの、いや芸能界を代表するスターになれる。君はそういう星の下に生まれているんだ」

「触んなよ……オジサン、変なこと言うね」少年がぼくの手を払った。「芸能界を代表するスター？　そんなことあるわけないじゃん。信じられるかよ」

「いやマジだ。ここは信じなさいって。ジャニーズに入りなよ。まあ、ぼくが言わなくても、君はいずれ入ることになるんだろうけどね。そういう運命なんだ」

運命、と少年が笑い声を上げた。

「メチャクチャなこと言うね」

だがまんざら悪い気はしなかったようだ。合わせて笑いながら、やってみなよともう一度言った。何言ってんだか、と少年が肩をすくめる。

気がつくと『ギンギラギンにさりげなく』の演奏が終わっていた。マッチが何か喚きながらステージから降りてくる。小川部長と話していた男が歩み寄り、何か話しかけた。飲み物を渡してから振り向いてこっちを指さす。

「行かないと。マッチさんを紹介してもらうことになってるんだ」少年が手を振った。「生マッチと話すんだよ。すげえと思わない？」

思う思う、とぼくはうなずいた。

「それはそれとして、ジャニーズに入りなって。悪いことは言わない。君は……」

「考えてみるよ……ちょ、待てよ」少年が鋭い目で見つめた。「オジサン、あんた誰なの？　何でそんなわかったようなこと言うわけ？」

「松尾俊介っていうんだけど、名前なんか聞いても意味はない。ぼくはその他大勢の一人に過ぎない。君とは違うんだ」

「……どういう意味？」

「背負ってるものが違うってことだ。ぼくは君みたいに、時代の代名詞になれるような男じゃない。いい悪いの話をしてるんじゃないんだよ。それぞれ役割がある。君は君の役割をまっとうすればいい。頑張れよ」

「……はあ」

わかったようなわからないような顔で少年がぼくを見つめた。タクヤ、と背広の男が少年を呼ぶ。

そうだろう。そんなことはわかってた。じゃあ、と手を振ってぼくはその場を離れた。

3

その後、『赤いスイートピー』は順調に売れていった。予定通りイエロープードルはいくつかの歌番組に出演していたが、その効果もあったのだろう。番組のオンエア翌日にはテレビを見ていた人たちがレコード店に殺到するという現象が起きていた。

二〇一四年においてもそうだと思うが、一九八一年にはもっとダイレクトな形でテレビ出演がレコードの売れ行きに影響を与えているようだ。わかりやすい時代ということなのだろう。

『ザ・ベストテン』側はチャートインしていたイエロープードルに対し、翌週からも出演してほしいとリクエストしてきたが、レコーディングで多忙のためという理由をつけて小夜子はそれを断った。急激な露出は避けたいという思いもあったのだろうが、忙しいのも本当だった。十月末に発売する予定の三曲目のシングルに入れるAB面二曲のレコーディングもしなければならないし、十二月に出すことになっているファーストアルバムのこともある。今野たちに課せられた仕事量は半端じゃなかった。相庭室長からは死ぬほど叱責され、小川部長は歌番組への出演を泣訴したが、とにかく時間がないんですと言って押し切っていた。

ただ、まったくプロモーション活動をしなかったかというとそんなことはなくて、数本のラジオ番組に出演して『赤いスイートピー』を歌い、次のシングルである『ＴＳＵＮＡＭＩ』のサビだけを披露したり、あるいは雑誌のインタビューなども受けた。

小夜子は派手なプロモーションよりもそういう草の根的なやり方を好んだが、常にスタッフに言っていたのはイエロープードルを消耗品にしたくないということだった。一過性のブームではなく、十年、あるいはそれ以上の長期にわたる戦略を考えていたという意味で、なかなか腰の据わったディレクターと言えるのではないか。

コミュニケーション不全の気がある今野とりりこはテレビに出てもうまく自分を表現できない、という実際的な問題もあったのだろう。そしてその判断は正しく、情報が小出しにしかされなかったため、逆に多くの人たちからの期待感は膨れ上がる一方だった。

『赤いスイートピー』はオリコンチャートで最高二位まで上がり、その後やや失速したが七位前後をキープしていた。『世界に一つだけの花』もトップ二十位に入っている。そのタイミングでサードシングル『ＴＳＵＮＡＭＩ』は発売された。十月三十一日のことだった。

ＡＭ、ＦＭ各ラジオ局はその日の朝から何度となく『ＴＳＵＮＡＭＩ』をかけまくった。ぼくの時代でいうところのヘビーローテーションだ。朝昼晩深夜と時間帯に関係なく、あらゆる番組が『ＴＳＵＮＡＭＩ』を流し、アナウンサーやディスクジョッキーたちは名曲だと賛辞の嵐を浴びせた。見つめ合うと素直にお喋り出来ない、という歌詞を何度聞いたか、ぼくもわからない。

リスナーからのリクエストも殺到し、他にかけるものがないのでＢ面の『Automatic』を流す番組も少なくなかった。これもまた反響を呼び、どっちがいい曲かアンケートを取ったニッポン放送の昼帯の番組には数千本の電話がかかってきたという。

小夜子のアシスタントである野口や大沢は〝フィーバー〟という言葉を使ってその現象を表現していたが、確かにそうだった。『TSUNAMI』は熱狂的に支持され、誰もがレコード店に走った。発売三日で初版プレスの三十万枚を売り切り、追加プレスは五十万枚という前代未聞の発注数になった。

「松尾ちゃんの曲はどれもいいけど、これはホントに、掛け値なしに完全な曲ね」

是枝部長が五十万枚という数字を決めた日の夜、小夜子に会うためにマウンテンレコードに来ていた鷺洲は、会議室で『TSUNAMI』を改めて聞きながらすすり泣いた。

「あなたは音楽の神だわ。ミューズよ。日本の、ううん世界一の作曲者。あたし、日本でトップのクリエーターは桑田佳祐だと思ってたけど、それは間違い。松尾ちゃんは桑田を超えたわ」

大量の涙と鼻水を垂らしながら握手を求めてきた鷺洲に、そんなことないですよとぼくは言った。本心だった。

鷺洲に言われるまでもなく、曲の完成度についてはマウンテンレコードはもちろん業界の関係者すべてから絶賛されていた。小夜子の元には他のレコード会社のディレクターたちから今野への作詞作曲の発注が山のように来たというが、もちろんすべて断っていた。

発売一週間後、オリコンチャートが発表され、『TSUNAMI』は第一位になった。是枝部長はミリオン宣言をし、相庭室長は自分の指示で作った曲だと社の内外に吹聴して回った。みんな少しおかしくなっていたのは否めない。

『世界に一つだけの花』も『赤いスイートピー』も素晴らしい楽曲だったが、『TSUNAMI』はイエロープードルの代表作になるだろう、というのが世評だった。評論家などの中には、過去十年あるいは今後十年、つまり八〇年代を象徴する一曲になるだろうという者もいた。

セールスはもちろんだが、音楽性の高さを評価されたことに小夜子や鷺洲、係わっているスタッフはみんな喜んでいたし、ぼくもそうだったが、開き直った言い方をすればそれも当然なのかもしれないという思いもあった。

『TSUNAMI』はサザンオールスターズの代名詞的存在の曲であり、桑田佳祐にとっても決定版的な一曲ではないだろうか。メロディラインの素晴らしさはできた時からスタンダードであり、傑作としか言いようのない曲だ。レコード大賞も受賞していたはずで、もしかしたら平成以降最も多くの人が口ずさんだ曲かもしれない。その意味で、一九八一年だろうと何だろうと、受け入れられないわけがないと思っていた。いい曲はいつ、どんな時代においてもいい曲なのだ。

一応、桑田さんに申し訳ないという気持ちはあったのだが、ここまで来ると勢いというもので、行けるところまで行ってみようかという気持ちになっていた。売れるというならどこまでも売ってみようじゃないの。しかもB面は『Automatic』だ。これまた平成で最も売れたアルバムを作った宇多田ヒカルのデビュー曲なのだ。

ぼく自身、二〇一四年に戻りたいという気持ちは少し薄れていた。八一年に生きている限り、ぼくは無敵のクリエーターになれる。小室哲哉より凄い存在になるだろう。どこまでやれるか、興味が湧いてきていた。

『TSUNAMI』効果は大きく、翌週のオリコンチャートでも首位を取ったのはもちろんだが、

『赤いスイートピー』は四位に、『世界に一つだけの花』は九位にそれぞれランクアップしていた。寺尾聰でも三曲同時のオリコンチャートインはなかったというから、イエロープードルの勢いは過去最大級のものかもしれなかった。

4

『TSUNAMI』が二週連続でオリコン首位を獲得し、更に勢いが加速している状況の中、小夜子を中心に鷺洲、今野、りりこ、そしてぼくの五人で赤坂のホテルニュージャパンに集まり、次のシングルについての会議を開いた。

「問題があります」冒頭、いきなり小夜子が言った。「四枚目のシングルなんですけど、ちょっと今までとは話が違ってきています。慎重に考えなければならないでしょう」

ぼくたちはうなずいた。『TSUNAMI』に関して、是枝部長は早い段階からミリオンになると怒号していたが、これは一種の景気づけのようなもので、ざっくり言えば〝そうなったらいいよね〟的意味合いの発言だった。だが現実には予想を遥かに上回る勢いで『TSUNAMI』は売れており、もはや社会現象と言ってもよくなっている。ミリオンどころかダブルミリオンも十分考えられた。

売れているのはいいことだが、売れ過ぎるのはどうか、というのが小夜子の発言の真意だった。イエロープードルのイメージは『TSUNAMI』一色に染まったと言っていい。次に発売される曲には世間の注目が集まるだろう。

どんな曲を出しても、おそらく『TSUNAMI』より売れることはない。世の中というのは怖いもので、そうなればイエロープードルは落ち目だとかつまらないことを言う人間も出てくるだろう。慎重に考える必要があるというのは、そんな世間の評価を跳ね返せるような曲を出さなければならないという意味だった。

とはいえ、作業としては同じ手順を踏まなければならない。イエロープードルの場合、曲は新たに作るのではなく、ぼくが提供した楽曲の中から選ぶということになる。例によって録音していた二十数曲と新しくぼくが思い出した何曲かを歌ったりして、その中からベストの一曲を選択するという流れだ。『TSUNAMI』のハードルは高い、というのが全員の率直な感想だった。

ぼくが提供した曲に共通することだが、すべて名曲と言っていい。だが『TSUNAMI』を超えるインパクトがあるかと言われると何とも言えない。曲選びが難航するのは当然だった。

「松尾さん、どうですか？　何かこれは、という曲はありますか？」

小夜子がぼくに話を振った。なくはないです、と答えた。

「あのですね……『LOVEマシーン』はどうかなって思ってるんですよ」

抱えていたギターでイントロをかき鳴らす。その曲ですか、と小夜子が額に指を当てた。

「メロディとしてはそんなに斬新じゃないかもしれないですけど、キャッチーな楽曲だと思うんです」ぼくは最初のフレーズを歌った。「勢いがあって明るい曲だから、今までのイエロープードルのイメージを破るっていう意味ではふさわしいんじゃないかなって」

「松尾ちゃんご推薦ですか」鷺洲が小さく笑った。「珍しいじゃない、そんなに強く薦めるなんて」

その通りで、ぼくは今まで楽曲のセレクションについて自分の意見を主張したことはなかった。一九八一年に何が受けるのかわからないというのがその理由だ。

ただ、ぼくもさすがに少しは学ぶところがあった。要するにいい曲は普遍なのだ。二〇一四年になっても歌われているスタンダードな名曲は一九八一年でも十分に通用する。それがわかったので、自分の意見を言う気になっていた。

「元気なメロディではあるよね」鷺洲がソファに寝っ転がりながら煙草をふかす。「でもさ、はっきり言うけど、この曲ってショッキング・ブルーじゃない？　ヴィーナスでしょ？」

「ヴィーナス？」

「ショッキング・ブルーの曲よ」

「ショッキング・ブルー？」

聞いたことのない名前だ。それはバンド名なのか？

「どこだっけ……アメリカじゃないよね。イギリスだっけ？」

鷺洲が顔を向けると、オランダですと小夜子が即答した。七〇年に日本で大ヒットしましたと知識を披露する。あんたホントにそういうこと詳しいよね、と苦笑いした鷺洲が足を投げ出した。

「聞いたことあるでしょ？　死ぬほど売れたもん」

「すいません、正直、聞いたことないんですけど……」

いいんだって、と鷺洲が苦笑の苦みを濃くした。

「パクリが悪いなんて言ってるんじゃない。そんなこと言いだしたらきりがないもの。誰だって何かしらに影響を受けて曲を作ってる。京平センセーなんか確信犯だわ。ただ、今のイエロープードルにヴィーナスをやらせるっていうのはどうかなって。イメージが違い過ぎない？」

そこは考え方の問題でしょうけど、とぼくは腕を組んだ。一九八五年生まれのぼくにとって、同世代の男の子がみんなそうであったように、モーニング娘。は衝撃的な存在だった。おニャン子クラブに間に合わなかったぼくたちはこれといったアイドルに巡り合っていなかったが、ドキュメンタリー風にデビューまでの経緯を逐一放送する『ASAYAN』によってまったく新しい展開のアイドルを目の当たりにしていた。

CD五万枚を手売りで完売できなかったらメジャーデビューはさせない、という設定は今から思えばかなりあざといテレビ的な手法だったが、当時は斬新なものと言えた。テレビで毎回与えられる障害を乗り越えていこうとする彼女たちの必死さをぼくたちは応援するしかなかったのだ。

個人的なことを言えば、ぼく自身はそれほどはまることなくモー娘を卒業していったのだが、それこそ人生を懸けて彼女たちを追いかけ続けた同級生は何人もいる。過去、世代によってさまざまなアイドルがいただろうが、ぼくたちの時代においてそれがモー娘だったのは間違いのない事実だ。ぼくが『LOVEマシーン』をいつもより強く推したのは、あの頃の仲間たちに対するノスタルジーだったのかもしれない。

「あの……」珍しくりりこが手を挙げた。「あたし、歌詞の意味がよくわかんなくて……〝あたしゃ本当ナイスバディ〟？　ナイスバディって何ですか？」

「それはつまり、その……スタイルがいいってことで」

「〝恋のインサイダー〟っていうのは？　歌詞の中に〝モーニング娘もウォウウォウウォウウォウ〟って出てきますけど、そもそもモーニング娘って何ですか？」

「詞が……乱暴っていうか……松尾さんらしくないような」今野が苦悶の表情を浮かべる。「こんなに……思いついた言葉をばらばらと並べるような……今まではなかった手法で」

そうじゃないんだ、とぼくは主張した。

「言葉を整えて詞を作っていくのは重要なことだけど、それだと表現できないことも出てくる。情景を説明したり、心情を切々と訴えるのも必要だろうけど、もっと生なワードでストレートにメッセージを伝えるべきなんじゃないかな」

「……あまり直接的な表現っていうのは……どうなのかなと……」

「そう考えるのは常識に囚われているからだよ。大衆は音楽にそういうものを求めている。まだ気づいていないだけで、いずれはっきりわかる時が来る。ぼくたちがその方法論を始めてもいいんじゃないか？」

言いながら自分の言葉の説得力のなさにちょっと笑えた。つんく♂という人がどこまで考えていたのかぼくにはわからない。今野の言う通り、思いつくままに詞を書いているのかもしれなかった。一九八一年だと美しくないと思われるのは仕方のないところなのだろう。松尾さんには申し訳ないんですけど、と小夜子が結論を下した。

「たぶん、新し過ぎるんじゃないかって……松尾さん、時々そういうこと言いだしますよね？悪いって言ってるんじゃないんです。ただ、今のイエロープードルがそこまで冒険をすることはないんじゃないでしょうか」

すまんつんく♂、とぼくは心の中で詫びた。あんたの楽曲は早過ぎた。二十年待ってくれ。ぼくが必ずあんたの曲を世間に認めさせてみせるから。

「それじゃ、どうします？」

『ＬＯＶＥマシーン』はあっさり引っ込めることにしたが、ではどうしろとおっしゃるのかとぼくは問いかけた。全員が唸った。数時間かけて楽曲を比較検討したが、結論は出なかった。話し合いは煮詰まり、結局最後は小夜子に任せるということになった。疲れ果てたぼくたちに、もうひとつ伝えておきたいことがあるんですと小夜子が言った。

「何？」

鷺洲が濃い水割りを作りながら聞く。ＮＨＫから話が来てるんです、と小夜子があまり明るいとは言えない声を上げた。

「今年の紅白歌合戦への出場を考慮してほしいと……完全に決め打ちということじゃなくて、あくまでも内々の打診という感じなんですが」

「ふうん」鷺洲が満足げにうなずく。「当然って言えば当然よね。そりゃそういう話も来るでしょうよ」

「もうひとつあるんです。レコード大賞の候補にもしたいとＴＢＳから連絡がありました。新人賞ということなのか、それとも他の賞なのか、そこまでは先方もはっきりしたことは言わないんですけど……」

「そりゃあねえ、もらえる物は何でもいただいておいた方がいいと思うけど」どうなんだろうね、と鷺洲が天井に向かって煙を吹いた。「今年はさあ、『ルビーの指環』で決まりでしょ？　石原プロだもん、そりゃ力もあるって。別にいけないって話じゃなくて、本当に凄かったもんね、寺尾聰旋風は……」

「新人賞っていうのも……」小夜子がうつむく。「だいたい、イエロープードルは厳密に言ったら去年デビューですから。仮に資格があったとしても、近藤真彦には勝てないでしょうし……」

それが事務所の力というものなのだろう。どんな業界だって政治力は働くのだ。

「それに、紅白にしてもレコ大にしても、わたしとしてはあまり意味を感じないっていうか。もちろん権威があるのはわかってます。でも、イエロープードルが目指す場所とはちょっと違うような……少なくとも紅白に出るために、レコ大を取るためにやってるわけじゃないのは確かですし」

「だけど、会社は？　あんたの上司は死んでも出ろとかって訳のわかんないことを叫びだすんじゃないの？」

そうなんですよね、と小夜子がテーブルに肘をついてため息を漏らした。やれやれ、と鷺洲が水割りを口に含む。今野くんたちはどうなの？　とぼくは聞いた。

「……別に」

「小夜子さんと同じです。出たいかって言われると、そんなでもないっていうか……」

どっちでもいい、というのが二人のスタンスだった。今野もりりこもいわゆるハングリー精神には欠けている。紅白歌合戦にしてもレコード大賞にしても、これ以上ないビッグチャンスなのではないかとぼくなどは思うのだが、どうしても出演して今以上にレコードを売ってやる、みたいな欲はないようだった。

「正式に話が来るのはどちらも数日後だということです」小夜子が両腕の肘をテーブルにつけたまま言った。「あくまでも出演交渉があった場合受けてくれますかって探りを入れてきている段階なんで、ちゃんと決めるのはそれからでもいいんですけど」

ご飯食べない？　と鷺洲が言った。つきあいます、とぼくは立ち上がった。

5

イエロープードルについての大会議が開かれることになったのは、十一月最初の金曜日だった。十一月中に四枚目のシングルを発売する方向で全社が動いていたが、年内に出す予定のアルバムやその他来年の活動に関して各部署から問い合わせが相次いでおり、どうせなら社長から役員から全員顔を揃える場で話し合った方がいい、という相庭室長の指示によるものだった。

シングル、アルバムについて、リリースすることは決定事項だったが、どんな曲なのかということについてはまだ決まっていなかったので小夜子も相庭に話していない。報告連絡相談というホウレンソウ理論を唱える相庭室長としては、それもこの際はっきりさせたいと思っているようだった。

他にもいくつか会社の判断を仰ぐべき案件もあったし、小夜子も会議を開くことを了解していた。もうイエロープードルは小夜子が担当する一アーチストではなく、マウンテンレコード社にとって最重要とまでは言わないが、それに近い存在になっていたのだ。

「いくつか検討事項があります」円卓会議室に集まった社長以下数十名を前に進行役を務めたのは、前回と同じく相庭室長だった。「とりあえずわかりやすいところから始めたいと思うんですが……確認になるんだけれど、四枚目のシングルは十一月三十日の発売でいいんだな？」

「そのつもりで進めています」答えを促された小夜子が立ち上がった。「ただ、候補として複数の曲が挙がってます。絞り切れていないのが現状です。『ＴＳＵＮＡＭＩ』の売れ方はわたしたちスタッフの想定を遥かに超えています。次のシングルは大変重要になるでしょう。慎重に考慮したいと……」

「それはお任せしますがね」相庭が目の前でボールペンを振った。「期日は守ってくださいよ。年末商戦が絡んでる。出ませんでしたじゃ済まないんだ」

「わかってます。努力します」

「努力じゃ困るんだ」相庭が鋭い目で小夜子を睨みつけた。「毎回言ってるが、そんなのは当り前だろう。求めてるのは結果だよ。会社が要求しているのは……」

まあまあ、と是枝部長がなだめるように言った。

「制作がそう言ってくれるのはありがたいですよ。販売としては月の売り上げが大きくなるわけですから。だけど、何が何でも無理してくれと言うつもりはない。今期について言えば予算はクリアしてるんです。十二月になったとしても、それならそれで構わない。一週間や二週間遅れたとしても、その時はこっちでカバーしますすよ」

「間違いないね？」相庭の目が光った。「今のは販売の公式な見解？」

まあそうです、と是枝部長がちょっと冷めた口調で答えた。制作のフォローをしたつもりだったのに、それを言質《げんち》として発売日が遅れた場合、販売の責任にしようとする相庭の言い方に白けてしまったようだ。どちらがクリエイティブなのかよくわからない。

「シングルはいいとして、アルバムなんだが」相庭が咳払いをした。「年内でいいな？　十二月発売？　日程は？」

「シングル発売の翌週でどうかと……早くても十二月の第二週になりますが」

小夜子が手帳のカレンダーを見た。正確な日程は出ないのかと相庭は不機嫌な様子だったが、あまり深追いはしなかった。では次に、と資料をめくる。

「来年の展開なんだが、大ざっぱな方針は聞いてるが、どんなものなのか他部署にも説明してくれ」

「十二月のアルバムがポイントになると思っています」座り直した小夜子が男のように指を一本立てた。「新たに作る未発表曲をメインに、トータル十数曲になる線で調整しています。詳細は今詰めていますが、そのアルバムでツアーを組むつもりです。全国で二、三十カ所ぐらいの規模になるのではないかと」

「ツアーね……どうしてそういうことやりたがるんだろうなあ」相庭がぼやいた。「正直、会社的にはメリットないんだがね。まあ、いいでしょ。地方を廻るのもプロモーションだ。事務所と話してうまいことやってくれ。東京はどうする？」

「東京なんですが……武道館にチャレンジしてみてはどうかという話が出ています」

武道館、と会議室全体がざわめいた。ぼくは前から小夜子がその方向で各方面に働きかけているのを知っていたから驚きはしなかったが、やはり武道館というのはレコード会社の人間に対して強い磁力を持っているのだろう。全員が姿勢を正したのがわかった。

「……可能なら二日連続でと」

小夜子の言葉に、ほお、という声がいくつも上がった。まだ東京ドームはこの時代にない。常識的に考えると、武道館というのがコンサートをやるには最も大きな会場だ。

ぼくたちの時代になると、武道館2DAYSや3DAYS、あるいは全国の野球場を廻るドームツアーというのもそんなに違和感がなくなっていたが、一九八一年に二日連続の武道館コンサートというのはなかなか珍しいようで、インパクトは大きかった。

いいねいいね、と全員がフェイスブックのようにテーブルを叩き、やるよねえ、と是枝部長がIKKOさんみたいな発言をした。この人は大きいことはいいことだ思想の信奉者なのだ。

「宣伝と思えば悪くない」珍しく相庭が素直にうなずいた。「どうですかね、皆さん?」

反対意見は出なかった。確かに、事前の準備さえ間違いなくやっておけば、今のイエロープードルの人気なら二日ともガラガラの客入りということは考えられない。そして利益のためではなく宣伝のためなのだと思えば負ける要素は少なかった。

「活動の方向性はわかった」相庭がテーブルを叩いた。「それはそれでいい。で、五枚目のシングルはどうする? セカンドアルバムは?」

「八月から十月で、三枚のシングルをリリースしました」小夜子が左右に目をやる。「十一月にはもう一枚出します。十二月にはアルバムです。集中して出したのは戦略で、それは当たったのではないかと……ですが、いつまでも続けられるものではありません。無理なスケジュールを押し付けて、イエロープードルの二人はもちろんですがスタッフも疲弊しています。今野くんの喉の調子も今ひとつで、休養が必要です。アルバムを出したら、その後半年ほどレコードは出さないつもりです」

ふうん、と相庭がつまらなそうにつぶやく。準備期間を設けたいんです、と小夜子が前のめりになった。

「イエロープードルはマイナスからのスタートでした。世間に認知してもらうためには無茶をしなければならなかった。ですが、目標は達成されました。これからは一曲一曲のファンというより、イエロープードルというアーチストのファンを増やすべき時期ではないかと……勢いだけでは長もちしません。一度立ち止まっていろんなことを整理したいんです」

それはしばらく前から小夜子がぼくたちスタッフに言っていたことだった。野口や大沢もそうだが、小夜子自身、日曜も祝日もなしに働き続けている。鷺洲やスタジオミュージシャンは、極論すれば仕事がある時だけ来ればいいのだが、小夜子はそうもいかない。会社員という立場もある。

変な話、相庭制作室において小夜子は三十歳にもかかわらずお茶くみをやらされていた。ディレクターの中で一番若いということもあったし、それ以上に女性社員が一人しかいなかったためでもある。二〇一四年なら裁判ざたになる可能性もある話だが、この時代では誰もが当然だと思っていた。小夜子自身でさえそうで、率先してお茶を注いで回ったりすることさえあったのだ。

そういう雑用も含め、会議や精算業務などクリエイティブ以外の拘束時間が異常に長いのも事実だった。もちろんイエロープードルのケアや事務所との話し合いなどもある。誰よりも小夜子がぎりぎりのところにいた。

当然だが、イエロープードルの二人だって疲れている。りりこはまだしも、今野にかかる負担は大きい。一回リセットしなければならないと、このところ小夜子は言い続けていた。

「そりゃいいけどさ」相庭が顎の先を撫でた。「じゃ、お前は何をするんだ?」

会議室に緊張が走った。相庭の口調がオフィシャルなものでなくなっていた。感情がもろに声に出ている。

「わたしは……コンサートの構成であったり、バックミュージシャンの手配とか……」

「そうじゃなくて、会社に対して何をするのかって聞いてるんだ」相庭が鼻から荒い息を吐いた。「コンサートでも何でもやれよ。それも仕事の一環だ。だけど、うちはレコード会社なんだぞ？イベンターじゃない。百回コンサートをやったって、会社には一円も入らん。半年遊んで暮らす？　羨ましいね、あやかりたいよ」

「そういうことでは……」小夜子の表情が硬くなった。「遊んでいるわけではありません。他にこんな短いスパンでシングルを切り続けたアーチストがいますか？　四カ月で四枚のシングルと一枚のフルアルバムを作っているんです。休みたいなんてひと言も言ってません。ただ、常識的なスタンスに戻したいと思っているだけで……」

「アーチストの話なんかしてないよ。あいつらのことはいい。だけどお前はディレクターで、社員なんだ。売り上げを立てられない奴はディレクターとは言わん。どうするつもりだ？　お前が今持ってるアーチストはイエロープードルだけだ。あの二人がレコードを出さないとしたら、お前の来年上半期の売り上げはゼロだぞ？　そんな話が通ると？　給料はいただきますけど、レコードは作りません？　おいおい、勘弁してくださいよ」

小夜子の顔から血の気が引くのがわかった。小夜子が現在担当しているアーチストがイエロープードルだけなのは小夜子の問題ではなく、そのように決めていった相庭の責任が大きいはずだ。相庭は小夜子のことを嫌っており、仕事を干すつもりでそうした。窓際族にするか、もしかしたら辞めさせることまで考えていたのかもしれない。実際、そうなりかけていたと聞いている。だがレコード業界の恐ろしいところで、瀬戸際から小夜子は満塁ホームランを打った。しかも超特大の一発だ。相庭もその功績を無視できない。

逆に、それなら搾れるところまで搾り取ろうと考えたのだろう。小夜子をこの会議の場で責め立てているのは、イエロープードルにどんどん新曲を作らせたいからだ。売り上げを増やして、相庭制作室の業績をアップさせようと画策している。

「どっちなんだ？　給料泥棒と言われるか、レコードを作るのか。はっきりしてくれよ」相庭が持っていた資料を丸めて小夜子に突き付けた。「いいか、会社は大学生のサークルじゃない。利益を追求し、生み出すのが社員の義務なんだ。疲れただ？　そんな泣き言がまかり通るほど世の中甘くないんだ。お前みたいな社員ばっかりじゃ、明日にでも会社は潰れちまうよ」

「ですが……」

「予算ってものがあるんだ」相庭が重々しい口調で言った。「お前はこの半年、よく働いた。うちの制作室がどうこうじゃなく、会社全体の売り上げが前年度比百四十パーセントアップで推移しているのは、イエロープードルが売れたことも大きな理由だ。そんなことはみんなわかってる。評価しようじゃないか。だが来年は更にその上を目指さなきゃならん。会社っていうのはそういうものなんだ」

救いを求めるように小夜子が周囲を見た。同情するようにうなずく者もいたが、数字を盾に発言する相庭の論理には抗えないと思っているのもわかった。

「連続リリースが無理だっていうのはわかる。どこかで続かなくなるさ。通常のタイミングで出すように切り替えていけばいい。だけど半年間何もなしっていうのはあんまりじゃないか？　シングルぐらい作れよ。春でいい。そこから先はワンシーズン一枚ってところか？　一年後にはアルバムも出せ。それだって他のディレクターと比べたらずっと少ない枚数なんだぞ」

「イエロープードルはロボットじゃありません」小夜子がほとんど聞き取れないほど小さな声で言った。「作れと命令して曲ができるなら、誰も苦労しません。いい曲を作るのがわたしたちの仕事です。そのためにはある程度の時間が必要ですし、環境だって整えなきゃならないでしょう。それは室長だってわかってるはずでは？」

「いい曲じゃない。売れる曲を作るのがお前の仕事だ」相庭が薄笑いを浮かべる。「どうやってでも作れよ。上手くやれって。なだめすかして曲を書かせろ。今野はお前の言うことは聞くって話だ。どういう関係か知らないが、従ってくれるのならそれでいい。曲を作らせろ」

「おっしゃってる意味がわかりません。わたしの意見を尊重してくれているのはその通りですが、何でも言うことを聞くということではありません。今野くんには今野くんの意思が……」

「じゃあ寝ろよ」相庭が乱暴に吐き捨てた。「お前にできるのはそれぐらいだ。たまたま売れたから大きな顔をしているが、お前がこの五年間無駄飯を食ってたことはみんな知ってるんだぞ。お前があの二人を見つけてきたのは運が良かったからで、能力があるわけじゃない。他にもディレクターはいる。いつだって替えることはできるんだ」

明らかなセクハラでありパワハラだったが、一九八一年にそういう概念がないことをぼくは知っていた。社長や役員が出席しているオフィシャル度の高い会議の席上でそんなことを発言しても、誰も相庭を止めようとはしない。たかだか三十数年前の日本はこうだったのだ、とぼくは嫌な気持ちになった。いや、もしかしたら二〇一四年においてもそれは同じなのかもしれない。

「どうなんだ？　黒川。できないか？　できないんだったら今ここで言ってくれ。制作室長として、優先されるのは売り上げだ。できないのならできる奴にイエロープードルを担当させる。レコードが出せないと言うのなら、それはレコード会社の社員じゃない。ましてやディレクターなんて――」

「ちょっといいですか」

後ろで声がした。振り向くと、吉田が立っていた。

「室長、売り上げを重視するべきだというのはその通りです。ぼくたちはレコード会社の人間で、レコードを作って売るのが仕事です。ですが、黒川をディレクターから降ろすとおっしゃるのはどうでしょうか？」

相庭が唇を曲げて笑った。吉田が発言するのを待っていたようだった。小夜子を責めていれば、弁護に立ち上がるとわかっていたのだろう。歪んだ笑みに、はっきりと邪悪な意志が混じっていた。

「吉田課長、そうは言ってませんよ。ただ、レコードを作れないというのはディレクターとしてどうだろうということで……」

「待ってください。黒川は二年前にイエロープードルを見つけてきました。それからずっと担当している。育ての親と言ってもいいでしょう。二人が優れたアーチストだというのは、社内でも多くの人間が認めていたことです。確かにデビューシングルは思っていたほど売れませんでした。ぼくの責任でもあります。あの時、黒川はぼくのチームにいましたからね。それは反省していますが、長い目で見れば期待できる何かを持っているアーチストだったんです」

「何がおっしゃりたいんです？」

「黒川とイエロープードルを冷遇したのは会社だってことですよ」吉田がさらりと言った。「予算もつけなかった。宣伝もしなかった。全国のライブハウスを廻って一から始めてもよかったはずですが、そんな金はないと反対したのは確か……」

「覚えてないな」相庭が鼻をこする。「そんなこと言った奴がいたのか？」

苦笑した吉田の表情が、誰がそう言っていたのかを物語っていたが、誰でもいいんですけど、と話を続けた。

「上の立場の人間がそういう姿勢だとわかれば、他部署も動けないですよ。どうにもならなかったが、黒川は諦めなかった。会社中を説得して回り、ようやくセカンドシングルを出すところまで漕ぎ着けた。今野くんに『世界に一つだけの花』を書かせたのも黒川です。イエロープードルをそこまで持っていったのは黒川の力ですよ。二人を育てたのは黒川で、他の誰でもありません」

「おっしゃる通りだ。認めてますよ」

「イエロープードルの二人も黒川を信頼している。現場のスタッフや外部のミュージシャンなんかもだ。黒川がいなかったらこうはならなかったとわかっている。そんな彼女を外すなんて、冗談でも言っちゃいけないんじゃないでしょうか？」

「先輩に失礼なことを言うようですがね」相庭が粘っこい口調になった。「申し訳ないが、吉田さんの言ってるのは感情論ですよ。昔からそうだ。あなたは音楽ビジネスのことを何もわかっちゃいない」

「……そうでしょうか？」

「黒川に限らないが、ディレクターが頑張ったとか努力したとか、そんなことはどうでもいいですよ。金の卵を発掘し、育て、売れる曲を書かせるのがディレクターの義務じゃないですか？現場ディレクターに問うべきなのは結果ですよ。利益を出したかどうか、その一点だけが評価の対象です。頑張ったから花マルをあげるっていうのは小学校の先生だけでいいんだ」

「いや、それは……」

冗談ですよ、と相庭が社長たちの方を向いて肩をすくめた。

「イエロープードルが優れたアーチストだというのはそれでいい。だが、本当の意味で優れたアーチストっていうのは、金を稼いでくれるかどうかってことですよ。高い音楽性を持っていても売れないアーチストはごろごろいる。そんな奴らを自分はクソだと思いますね。イエロープードルは巨額の利益をもたらしてくれるでしょう。だったら書かせればいいじゃないですか。それがディレクターの仕事でしょ？」

「その通りではあるんですが……」

「おっしゃりたいことはわかりますよ。彼らは人間だ。機械じゃない。そういうことでしょ？命令すれば曲ができるわけじゃないと？　そういうところもあるでしょう。そんなことは百も承知だ。だが、そこを何とかしてほしいと言っているんだ」相庭が蔑むような笑みを浮かべた。「書けないとあいつらは言うだろうさ。何も出てこない、メロディが浮かばないと。だが、そんなのは甘えだ。わかるよと肩を抱いて慰めてほしいだけなんだ。それは違うだろう。ディレクターならどうにかするべきだ。何をしたっていい。どんな手を使ってでも曲を書かせろ。そういう仕事なんだ」

「……しかし……」

「吉田課長はきれいごとばかり言っているが、世の中そんなに甘いもんじゃない。アーチストだ何だと言っているが、あいつらは世間のことなど何もわかっちゃいない。常識もない。たまたま音楽を作る才能があるだけで、本質的には社会に不適応な人間なんだ。まともじゃない。そんなことはみんなわかってる。あえて言うが、奴らは頭がおかしいんだ」

「それはちょっと……」吉田の顔に朱がさした。「言い過ぎではないでしょうか」

「そうじゃないか？」相庭がテーブルを強く叩いた。「だから悪いなんて言ってるわけじゃない。そういう奴らなんだってことを認識するべきだと言っている。曲作りのためにあいつらが何を言ってくるかはわからん。無茶苦茶なことも言うだろう。応じればいい。何でもして、曲を書かざるを得ないところまで追い詰めろ。曲を作り、レコードを出す。売り上げを立て、利益を出す。それが我々の仕事だ。前から思っていたことだが、君はそういう当たり前の努力を怠っていないか？　芸術家じゃないんだぞ。評論家がどれだけ支持したって、売れなければ何の意味もない」

「そういうつもりでは……」

「君がここ数年ヒット曲を出していないのは、アーチストを限界まで追い込んでいないからじゃないか？　人格を尊重するのは結構だ。人間同士対等に向き合いたいというのもわかる。だがそれは逃げだ。その方が楽だからそんなふうにしているだけだ。我々が求めてるのは芸術作品じゃない。売れる曲なんだ」

吉田が黙り込んだ。二人の間に確執があるという話は聞いていた。吉田は相庭の一年先輩で、過去には数々の大ヒット曲を出している。芸術家肌の吉田の音楽に対する姿勢は、他社のディレクターたちからも憧れの的になっていたという。

ただ、予算管理やスケジュール管理ができない性格だった。異常なまでにサウンドに凝り、何百時間もスタジオに籠もってオーバーダビングを繰り返したり、一音の音源のためにヨーロッパ中を廻って捜したこともあったそうだ。発売日の遅延もしょっちゅうだった。

それに対し、予算の削減と徹底的な納期のコントロールをしていた相庭の方が、会社としては確実なディレクターという判断があったのだろう。相庭が年次を超えて吉田の上に立つようになったのはそういう経緯があったからだ。

だが、現場ディレクターたちは吉田の方を尊敬し、吉田のようなスタイルでの曲作りを志向する者も少なくないと聞いている。相庭としてはコンプレックスもあったのだろう。先輩だし、実績もあるから強くは言えなかったが、その思いは胸にくすぶっていたに違いない。今回、社長以下役員たちや部課長が勢揃いしている公式な会議の場で吉田をつるし上げるような発言をしたのは、今が潰す絶好のチャンスだと判断したからだろう。

相庭の狙いは、小夜子ではなかったのだ。自分を決して敬うことのない小夜子が尊敬している吉田を、ずっと憎んでいた。いずれ潰してやろうと考えていた。イエロープードルを小夜子から取り上げ、吉田をディレクター失格と決めつける、一石二鳥の好機をずっと待っていたのだとぼくにはわかった。

「もうそんな時代じゃないんだ」相庭がくどくどと言った。「経費は抑えるべきだし、納期は絶対に守らなければならない。吉田課長のやり方が通用したのは五年前までだ。もう丼勘定は許されない」

「わかってます。もちろんぼくもそのつもりで……」

「いや、言葉が過ぎました」相庭が急に口調を改めた。「いくら上司だからといって、先輩に対して言うべきではないことでした。申し訳ありません。ですが、そろそろ現場から外れていただいた方がよろしいかもしれませんね。ヒット曲を出していないディレクターはむしろ……」

小夜子に向き直る。アルカイックスマイルを浮かべながら、お前は吉田課長とは違う、と首を振った。

「従ってもらうぞ。イエロープードルは売れる。誰が見たって間違いない。それはわかってるだろ？　だったら曲を書かせろ。何だっていいさ。レコードを作れ。定期的なリリースは当たり前だ。それがディレクターの仕事だろ？　あいつらを徹底的に使うんだ」

「今野くんもりりこちゃんも、工場で車を組み立ててるんじゃないんです」小夜子が訴えるように胸の前で手を握り締めた。「手順に従って作業すれば曲ができるってわけじゃありません。そんなやり方を続けていけばどこかで壊れます。金の卵を産む鶏の首を絞めるのと一緒です。わたしにはそんなこと……」

「できないっていうんなら、はっきりそう言ってほしいね」相庭が鼻から息を吐いた。「そうおっしゃるのであれば、いつだって代わりのディレクターを立てる。誰がやったって同じなんだ。予算とスケジュールを守れる奴はいくらでもいる。何なら自分がやったっていいんだ。どうする？」

相庭の本音はそれだった。どうする？　と繰り返す。鋭いナイフを喉元に当てられたように、小夜子が立ちすくんだ。

Part9　オネスティ

1

　わたしは、と小夜子が顔を上げた。もともと顔色は白いのだが、緊張のためか青白くさえ見える。降りたくありません、と小さな声で言った。

「イエロープードルはここからがスタートだと……わたしがディレクターでなくなれば……」

「ディレクターがどうしたとかじゃない。社員としての話をしてる」相庭の声が高くなった。「会社に利益をもたらすために働く。それは社員の義務だ。効率を良くするためには冗費をカットし、納期を守るべきだろう。違うか？」

「……その通りです」

「年間計画を立て、スケジュールに則ってレコードをリリースしろ。予算と時間は厳守だ。それができないならディレクターを替える」

　何か言おうとした小夜子の肩に手を置いた吉田が、そのまま強く押して座らせた。

「室長のおっしゃる通りです。我々はマウンテンレコードの社員だ。予算と時間を守り、スケジュールに則ってレコードを出す。それが仕事です。もちろん利益を出すことは最重要課題だ」

「よくおわかりで」相庭が皮肉っぽく笑った。「それなら私が言ってることも……」

「ですが、金儲けのためだけにこのビジネスをやるのはどうでしょうか？」吉田が周囲を見回した。「良質な音楽を作っていくべきです。きれいごとではなく、長い目で見ればその方が利益になるからです。百万枚売れるアルバムを一枚出してそれっきりというより、二十万枚売れるアルバムを十年出し続けることのできるアーチストを育てるべきでしょう。それが健全なビジネスというものでは？」

「……何が言いたい？」

「優れたアーチストを育て、いい曲を作ってもらうためには、時間や経費を惜しんではならないという大原則です。それは一種の先行投資だ。何でもありだなんて言うつもりはありません。ですが、会社の売り上げのために無理な納期を押し付けるのは違うのでは？」

「だから？」

うるさそうに相庭が吐き捨てる。もうひとつ、と吉田が指を一本立てた。

「確かに楽曲制作はアーチストの才能によるところが大きい。ですが、一人でできるものでもありません。ディレクターをはじめ、スタッフの努力や協力が不可欠です。制作だけではなく、実際に売る者や宣伝の力も大きい。全社を挙げていい曲を作るべく真摯に努力する。結果として売れる。当然利益も出せる。そういう形を目指すべきじゃありませんか？　レコードを作るというのは、関係者全員の共同作業でしょう？」

「吉田課長、あなたはそうやってアーチストを育て、レコードを作ってきたのかもしれない」相庭が唸った。「過去の実績は認めますよ。だが、それは古いやり方だ。十年前なら通じたかもしれんが、八〇年代じゃ無理なんだ」

「わかってます。だが、無理やりやらせるようなことじゃない」吉田が強く首を振った。「会社の都合で年度末までに売り上げを立てなきゃならないからとアーチストや制作スタッフを強引に動かしたって、いい音楽は作れませんよ。疲弊するだけです。今のイエロープードルなら駄作を出したって売れるかもしれません。ですが、大衆は馬鹿じゃない。つまらない曲を出し続ければすぐ愛想を尽かす。一年後にはまったく売れなくなるでしょう。それでもいいと？」

「その時はまた新しいアーチストを売ればいいじゃないか」相庭がテーブルを強く叩いた。「あいつらは商品で、使い捨てのできる消耗品なんだ。どうせいつかは才能が枯渇し、時代についていけなくなる。いつまでも抱えてろと？　見捨てるのはかわいそうだと？　そんなセンチな感情で仕事をしているのか？　課長、君はウェット過ぎる。そりゃヒット曲も出なくなるだろう。君の持っているアーチストが最後にヒット曲を出したのはいつだ？　ザ・キューブのシングルが二十万枚ほど売れたことがあったが、あれはもう六年前の話だろ？　それから何をしてた？　部下に理想でも語っていたか？　芸術家のつもりかね？」

相庭の態度や言葉には吉田を蔑む感情がはっきりと込められていた。吉田に対するネガティブな気持ちが見て取れた。ビジネスの方法論がどうこうではなく、相庭は吉田という人間を憎悪しているのだ。

相庭には吉田に対する優越感と、それと同量の劣等感があった。自分の方が社会人としてのルールを守っているという自負、会社への貢献度についての自信はあっただろう。だがアーチストたちやスタッフから認められないという引け目もあった。それらが複雑に混じり合い、吉田を嫌い、批判することでバランスを取ろうとしているのだ。

今日の、今月の、今年度のという短いスパンで利益を上げ続けることによって、相庭は会社内でのポジションを上げていった。先輩の吉田を抜いて室長になった。それでも拭い切れない何かが心の中にあった。どこかで吉田の存在を全否定してやろうと思っていたのだろう。今日がその日なのだ。イエロープードルはひとつのきっかけであり、口実に過ぎない。

社長や役員、各部署の部長が見ている前で吉田をディレクター失格者と決めつけ、辞めさせようとしている。サラリーマンの嫉妬は恐ろしいという。狂気じみた怨念が相庭の中で膨れ上がり、今爆発していた。

「君は六年間、十万枚以上売れた曲を出していない」これは事実なんだ、と相庭が指を突き付ける。「にもかかわらず経費の無駄や発売日の延期などは数え切れない。それはもうディレクターじゃない。趣味でやってるとしか思えん。そうであるなら会社にいる必要は……」

待ってください、と小夜子が立ち上がった。

「わたしたちの仕事ってそんなものですか？　アーチストと一緒に考え、悩み、共に努力する。ひとつの曲を作るために死ぬ気で取り組む。音楽を、いい音楽を作るというのはそういうことなのでは？　アーチストは人間です。使い捨てになんかできません。わたしは彼らと一生つきあっていくことだって覚悟していますし……」

「甘っちょろいことを言うな」相庭が怒鳴った。「感情で仕事をするな。だから女は……もういい。結論から言う。お前を担当から外す。代わりのディレクターを当てよう」

「あんたになんか任せられない！」

あんた、という言い方をした小夜子のセミロングの髪が逆立った。会議室にいた誰もが不安そうに左右を見る。

「あんたには音楽を作るというのがどういうことなのかわかってない。もう何年も現場にタッチしていないくせに」嚙み付かんばかりの勢いで小夜子が前傾姿勢になった。「運と世渡りだけで室長の椅子に収まっているけど、いい音楽とそうでないものの区別すらできない」

「誰に向かって言ってる?」

相庭の鋭い声が響いた。

「売れる曲だけがいい曲だと考えている」小夜子が静かな口調で言った。「あんたがディレクターを務めたアーチストは全員才能を消費して消えていった。みんな知ってることです。目先の利益を出すことには長けているかもしれないけど、長期的に会社の財産になるアーチストを育てたことはない。これ以上アーチストを潰させるわけにはいかない。彼らは人間なんです」

「……ここは会議の場だ」相庭が社長たちに目をやった。「立場をわきまえて発言しろ。私は室長だ。あんたとはどういうことだ? ここは飲み屋か? 給湯室で愚痴を垂れてるOLじゃないんだぞ?」

「わたしは会社員で、マウンテンレコード社二百五十人のうちの一人です」小夜子が言った。「人間ですから嫌いな人もいます。反りが合わない人も。でも、彼らに対する尊敬心はあります。みんなそれぞれ、自分の仕事を頑張っている。だけど、あんたは違う」

「黒川!」

「あんたは無能で、馬鹿だ」小夜子がゆっくりと言った。「音楽のことを何もわかっていない。それだけなら仕方がないで済むけど、余計な口出しをして士気を下げる。むしろ有害です。黙って座ってるなら文句をつける気はありません。でも、これ以上下らないことを言うのなら」

席を離れた小夜子がつかつかと相庭に歩み寄り、躊躇《ちゅうちょ》なく顔を平手で張った。

「何をする！」

凄まじい勢いで摑み掛かろうとした相庭を隣の背の低いオジサンが慌てて止めた。後で知ったが総務部長だった。

「止めなさい、そりゃよろしくない」総務部長が叫んだ。「黒川くんも戻って！　暴力はいかんよ！」

「ストップ」江黒役員が二人を分けた。「熱くなるのはいいが、ちょっとヒートし過ぎだよ。今日はここまでだ。話はまた後日。よろしいですね？　社長」

そうですね、と丸山社長がうなずく。二人とも座って、と江黒役員が命じたが、相庭は総務部長の手を振り払った。

「お前みたいな女に何がわかる！　甘っちょろい理想や夢が通用すると思うなよ。お前なんか芸者と同じだ。にこにこ笑ってりゃそれでいい。それ以上何もできやしない。社会の厳しさなんか何もわかってないくせしやがって！」

相庭くん、と総務部長が囁く。頰を押さえながら、相庭が正面から小夜子を睨んだ。

「覚えておけ。お前はもう終わりだ。今ここで、正式にお前をイエロープードルの担当から外す。これは室長命令だ！　吉田、あんたもだ。制作室から出ていってもらうからな！」

会議室が沈黙した。ぼくにしてみると、それはパワハラだろうと思うのだが、この時代においてはまかり通る発言らしかった。

同時に、小夜子に対してやや批判的な空気も流れていた。いくら何でも馬鹿だ無能だまで言ってはいけないのではないか。そういうことだ。

無言のまま小夜子が会議室を飛び出していった。ぼくはその後を追った。

2

小夜子の足は速かった。夕暮れの青山通りをどんどん走っていく。ぼくも追いつこうとしたが、捕まえた時にはベル・コモンズの近くまで来ていた。

「待ってくれ……息が続かない……」

小夜子の手を摑んだままぼくはアスファルトの道に座り込んだ。見上げると、切れ長の瞳から大粒の涙が溢れていた。

「……言い過ぎた」

子供のようにしゃくりあげる。わからなくもないよ、とぼくは息を整えながら立ち上がった。小夜子が顔を両手で覆う。

「あんな、アーチストの心を無視するようなこと……我慢できなくて……」

うん、と手を握ったままうなずいた。言うべきじゃなかった、と小夜子がつぶやく。

「まあ……殴ったのはまずかったかもしれない」落ち着こうよ、と細い肩に手を置いた。「だけど、いいんじゃない？　言わなきゃわかんないこともあるって。ぼくだって聞いててむかついた。あんな嫌な奴はいない。他のみんなもそう思ってたんじゃないかな？」

「だけど……会社的な力はあるから……」うつむいた小夜子がおぼつかない足取りで歩きだす。「あたしは相庭制作室の一ディレクターで、あの男の部下なのは本当だもの……本気であたしをイエロープードルの担当から外すつもりよ」

「……かもしれないけど」

「あたしのことはいいの」小夜子が立ち止まった。「外されたってクビになったって、その時はその時だけど……でもイエロープードルの二人があの男の利益のために消費され、潰れていくのは耐えられない。それじゃひど過ぎる」

「……うん」

「相庭は言ったことはやる男よ。自分でディレクターをやるつもり。金の生《な》る木だもの、他人には渡さない。そして無理な仕事をさせて二人を駄目にしてしまう……今までもそうだった」

「ジェッタシーとか？」

そう、と小夜子が小さくうなずいた。

「それに……もっと大事なことがある」

「何？」

「あなたのこと」小夜子が目を真っ赤にさせながらぼくを見た。「松尾くんに申し訳なくて……」

「……どういう意味？」

小夜子がぼくの手に冷たくなった手を重ねた。何度もまばたきをしてから、声を絞り出す。

「本当に曲を作っているのは松尾くんよ。あなたは言わないけど、楽しいことばかりじゃないのはわかってる。AメロBメロはもちろん、つなぎのフレーズが浮かばなくて苦しむアーチストを何人も見てきた。古い表現だけど、乾いた雑巾を絞るようなものだって……そこから水滴を一滴でも垂らしてくれってあたしたちは要求する。残酷なことだわ。いつだって、心の中ではごめんなさいって謝ってた」

「いや、ぼくはそんなこと……」

「今はそうかもしれない」小夜子がうなずく。「ストックもあるでしょう。アイデアだって湧くよね。でも、ずっと続けていかなければならない。もし相庭がディレクターになったら、際限なく曲を書けと命令する。松尾くんや今野くんやりりこちゃんの意思なんか関係ない。ただひたすら売れる曲を書けと命じる。他のアーチストに楽曲を提供しろって言うかも……」

「あの人ならやりかねないな」ぼくは言った。「相庭室長にとって音楽は商品で、作詞作曲をする者は機械みたいなものなんだろう。そりゃ機械だったら壊れるまで使うかもしれない」

「松尾くんは人間だわ」小夜子が訴えるような目で見つめた。「あの男はあなたを、イエロープードルを使い捨てにする。もちろん、あたしがいたってあたし自身はメロディや歌詞を作ることはできない。でも、あなたと一緒に努力する。考える。悩む。力になれることなら何だってする。それがどれだけの意味があるかって言われると……それは何とも言えないけど……」

「そんなことないよ」ぼくは両手で小夜子の肩を摑んだ。「ありがたいと思う。エネルギー、いつももらってる。本当に感謝してる」

「だけど……もうあたしは外される」顔を真っ赤にした小夜子が両手を握りしめながら震える声を絞り出した。「あなたのために何もできなくなる。それは……それが一番辛い……」

泣きだした小夜子を通る人たちが不思議そうに見ていた。少ない数ではない。だが気にはならなかった。

肩を抱き寄せてキスした。少ししょっぱい味がした。

「……好きだよ」

鼻の頭を赤くした小夜子がこくりとうなずく。力いっぱい抱きしめた。

「ずっと一緒にいてほしい。ていうか、一緒にいよう。マウンテンレコードなんか辞めたっていい。二人でアーチストを探そう。もう一度、一から始めるんだ」

小夜子がぼくのセーターに顔を埋める。そうしよう、とぼくは腕に力を込めた。

「曲を作るよ。他のレコード会社へ行ったっていい。今野くんたちには悪いけど、そこで再出発するんだ。ぼくは君がいるならどこでもいい。君を信じてる」

恥ずかしい、とぼくから離れた小夜子が微笑んだ。その手を握って、車道に出る。タクシーを停めて二人で乗り込んだ。

「神宮前まで」

運転手がうなずいてウインカーを出した。小夜子がぼくの肩に自分の頭を静かに乗せた。

3

翌朝八時、目を覚ますと小夜子はいなかった。ベッドサイドに、帰りますとだけ書かれた手紙が残っていた。

小夜子がつけていったのか、ラジオから静かに曲が流れている。昨夜のことを思い出して微笑が浮かんだ。情けないぐらいにやけた笑みだ。小夜子はぼくを受け入れてくれた。もう独りぼっちじゃない。

この時代にタイムスリップしてもう何カ月か経つが、ずっと孤独だった。本当の意味でだ。その寂しさは誰にも理解できないだろう。東京の一千万都民、日本の一億の国民、その中でぼく一人だけが異邦人だった。どうにもならないことだから、余計寂しさはつのった。

だが、もう違う。ぼくを愛し、理解し、必要としてくれる人がいる。小夜子のために生きよう、と心に誓った。楽曲提供が必要だというのならそうしよう。

いや、働くべきなのかもしれない。小夜子にも話した通り、ぼくが提供している曲はぼくが作ったものではない。クリエーターではないから、新たに曲を作るのは無理だ。いつのことかはわからないが、いずれストックは尽きる。

それを思うと正業に就いた方がいいだろう。別にレコード会社でなくてもいい。大きくなくたっていい。きちんとした会社に就職して、小夜子と暮らすのだ。

まだぼくは二十九歳で、何だってできる。雇ってくれる会社だって見つかるだろう。小夜子と一緒に生きていこう。結婚して子供も作ろう。一九八一年で幸せになるのだ。

シャワーを浴びるためにバスルームへ向かった。ラジオがビリー・ジョエルの『オネスティ』を流していた。

午後になってマウンテンレコード社に顔を出した。小夜子は難しそうな顔で電卓と格闘していた。経費の精算をしているらしい。おはようと声をかけると、おはようございますと微笑んだ。これは一種の社内恋愛ということになるのだろうか。なかなかいいものだ。

夕方からスタジオに入るスケジュールはわかっていた。それまでに打ち合わせや雑事を片付けるつもりなのだろう。その辺はお任せするしかない。寝癖のついた髪形のまま出社してきた大沢とイーグルスの解散が決まったらしいと話をしていると、女子社員が小夜子のところへやってきた。

「室長が黒川さんを呼んでこいって……小会議室にいます」不安そうな顔で左右を見る。「聞きました、昨日の会議のこと。あの人、頭おかしいんですよ。嫌な奴。下品なことばっかり言って、すぐ触ってくるし」

「そういう人なのよ」

「あたしたちは黒川さんの味方ですから」強く手を握った。「マウンテンレコードの全女子社員がついてます。負けないでください」

ありがとうと微笑んだ小夜子が制作室を出ていく。悪い、と大沢にひと言断ってぼくも廊下に出た。

「……ディレクターを外される」歩きながら小夜子がつぶやいた。「それはしょうがない。だけど、あたしの代わりをあの男にはさせない。誰ならいいかな……大沢くん？　野口くんの方がいいと思う？」

「どっちだっていいけど、君が続けるべきなんじゃないかな？」隣に並びかける。「考えたんだけど、いざとなったらイエロープードルをかついで他のレコード会社に移籍してもいいんじゃないか？」

実はそう思ってる、と小さく笑った小夜子が小会議室のドアをノックする。今行く、と声がした。スーツの袖に腕を通しながら相庭が出てくる。小夜子を見ようともしなかった。

「一緒に来い」短く命じる。「社長が話したいそうだ」

押しのけるようにして前に出た。エレベーターのボタンを押しながらちらりとぼくを見る。お前に用はない、という顔だったが無視した。

小夜子は誰にも話していなかったが、ぼくがイエロープードルの楽曲作りに重要な役割を果たしているのは多くの社員が気づいていた。曲を提供しているとまでは思っていないだろうが、今野たちに対して強い影響力があると思われているらしい。相庭としても今後のことを考えるとぼくを強制的に外すことはできないようだった。

エレベーターで四階へ上がる。小夜子も相庭も何も言わなかった。二人とも左右の壁を見つめている。社長室はエレベーターを降りた左側だった。ドアをノックすると、秘書らしい女性がぼくたちを中へ通してくれた。

「お疲れさまです」

大きなデスクから立ち上がった丸山社長が来客用のソファを指す。いつ見ても機嫌よく笑っているのは、人間ができているということなのだろうか。

「すみません内藤さん、何か冷たいものを」秘書に向かって手を振った。「今日は暖かいですからね。いい日和です」

「おっしゃる通りです」相庭が深くうなずいた。「ですが、明日は雨だそうです。変わりやすい天気ですすね」

「それは参ったなあ。明日は孫と食事の約束があるんです……あのですね、相庭制作室に社長賞を出そうと思ってるんですが、どう思いますか？」

前かがみになった社長がいきなりそう言った。膝に手を置いていた相庭が背筋を伸ばした。

「……とおっしゃいますと？」

「先週末、経営管理部がこの一月から十月までの数字を報告してきましてね。おかげさまで増収増益でした。社員全員の努力が報われたということですが、中でも相庭制作室の比重が大きかった。七つある制作室の中でトップです。評価されるべきでしょう」

受けてくれますね？　と社長が上目遣いになる。もちろんです、と相庭がテーブルにぶつけるようにして頭を下げた。

「ありがとうございます。制作室を代表して自分が……」

「正当な評価です。そんなにかしこまる必要はありませんよ」

秘書がアイスコーヒーのグラスを運んできた。どうぞ、と勧めた社長が座り直した。

「昨日の会議のことなんですが」小夜子と相庭を交互に見る。「結論から言いますと、会社は利益を追求するべきだという室長の意見は正しいと思いますね」

はい、と相庭が直立不動になった。会社ですからね、と社長がアイスコーヒーをする。

「利益を出すのは責務です。それを新しい才能に投資して、更に大きな利益を生み出す。そうやって会社を大きくしていかなければなりません。マウンテンレコードは中堅どころですが、可能性はある。メジャーなレコード会社と肩を並べる存在になり得る。そうなればもっと大きなビジネスができる。そうでしょう？」

「おっしゃる通りです」立ったまま相庭が大声で答えた。「まったくその通りであります」

「わたしも……そう思います」

小夜子が低い声で言った。重要なポイントです、と社長が仏像のように微笑んだ。

「会社が大きくなれば社員のためにもなります。アーチストもいろいろなチャレンジができる。もちろんレコード購買層のためでもある。優れたアーチストを育て、素晴らしい楽曲を世に出すことができればそれ以上のことはありません。利益を出さなければならないという室長の意見を支持します。ぜひ来年もイエロープードルのシングルを、アルバムを作ってもらいたい。もっとビッグなアーチストにしようじゃありませんか」

もちろんです、と相庭が何度も首を縦に振る。ただですね、と社長が小夜子を向いた。

「黒川さんの言ってることもわかります。アーチストは人間だ。ボタンを押せば曲ができるわけじゃない。無論、努力はしていただきたい。楽曲を書かせ、レコードを作り、世の中に出すのはあなたの仕事で、義務でもあります」

「それは、おっしゃる通りですが……」

言いかけた小夜子の前で手を振った。

「ですが、できないかもしれない。それは仕方ありません。できるまで待ちましょう。いい音楽を、いい形で提供することが優先されますよ。焦ってつまらないものを作るのは止めた方がいい。わたしはビジネスの話をしています。より大きな利益を得るために必要だというのなら、じっくり腰を据えて待ちましょう。それができないほど駄目な会社ではないつもりです」

「社長……」

「あなたがディレクターなんです。その意味を真剣に考えて、受け止めて、責任を持って仕事をしてください。あなたはイエロープードルの二人と信頼関係を築いているという。何より大事なことです。アーチストとディレクター、スタッフが信じ合い、協力することでいい曲が生まれる。それは嘘じゃない。努力しても報われないことはありますよ。それが現実というものです。だが、頑張らなかったらそれまでです。四十年この業界にいます。間違いありません」

「では……わたしが？」

「命懸けでやってください。言葉のあやじゃない。それぐらいの気持ちを持つべきだ。そういう仕事だと信じています。わたしにも誇りがある。自分の仕事にプライドを持つのは本当に大切なことなんです」

相庭が座り込んだ。ただし、と社長が喉の奥で笑った。

「理想的にはシングルやアルバムをじゃんじゃん出してほしい。わたしはね、金儲けが好きなんだ」口調ががらりと変わった。「はっきり言うが、君たちの比じゃない。世の中は金だよ。だが長期的な展望もある。待つことの意味も知っている。金を稼いでくれるね？」

「……はい」

「では以上です」ストローでアイスコーヒーを搔き混ぜながら、落ち着いた声で社長が言った。

「これからもよろしくお願いしますね……ああ、ひとつ忘れていました。相庭さん、本当によくやってくれました。何と言えばいいのかわからないほどです。ついては、札幌支社をあなたに任せたい。副支社長ということで、来期からお願いしますね」

「……札幌？」

相庭がソファから滑り落ちた。いいですよ北海道は、と社長がにこやかな表情になる。

「あそこは食べ物が美味しい。人情も厚い。ぜひよろしく……では失礼しますよ。音事協の会合に出なければなりませんので」

内藤さん、と言いながら社長が立ち上がる。待ってください、と腰を抜かしたまま相庭が叫んだ。小夜子がひとつお辞儀をして、社長室を出ていった。

札幌？　と手足をばたばたさせている相庭を見ているのはなかなか楽しかったが、今はどうでもいい。失礼しますと言ってぼくも廊下に出た。小夜子はどこに行った？

「松尾さん」背中で社長の声がした。「一度お礼を言おうと思っていました。イエロープードルのことを、よろしくお願いしますね」

「いや、ぼくは何も……」

ぼくは辺りを見回した。すべて丸く収まった。一緒に喜びたい。小夜子を抱きしめたい。

「あなたのおかげだとわかっていますよ」社長がウインクする。「わたしも毎日ひなたぼっこをしに会社へ来てるわけじゃない。必要な話は聞こえるようになっています。これからも彼らのことを……」

すみません、と頭を下げて社長の前から離れた。エレベーターを待ってはいられない。小夜子、どこだ？

階段を駆け降りて、制作室フロアに飛び込んだ。そこにも小夜子はいない。隅のデスクで暇そうにトランプをしている野口と大沢の姿が目に入った。

「黒川さんは？　戻ってきてないか？」

「知らないっす」二枚、と野口がカードを切った。「社長がどうとかじゃないんすか？」

「何かあったんですか？」

大沢がカードをめくる。ぼくは二人の肩を抱きしめた。

「大岡裁きだ。小夜子がディレクターを続ける」

「そうすか」野口はクールだった。「まあ、そうじゃなかったらおれらも辞めるだけですから。なあ？」

「下っ端のいいところは、親分を自分で決められるとこですよ……はい、フルハウス！」

手を広げた大沢に野口が千円札を投げ付ける。お前ら、いい奴じゃないか。

「……彼女はどこへ？」

そう言ったぼくの後ろを通った女子社員が、黒川さんなら地下へ行きましたよと紙コップを差し出した。

「地下？」

「わかんないですけど、スタジオじゃないですか？　頂き物ですけどクッキー食べます？」

サンキュー、とだけ言って走りだした。スタジオ。何か仕事が残っていたのだろうか。小夜子、待ってろ。

4

一段飛ばしに階段を駆け降り、地下スタジオに向かった。Ａスタジオというプレートのあるドアを押し開く。ブースの中に小夜子がいた。

「小夜子！」

叫んだが、ブースのドアが閉まっていることに気づいた。いくら大声を出しても聞こえないだろう。ノブを摑んだ時、小夜子が話しているのがわかってもう一度中を見た。吉田が立っていた。

小夜子が小さな体全体を使って何か言っている。訴えていると言った方が正しいかもしれない。表情は真剣だった。ぼくは調整卓に近づいて、マイクのボリュームを上げた。

「……プードルのディレクターとして、仕事を続けられるようになりました」小夜子の声が流れてきた。「社長の決定です」

「よかったな。おめでとう」吉田が握手のために手を伸ばした。「それがベストだ。丸山さんもなかなかやるね」

「吉田さんのおかげです」

小夜子が背の高い吉田をまっすぐ見上げる。おれは何もしてない、と吉田が肩をすくめた。

「とにかくよかった。君が頑張ったからだ。正直に言うと、イエロープードルはいいアーチストだと思っていたが、あそこまで売れるとは想像もしていなかった。おれも見る目がないよな」

「いえ……吉田さんが信じてくれたから、支えてくれたからこういう結果になったんです。ありがとうございました」

深く頭を下げた小夜子に、そんなことないさと吉田が言った。本当に嬉しいです、と小夜子が顔を上げる。

「吉田さんに……一からすべてを教わりました。あの二年間はわたしの宝物です。忘れたことはありません。一人立ちさせてもらって、六年経ちました」

「そんなになるか」吉田が優しく微笑む。「早いな、時間が経つのは」

「六年、頑張ってきたつもりです」小夜子の声が低くなった。「全然駄目な、ヒット曲のないディレクターでしたけど、あなたの教えを守って努力し続けました。いつかあなたに認められて、誉められるようなディレクターになりたいと……それだけを考えていました。長くて……そして短かった」

一歩近づく。戸惑ったような表情になった吉田が目を逸らした。

「……どうでしょうか。わたしはディレクターとして、誇れるような仕事をしたでしょうか？」

もちろん、と吉田がうなずいた。

「イエロープードルは今後マウンテンレコード、あるいは業界を代表するアーチストになるだろう。そのディレクターである君はこの世界の第一人者だ。誰もがその功績を称える。おれもだ。誰かに聞かれたら、黒川小夜子は若い時ぼくのアシスタントだったんですと自慢してやる。君のような後輩がいることを誇りに思うよ」

「六年、待ちました。あなたに誉めてほしかった。ようやく自分の手で、自分の力でヒットアーチストを育てることができました」更に小夜子が距離を詰める。「昨日、室長に……あんなことをしたのは、あまりにもアーチストの人間性を無視するような発言をしたからです。わたしたちの仕事を軽く見ているのも……」

「あれはまずいぞ」吉田が苦笑した。「嚙み付くのはいいが、暴力はさすがに良くない。あいつは……」

「でも、本当は違います」遮るように小夜子が言った。「本当に我慢できなかったのは、あなたを否定したことです」

「……おれを？」

「あの男はあなたのやり方を古いとあざ笑い、時代遅れの存在だと罵りました。たぶん、ずっと言いたかったんでしょう。社長や役員の目の前で、あなたを貶《おとし》めたかった。それが最も効果的だとわかっていてそうした。わたしのことは単なる口実だった。あの男が考えていたのは、あなたにディレクター失格という烙印を押すことだったんです。あなたを無能と決めつけ、制作室から追い出そうとした。それが許せなくて……」

「……相庭がおれを嫌っていたのは知ってる」吉田がため息をついた。「憎んでいたと言ってもいいかもしれない。あいつの気持ちもわからんでもないんだ。利潤を追求する立場なら、ヒットを出さないディレクターは不要だからな」

「あなたのようになりたいとずっと思ってました」小夜子が強く首を振った。「あなたのようなディレクターに。それはこれからも変わりません。きれいごとじゃなく、良質の音楽を世に送り出したい。プライドを持って自分の仕事をやりたいんです」

「お互い、そうありたいな」

「六年、毎日あなたのことを考えていました。でも、言えなかった。言える立場じゃなかった。言うためには認めてもらわなければならなかったんです。そして、どうにか資格を得たような気がしています」

どんどん早口になっていく。一瞬だが唇を閉じてから、投げ付けるように言った。

「ずっと好きでした。あなたのことが」

「黒川、それは……思い違いだ」吉田の眉間に深い皺が刻まれた。「入社当時、おれのアシスタントを務めていたのはその通りだ。だが、ずっと昔のことだ。今ではお互い独立したディレクターで、立場は同じだ。尊敬してくれているというのなら、それは嬉しい。ありがたいとも思う。でもそれだけのことだ。君は尊敬心を恋愛と勘違いしている」

「違います」

小夜子が吉田に抱きついた。大柄な体にぶら下がるようになる。

「ずっと……好きだったんです」

「止めろ、黒川」吉田が強引に小夜子の体を引き離した。「それは間違ってる。おれたちは先輩と後輩で、同じ会社の仲間だ。そういうふうにしか考えたことはない。おれには妻もいる。それ以上の感情はないんだ」

「なくてもいい」小夜子が強く握った拳で涙を拭った。「でも好きです。好きなんです」

前のめりになったまま叫んだ。どういうことだ？　ぼくは棒立ちになった。吉田のことを好きだって？　じゃあ、昨夜のことはどうなる？　あれは何だった？　ぼくのことを愛しているから、ああいうことになったんじゃないのか？

松尾くん、と囁く声がした。吉田がブースのガラス越しにぼくを見ている。小夜子も振り向いた。視線。

後ずさった足にぶつかって、椅子が大きな音を立てて倒れる。ぼくは外へ飛び出した。待って！　と叫ぶ小夜子の声が聞こえたが、振り向かずに走った。

5

訳がわからない。会社を飛び出し、通行人とぶつかりながらめちゃくちゃに走った。どうなってる？　どういうことだ？

横道から出てきた若いサラリーマン風の男の足に引っ掛かって倒れた。何だよ、と男が怒鳴ったが、睨みつけたらそのまま去っていった。馬鹿野郎。

手のひらに血が滲んでいる。アスファルトにこすれて切れたのだ。ジーンズで拭いながら体を起こした時、息を切らした小夜子が目の前に立ち塞がった。

「……待って。話を……聞いて」

「どういうことなんだ！」ぼくはしゃがみ込んだまま叫んだ。「おれは君が好きで、そう言った。君も受け入れてくれた。それなのに……いったいどういうことだ？」

「昨日は……あたしも混乱してた……」小夜子がか細い声で言った。「室長と会議であんなことになって……もうディレクターとして終わりだと」

「……それで？」

「あなたが……慰めてくれた」小夜子も膝を曲げてぼくと目線を合わせる。「これからも一緒にいようって言ってくれた。本当にそう思ってくれてるのがわかって嬉しかった。それは嘘じゃない。だから……」

「じゃあ、どうして？」

わからない、と小夜子が首を振った。

「だけど……間違いだった」

「吉田さんのことはどうなんだ？」

「あの人のことを……ずっと好きだった」膝に手をついて、小夜子が上半身を伸ばした。「それは最初からそうで……自分でもどうしようもなかった。奥さんがいるのも知ってる。八年、ボーイフレンドも恋人もつくらず、仕事だけに打ち込んでいたのはあの人を愛してたから……」

そう言った小夜子の顔はとても美しかった。かすかな微笑みが浮かんでいる。

「振り向いてくれると思ってたわけじゃない。気持ちに応えてくれるとも……ただ好きだった。今もそうだし、これからもずっとそうなんだと思う」

「おれより好きなのか？」ぼくも立ち上がった。両足がめちゃめちゃに震えていた。「おれのことは……好きじゃなかった？」

「松尾くんのことは好きよ。本当に好き。いい人だと思う。素晴らしい才能を持ってる。尊敬してる」

「……だけど？」

「友達として、誰よりも好きよ。でも……」

「おれには君しかいない」小夜子の手を握りしめた。「おれは独りぼっちで、理解してくれる人間は誰もいない。君だけだ。君だけがわかってくれた。信じてくれた」

小夜子が手を引っ込めようとしたが、ぼくは離さなかった。

「君にだけ、秘密を話した。それもわかってくれた。そうだろ？」

「松尾くんは……本当にいい人だと思ってる」小夜子がゆっくり頭を振った。「天才としか言いようのないクリエーターだけど、決して偉ぶらないし、しようと思えばその力であたしを自分の物にできたかもしれないのに、そんなことはしなかった。感謝してる」

「おれは……ぼくは、女の人を自分の物にしようなんて……そんなふうに考えたことはないよ」

わかってる、と小夜子がそっと手を引く。そのままにするしかなかった。

「でも……やっぱりあたしの住む世界と違うところにいる。才能のせいなのか、それとも海外での暮らしが長かったせいなのかもしれないけど……訳のわからないことばかり言うし、ひどい時には二〇一四年から来たとか……」

「本当なんだ。話しただろ？　ぼくは二〇一四年からタイムスリップして……」

「携帯電話だインターネットだって、ありもしない物の話ばかりする」静かに目を閉じた。「レコードはなくなるとも言ったわ。ＣＤの時代が来て、それもいずれはダウンロードで音楽が配信されるようになるとか……そんなことあるはずないじゃない！」

「そうなるんだ」小夜子に向かって手を伸ばした。「言っただろ？　レコードはＣＤに切り替わる。ソニーが新しいハードを開発するんだ。レコードは過去の遺物に……」

「あなたの曲作りの才能は本物よ」小夜子がぼくの話を遮る。「掛け値なしに、世界的なクリエーターだと断言できる。天才的な芸術家に空想癖がある人は少なくない。むしろ、だからこそ素晴らしい詞を、メロディを作ることができるんだと思う」

「だから、ぼくが作ったんじゃなくて……」

「あなたの話にうなずいていたのは、否定したらあなたがあたしから離れていくってわかってたから」小夜子がゆっくりと首を振った。「だから反対しなかった。話を聞いて、うんうんって……そうだねって」

「……信じてなかったのか？」

「信じられるわけないでしょ」一歩下がった小夜子が周囲を見渡す。「外で歩きながら電話する？　電話線はどうなるの？　そんな馬鹿なことあるわけないじゃない。そんな人がどこにいる？　見てよ、今歩いている人たちを。そんな人いないわ」

「数年だ。数年経てばわかる」ぼくは腕を振った。「十年もかからない。この通りを歩く人たちが携帯電話を使って……」

「松尾くん、そんな未来は来ない」小夜子が諭すように言った。「二〇一四年なんてすぐよ。そんなに急激に世の中は変わらない」

「信じてなかったのか……」

全身から力が抜けていく。視界の中で小夜子がぼやけた。

小夜子に悪意があったわけではないのはわかっていた。彼女には彼女の常識があって、それを踏み越えることができなかっただけだ。当然かもしれない。一九八一年に生きている彼女には、どうしたって信じられない話なのだ。

わかってくれたと思っていたのは間違いだった。そして何より、ぼくのことを愛していないことがはっきりわかった。

数歩後ずさって、背を向けて走りだした。小夜子は追ってこなかった。

Part 10 スワンソング

1

その日のうちに神宮前のマンションを出た。当てがあったわけではなく、結局行き着いたのは下北沢だった。帰巣本能みたいなものかもしれない。知っている場所だと安心できた。

閉店間際の不動産屋に無理を言って、夜のうちに新しい部屋に入った。何しろぼくはオリコンに三曲同時にチャートインさせるぐらいのヒットメーカーだから、金はあったのだ。服から布団から何から何まで全部神宮前に残したまま引っ越した。

翌日電電公社と契約して新しい電話を引いたが、番号は変えた。小夜子と連絡が取れないようにするためだ。当然、マウンテンレコードに行くつもりもなかった。

何日かそんなふうに、生活に関する細かい雑事をして過ごした。生活するというのはそういうことで、電気だってガスだって立ち会っていなければならないし、最低限でも家具や生活必需品などを揃える必要もあったのだ。

どうにか形がついたのは十一月末のことだった。ぶっちゃけ金はあったし、普通に生きていく分にはそんなにいろんなものはいらないとわかっていた。ただ、落ち着いてみると本当にやることがないのに気づいた。

数カ月の間、いろいろな偶然が重なってイエロープードルに楽曲を提供するという仕事を得ていたが、それ以外に人間関係はなかった。ある意味、小夜子に依存していたということなのだろう。鷺洲やスタジオミュージシャン、野口や大沢などとも親しくなっていたつもりだったが、友達と言われるとちょっと違う。完全に独りぼっちになったらしかった。

時間が有り余っていたので、前にも考えていたことだが八王子まで行って両親を探した。そんなに町は変わっておらず、懐かしい実家はすぐ見つかった。ぼくの記憶より少しだけ若い父と母がベビーカーを押しながら出掛けていくところを見ることになった。

時間的に考えると、ベビーカーの赤ん坊は兄貴なのだろう。声をかけてもよかったのだが、何を話せばいいのかわからず、しばらく見ていただけで帰った。他に行くところはない。ぼくは一九八一年には生まれていないので、知り合いもいない。会うべき人はおらず、やることはなかった。

2

十二月五日、イエロープードルが新しいシングルを出した。ラジオではその曲が何度もかけられているのを聞いたし、下北沢の町を歩いていて流れているのを耳にしたこともあった。テレビに今野とりりこが出演しているのも見たし、ザ・ベストテンのチャートで一位になっていたからヒットしているのだろう。

翌週、下北のレコード店にイエロープードルの巨大ポスターが何枚も貼られているのを見た。

ファーストアルバムが発売されたのだ。初登場一位だと店員が客に説明しているのが聞こえてきた。とりあえず良かった、とつぶやいた。責任を果たしたような気がしていた。

それから一週間ほど経ったある日の午後、ぼくは下北沢の町を歩いていた。定年退職したサラリーマン並みにやることがなかったため、適当に昼食を済ませてから散歩するのが日課になっていた。

一時間ほど歩いて、トロワ・シャンブルという喫茶店に入った。この店は二〇一四年にも存在しており、ぼくも何度か行ったことがあったのだが、八一年に既にあったとは知らなかった。ぼくの知っているトロワ・シャンブルは古式ゆかしいというか伝統的な喫茶店のスタイルを残す名店だったが、八一年においてはむしろ時代の最先端というべき尖ったデザインの店構えで、行くたびに複雑な思いをする店といえた。

コーヒーを頼んでから、備え付けのスポーツ新聞を読んだ。これもまたオッサンの〝あるあるある〟だろう。中日ドラゴンズにケン・モッカという選手の入団が決まったという記事があった。誰だ、モッカって。

「松尾さん」

ぼくは顔を上げた。前髪を切り揃えた巫女さんカットの女の子が立っていた。りりこだった。

「……よお」

手を挙げて挨拶した。どうしてここにりりこがいるのかわからなかったが、それよりも懐かしさの方が先だった。

「下北にいるんじゃないかって思ってたんだ」りりこがさっさと向かい側に座る。「松尾さん、この町が好きだもんね」

そうか、とうなずいた。レコーディングの最中などに、小夜子やイエロープードルの二人とよく食事したが、下北沢に住んでいたという話をしたことが何度かあった。そこそこ長くいたし、あの町ならよく知ってると話した記憶もある。りりこはそれを覚えていたらしい。

「松尾さんの好みはわかるし」ミルクティーをオーダーしたりりこが言った。「別に趣味があるわけでもないし、友達もいないし。この店のことは知らなかったけど、好きそうだなって思って時々覗きに来てたの。今日で三度目。無理かなって思ってたけど、粘ってみるもんだよね」

小さく笑った。かなり長い間一緒に行動していたが、二人だけで喋ったことはほとんどない。意外とお喋り好きなようだった。

「シングルとアルバム、大ヒットおめでとう」ぼくはコーヒーカップを胸の高さまで持ち上げた。「テレビでも見たよ。忙しいんじゃないの？」

そうでもない、とりりこが肩をすくめる。

「レコーディングは終わっちゃったしね。小夜子さんの方針で、メディアへの露出は控えることになったの。歌番組はもう一周しちゃったし、今野くんは何かいろいろインタビューとか受けてるけど、あたしは結構暇なんだ」

「そうか」

うん、とうなずいて煙草をくわえる。大変なんだよ、とミルクティーに口をつけた。

「松尾さんがいなくなっちゃうと、次の展開がさあ……そりゃ困るよね。今野くんもあたしも、松尾さんみたいな曲は書けないし。しばらくはツアーだコンサートだってごまかせるけど、そこから先は……もしかしたらイエロープードルは解散ってことになっちゃうかも。今野くんは相当落ち込んでる。あたしはどっちでもいいんですけど」

「……うん」

「鷺洲さんとか、松尾ちゃんはどこ行ったの？　って騒いでる。会社の人はまだそんなふうには……松尾さんが曲を書いてたことは知らないからね。でも野口くんとか大沢くんとかは焦ってる。あの二人は何となくわかってるんだよね。小夜子さんもちゃんと説明できないでいるし。まあしょうがないけど。自分が振ったからショックで松尾さんがいなくなったなんて言えないもんねえ」

「……小夜子に聞いたのか？」

ううん、とりりこが首を振る。しょうがないって、と手を伸ばしてぼくの肩を叩いた。

「吉田さん、いるもんねえ……そりゃ八年想い続けてたんだもん。突然出て来た松尾さんがいくら頑張ったって、かなわないって」

何でも知ってるらしい。いつも黙って座っているだけのように見えたが、それだけではなかったということか。

「小夜子さん、心配してるよ」りりこが言った。「仕事がどうとか、曲作りがどうとかじゃなくて、松尾くんはどうしてるんだろうって……駄目な弟のことを話すみたいな言い方してた。ちゃんと生活できているのか、ご飯は食べているんだろうかって。松尾さんって、そういうところあるもんね」

おやそうですか、とぼくはコーヒーを飲んだ。そう見られても仕方がないという自覚はある。

一九八一年において、ぼくの生活能力は明らかに劣っているからだ。ただ、りりこに言われたくはなかった。

「あたしもね、戻ってきてほしいって思ってるよ」りりこが煙を吐く。「それを伝えたくて探してたの。だけどさ、顔を見たら言えなくなっちゃった。松尾さん、小夜子さんのこと好きだったもんね。そりゃ振られたら辛いよねえ」

「……そんなにわかりやすかったか？」

恥ずかしくて顔が赤くなった。どうだろう、とりりこが微笑む。

「他の人が気づいてたかどうかはわかんない。でも、あたしはわかった。ずっと見てたから」

まっすぐな視線をぼくに向ける。え？　そうなの？　そうだったの？　いや、そりゃ知らなかった。どっちかって言ったら嫌われてるぐらいに思ってたよ。

「いや、ぼくはさ……りりこちゃんはてっきり今野くんのことを好きなんだって――」

ううん、とりりこが鼻の頭を掻いた。

「あたしが見てたのは小夜子さん。あたし、小夜子さんが好きなの」

「……どういう意味？」

「言った通りの意味ですけど」りりこが小首を傾《かし》げた。「あたし、小夜子さんに恋をしてる。レコードデビューなんて興味なかったけど、小夜子さんに誘われたからそうした。そばにいたかったの」

ぼくは手を挙げてコーヒーのお代わりを頼んだ。思い出していた。りりこは今野と一緒に行動することが多かった。イエロープードルとして、それは当たり前だ。だが、その時は必ず小夜子も一緒にいた。レコーディングも、打ち合わせも、食事やその他の時も。

そういう時、りりこは今野のことを見ているように思っていたが、実際には小夜子を見つめていたのだ。恋する者の直感で、小夜子が吉田に想いを寄せていることにも気づいた。ぼくが小夜子を好きなこともすぐわかっただろう。小夜子だけを見つめていたから、彼女のことなら何でも知っているのだ。

「同じひとに恋する者として、松尾さんの気持ちはよくわかるよ。いいもんねえ、小夜子さん。振られたら辛いよね」

苦笑いを浮かべる。うるさいよ、とぼくも笑うしかなかったが、でもね、とつぶやいてりりこが煙草を消した。

「……告白できただけましだよ。羨ましい。あたしは一生言えない。女同士だもん。言えないって」

ため息をついた。そうか、としか言えずにぼくは何度かうなずいた。そうかもしれない。

「……だけど、いつか言える日が来るよ」慰めになるかどうかわからなかったが、そう言った。

「そんなに先のことじゃない。愛にいろんな形があることを誰もが認めるようになる。堂々とカミングアウトできるようになるさ」

「カミングアウト？」

「同性同士が愛し合っても、それが理由で後ろ指を指されたりすることがない時代が来るってことだ」ぼくはソファにもたれて足を組んだ。「今は認められないかもしれないけど、そんなカップルがいても不思議に思われなくなる。もちろん非難されたりもしない。それがみんなの常識になる。そうしたら君は小夜子に告白すればいい。彼女はちゃんと受け止めてくれる。そういうひとだろ？」

「……うん」

「断られるだろうけどね」ぼくは小さく笑った。「それはそれでしょうがない。その時は連絡してこいよ。一緒に飲みに行こう。同じ女に振られた者同士、あいつの悪口を言い合うんだ」

「……つきあってくれる？」

「喜んで」

小指を伸ばした。りりこが自分の小指を絡めた。

それからしばらく話した。できれば戻ってきてほしいんですけどとりりこは言ったが、それには答えなかった。自分でもどうしていいのかわからなかったし、小夜子だって困るだろう。楽曲は必要だろうが、そのためにぼくを受け入れるようなことはないともわかっていた。

「吉田さんは……小夜子さんのこと、はっきり断ったんだって」最後にりりこが教えてくれた。

「小夜子さんの望むような関係にはなれないって。意外と小市民的なところあるんだよね、あの人。変にサラリーマンっぽいっていうかさ、ルールに従っちゃうの」

「真面目な男だとは思う」ぼくはうなずいた。「頑なだなあとも思うけどね。いいじゃないの、不倫だって何だって。あんないい女に言い寄られて、それでも断る？　ご立派というか、つまんない奴というか」

「だからヒット曲出せないんじゃない？」

吉田の悪口をひとしきり言って、りりこは帰っていった。悪意があるということではなく、鈍感な男だと言いたかったらしい。同感だ。そこはもうちょっとイージーでも良くないですか？

りりこが去った後、もう一杯コーヒーを飲みながら長い間考えた。リアルな話、小夜子も吉田に失恋したということになる。つまり、今彼女はフリーだ。

どうするべきなのだろう。小夜子に対してアピールできることがあるとすれば、それは音楽以外にない。ぼくの存在を訴えるのに、それ以上の方法は見つからなかった。

やるべきことがわかり、心を決めるともう迷うことはなくなった。少し早かったがそのまま夕食を取ることにして、マスターに店の名物であるカレーをオーダーしてから一般紙に目を通した。日産自動車が新車の発売を発表したようだ。九州では新規ビジネスとしてコンピューターのソフト会社を立ち上げた者がいるという。時代は動いているのだ、と思いながら運ばれてきたカレーにスプーンを突っ込んだ。

3

それから数日かけて、買ってきたモーリスのギターとソニーのカセットテープレコーダーを使って一人でレコーディングをした。

ぼくがカセットに吹き込んだのは、まだ小夜子たちに聞かせていない新曲だった。新曲というと少し違うかもしれない。新たに思い出した曲ということだ。

これまでシングルはもちろん、アルバムなどのために候補曲として三、四十曲を聞かせていたが、九〇年代から数えてぼくには約二十年以上の音楽的蓄積がある。全部を把握しているわけではないが、ヒットした曲は何となく覚えていた。その中でも優れた名曲を思い出し、歌い続けた。十曲の録音を終え、小夜子に手紙を書いた。パソコンがあれば曲そのものをデータ化して送ることもできたし、メールすることもできたのだが、残念ながらこの時代に個人でパソコンを所有している者はほとんどいない。不便な時代だと思いながらペンを走らせた。

あれからずっと考えていた、というのが書き出しだった。新しく曲を作った、と続ける。正確には作ったわけではないのだが、そう書かないと納得してもらえないだろう。

カセットテープに吹き込んだ十曲は君に渡す。使っても使わなくても、どうしようと構わない。権利も含めすべて君に任せる。だからどうしてほしいと言っているんじゃない。つきあってほしいと言っているわけでもない。ただ君と一緒にいたい。仕事という形でいいから係わりを持っていたい。それだけで十分なのだ。

曲を渡すのは、君とイエロープードルに対する友情の印だと思ってもらえればいい。鷺洲や野口、大沢たちに対しての気持ちでもある。よく考えてみると、友達は彼らしかいない。ぼくにできることはこれだけなのだ。

もし君がぼくの気持ちをわかってくれるなら、もう一度会ってくれないだろうか。無理だというのなら諦める。二度と君の前には現れない。

会わなければならない人がいる、と最後に書いた。その人が福岡にいるので、行かなければならない。十二月二十四日、ＪＡＬの夕方五時発の便が取れた。羽田のＪＡＬカウンターで待ってる。できれば来てほしい。そこで話せればと思っている。

未練がましいと思いながら、どっちにしてももう一度だけ会いたいと付け加えずにはいられなかった。ぼくは君がいないと独りぼっちだ。それはわかってくれていると思っている。待ってる。

ペンを置いて、手紙とカセットテープ、そして航空券を封筒に入れて封をした。一九八一年の段階で、既に宅配便サービスが存在しているのは知っていたが、二〇一四年のように町のコンビニで受付業務をやってくれるわけではない。結局郵便局から小包として出すのが一番確実なので、そうするしかなかった。やっぱり不便な時代だ、と思いながら部屋を出た。

4

十二月二十四日、午後三時。

ぼくは羽田空港にいた。持っていたのはボストンバッグひとつだけで、入っているのは下着と着替えの類だけだ。長くて数日で用事は済むはずだった。

二〇一四年の多くの人がそうであるように、羽田を利用して旅行に行ったことは何度もある。ぼくの記憶が確かだとすれば、小学校一年か二年の時に父の実家がある宮崎へ行ったが、その時、生まれて初めて飛行機に乗ったのだと思う。

九〇年代に羽田の旅客ターミナルはビッグバードと呼ばれるようになり、その後十数年の間、ずっと拡張工事が続けられていたはずだ。国際便の数も増え、いろんな意味で派手になっている印象がある。

一九八一年の羽田空港は、ぼくの記憶とまったく違っていた。何というか、要するに古臭いのだ。施設そのものも色彩に乏しい。

ターミナルには喫茶店のようなものが存在していた。ような、というのは本当にそういうことで、落ち着いて座っていられる感じではない。飲み物も紙コップだったりキャンプで使うようなプラスティックのものだったりで、どんなものかなあとは思ったが他に店はない。仕方なくそこに入った。煙草の煙で視界がかすむ店内で一時間粘り、四時を回ったところで店を出た。

気がせいて家を早く出てしまったが、福岡行きの便が出るのは五時ちょうどだ。もっとゆっくり出てもよかったのだが、小夜子が早く着いてしまったらと思うと、そうもいかなかった。JALカウンターへ向かった。

大学生なのか、若いカップルと何組もすれ違った。HISがいつ創業したのか知らないが、この時代にも安いツアーや格安航空券などはあるのだろう。帰省には少し早いから、年末旅行に行くということらしい。

カウンターの前に立って辺りを見回した。チケットを取った旅行代理店からは、三十分前で搭乗は締め切りますと言われていたが、国内線は国際線と比べてその辺の時間はややルーズなはずだ。ぼくも経験があったが、最悪十分前でもどうにかなる。

八一年ならその傾向はもっと強いだろうと思っていたがどうやらその通りで、四時十分の今でも乗り込む客はいないようだった。家族連れや出張と思われるサラリーマンが通路に置かれている硬い椅子席で話していた。

搭乗カウンターの前に白いシャツとジャケット姿の男が立っていて、JALの係員だというのはすぐわかった。宮下というネームプレートをつけているその男に聞くと、既に搭乗は始まっていてあと二十分ほどで締め切るという。なるほど、では待つことにしよう。

小夜子は来るだろうか。可能性は低いだろう。普通は来ない。いくらビジネス的に必要だからと言って、彼女はぼくを振っている。常識があればそんな男にわざわざ会いには来ない。

ただ、と辺りを見回しながら思った。ぼくも闇雲に小夜子を好きになったわけではない。小夜子と気が合うのは本当で、それは一九八一年も二〇一四年もない。ぼくが八一年の人間だったとしても、あるいは小夜子が二〇一四年のぼくの周りにいたとしても、ぼくは彼女と親しくなっただろう。

友達なのか恋人なのか、そこはわからないが、例えば大学で同じクラスにいたとしたら、普通に、そして自然に仲良くなったはずだ。それについては確信がある。ぼくたちは似ているところがある。価値観が同じなのだ。

数カ月一緒にいた。それなりに長い時間を小夜子と過ごした。仕事でも、プライベートでも。ぼくはもちろんだが、小夜子もそれが嫌ではなかったはずだ。どうしても無理、ということならあんなふうにはならなかっただろうし、そもそもぼくに代々木公園で声をかけてくることもなかっただろう。

もちろん、ぼくたちはお互いを利用していた部分がある。小夜子はぼくを楽曲提供者として必要としていた。ぼくは一九八一年という時代に生きていくため、小夜子が必要だった。だけど、それだけじゃない。ぼくたちはお互いを理解していた。わかりあえる人間同士だった。そんな相手と八一年に巡り会えるとは思っていなかった。

ぼくには小夜子の気持ちがわかる。吉田のことが好きなのだろう。それは本人にもどうしようもないことで、かなわない想いだとわかっていたはずだが、それでも好きだった。ずっと想いを告げることができなかったと小夜子は言っていたが、だから余計に募ったのかもしれない。そんな小夜子が、ぼくを受け入れてくれるはずがなかった。不器用といえばそういうことなのだろう。そういうひとなのだ。その意味で、ぼくは諦めていた。小夜子がぼくを愛することはない。受け入れることはない。

だけど、ぼくは小夜子と一緒にいたかった。ただの友達でいい。時々会って食事をしたり、電話で話したり、それだけの関係でいい。どういう形でもいいから、小夜子とつながっていたかった。それが仕事だというのならそれでいい。係わっていられれば十分だ。

ぼくがそう思っていることを小夜子はわかっている。それも間違いなかった。小夜子はぼくのことを理解してくれる。だから親しくなったのだし、ぼくは彼女に魅かれているのだ。

一線を引いた形でいいのなら、小夜子がここへ来てもおかしくはない。少なくとも、最後にもう一回だけ会ってほしいというぼくの気持ちを無視することはないのではないか。これからのことも含めて話し合うことだってできるはずじゃないか？

来ないだろう、とつぶやいた。来るわけがない。来るはずがない。男と女とはそういうものだ。恋人は無理だけど友達ならありよ。そんなふうには割り切れない。まともな神経があればそんな残酷なことはできない。そして小夜子がまともな女であることをぼくはよく知っている。だから来ない。

それでも通路から目を逸らすことができなかった。人生はわからない。可能性はゼロではないのだ。イエロープードルのこともある。彼らには、そして小夜子にもぼくの曲が必要だ。最低な考え方かもしれないが、それでもいい。何でもいい。来てほしい。

来ないだろう。来るかもしれない。ビジネスだけ考えてということでもいい。それでもいい。小夜子と会いたい。話したい。顔が見たい。

「お客様」声がした。「……そろそろ最終案内のお時間ですが」

宮下だった。振り向くと、搭乗口から乗り込む客の列が最後の一群になっている。ダッフルコート、ピーコート、トレンチコート。誰もが幸せそうだった。

「……あとどれぐらい待てますか？」

ぼくは聞いた。腕時計を見た宮下が、今四時三十分ですと言った。

「あと十分ほどは何とか……もう少し待てるかもしれません」

「では十分だけ……いいですか？」

「搭乗手続きだけしておきましょう」搭乗券をお預かりします、と言った。「それさえ済ませておけば……あとは走っていただければ」

頬に微笑を浮かべる。ぼくより少し年上に見えたが、事情を察しているようだった。たぶん、ぼくのような人間を何度も見ているのだろう。

「……お待ち合わせですか？」

ええ、と答えた。それ以上何も聞かない。ぼくも黙っていた。視線がどうしても通路の先へ向かうのを、自分でも止められなかった。

来てくれ、と祈った。いいんだ。何も望まない。どうしてくれとも言わない。ただ顔が見たい。話せなくたっていい。これから先、二度と会えなくたっていい。最後に一度だけ会いたい。来てくれるだけでいいんだ。

手をつないだ若いカップルが搭乗口に吸い込まれていく。子供を肩車した父親が母親と笑いあっていた。老夫婦がお互いを労《いたわ》りながらゆっくりと歩を進めている。何があったのか、泣いている女を見つめている男がいた。リュックサックを背負った四、五人の子供たちが走り込んでくる。どうされますか、と宮下が言った。

「……十分経ちました。お客様が最後です」

「もう少し……もう少しだけ」つぶやいた。「五分……三分でいいんです。もう少しだけ……」

そう言って通路に目をやった。宮下も何も言わない。ぼくは腕にはめていたアナログ時計を一分間に五回見て、そのたびに通路の先を背伸びして見つめた。秒針が四回回ったところで、お客様、と宮下が声をかけた。

「……いかがなされますか？　福岡行きは八時の最終便がございます。そちらに振り替えられますか？」

ぼくの顔を見つめて、小さくうなずく。いえ、とボストンバッグを抱えて首を振った。

「乗ります」

「……よろしいですか？」

はいと答えると、ではこちらを、とチケットを渡した。

「どうぞ、お進みください」

きっと君は来ない、とぼくはつぶやいた。ひとりきりのクリスマス・イブ。メロディが唇からこぼれる。

「……サイレントナイト、ホーリーナイト」宮下が囁くように歌った。「いい曲ですよね。イエロープードルの『クリスマス・イブ』」

「……ええ」

「私もずっと聞いてるんです」宮下が制服のポケットからウォークマンを取り出した。「何度聞いても素晴らしい」

そうです、とぼくは微笑んで歩きだした。

「名曲ですから」

「解散は残念です」

「解散？」

ご存じありませんか、と宮下がぼくに視線を向けた。

「来年いっぱいだそうです。昼のワイドショーでそんなことを……」

そうですか、とうなずいた。小夜子の意向が働いているのだろう。解散はぼくに対する最終的な回答なのだ。もう会えないとわかった。

小夜子は『クリスマス・イブ』を最後の曲にするつもりなのだろう。それがイエロープードルに係わったすべての人にとってのラストソングになる。アーチストにとっての最後の曲をスワンソングと呼ぶそうだ。小夜子から聞いたことがあった。

イエロープードルのスワンソングが『クリスマス・イブ』なのはふさわしい選曲に思えた。小夜子らしい終わり方だし、ぼくにとってもそうだ。まだ消え残る、君への想い。

お急ぎください、と宮下が言った。ぼくは早足で搭乗口へと進んだ。

5

その日の夜は福岡のホテルに泊まった。一九八一年にネット予約などというような便利なシステムはない。しかもクリスマスイブだ。福岡市観光協会というものがあるのを調べ、何とかなりませんかと頼んで取ってもらった部屋は信じられないほど狭かった。あまりの狭さに笑えるぐらいだ。

狭いベッドに寝転がって、新聞を開いた。今日のではない。りりこと会った日に喫茶店で読んでいたものだ。マスターに無理を言って、ぼくはその新聞をもらってきていた。

必要だったのは経済面にあった小さな囲み記事だった。新種のビジネスが全国で始まりつつあるという連載で、後の世でいうベンチャービジネスの特集だ。読んだのは偶然だったが、どうやらそれだけではないような気がしていた。

これは八一年にタイムスリップしてから痛感していたことだが、インターネットのない時代に調べ物をするのは大変だ。頼りになるのは１０４の電話番号案内だけで、それだって実用性は低い。記事に載っていた会社名を言っても、電話帳にはありませんという返事があっただけだった。その会社はつい最近設立されたばかりだと記事にもあったから、まだ掲載されていないのだろう。結局、新聞社に電話をして所在地を教えてもらった。

新聞を枕元に置いて、薄い毛布を肩まで引っ張りあげた。さまざまなことが頭をよぎった。大学在学中、学生起業家になった。小さなベンチャービジネスを始めて、挫折した。ぼくたちの会社のせいで辛い思いをした顧客がいることに耐えられず、ぼくは逃げ出していた。どれだけ後悔したかわからない。トラウマになり、ただ生きているだけの毎日だった。

そして八一年にタイムスリップしてきた。どうしてそういうことになったのかずっとわからなかったが、新聞記事を読んでいくつかの点がつながった。このためだったのか。最初の一歩から始めれば、結果が違ってくるのではないか。すべてをやり直すことができるかもしれない。

そのために会うべき人がいた。ぼくはその人にすべてを話そうと決めていた。二〇一四年から来た人間だということ、未来の社会を知っていること、未来はこうなるということを話すのだ。

その人とは会ったこともなければ話をしたこともない。いきなり現れたぼくがそんなことを言いだしたら驚くだろう。だが、信じてくれるのではないかという淡い期待があった。

ぼくは小夜子に、自分が何者なのかについて話したことがある。まともな人間なら信じられないことをぼくは語った。小夜子はその話を受け入れなかった。当然の反応で、誰だってそうなっただろう。普通に考えて、信じる者などいない。

ただ、ぼくが会おうとしている人についてだけは、可能性があるのではないかと思っていた。そんな未来などないと否定したりせず、とにかく話を聞こうと言ってくれるのではないか。

それはぼくの希望的観測だ。数パーセントというレベルだし、完全に拒絶されてもおかしくはない。とはいえ、八一年においてぼくの話を聞いてくれる人物は、その人以外思い浮かばなかった。

そうは言っても、ぼくもその人のことを本当には知らない。イメージだけでそう思い込んでいるだけだと言われれば、まったくその通りだ。門前払いにされることだって十分あり得る。むしろ、常識的にはそうなるだろう。その時はその時だ。また考えればいい。とにかく会いに行くしかないのだ。

枕元のスイッチを押して明かりを消した。意外とあっさり眠れた。夢は見なかった。

6

翌朝、ホテルを出た。向かったのは大野城市《おおのじょうし》だ。行ったことはなかったが、福岡市に隣接する小さな市で、鹿児島本線ですぐだった。福岡市の側からするとベッドタウンということになるのだろう。

駅前の交番で新聞社の人に教わった住所を言い、だいたいの方向を教えてもらった。しばらく歩いているうちに、小さな建物が見えてきた。ビルと言えばビルということになるのだろうが、かなり古めかしい外観だ。看板さえかかっていない。

ドアを押し開けて中に入った。この時代、セキュリティという概念は存在しない。受付もなく、警備員もいなかった。たいていの会社がこんなものだということをぼくは知っていた。フロアに足を踏み入れても、咎める者はいなかった。

入ったところがいきなりフロアで、狭い通路を進んでいくと、デスクに座っていたぼくと同じぐらいの背格好の男と目が合った。こんにちはと声をかけると、こんにちはと返事してくれる。怪しむ様子はない。牧歌的な時代なのだ。

「すみません、マウンテンレコードの松尾という者ですが」申し訳ないが、会社名を使わせてもらった。「社長にお会いしたいのですが」

はあ、と男がぼくを見た。地元の人間ではないとわかったようだが、だからどうだということはない。そうですか、とうなずいている。

「社長はおりますが……お約束とかですか？」

発音に少し九州なまりがあった。そういうわけではないのですがと頭を掻くと、あそこにいますと指さした。

フロアの一番奥の席に、スーツ姿のかなり若い男が座っていた。ぼくより全然若い。二十代半ばだろう。社長という肩書が似つかわしくない顔をしていた。悪戯を企む中学生のような顔だ。僅《わず》かに額の生え際が後退しているように見えたが、むしろ前頭部が発達し過ぎていると表現した方がいいのだろう。

社長室がないというのは意外だったが、フロアの大きさから考えると当然なのかもしれなかった。狭いと表現したが、たとえばマウンテンレコード社のワンフロアと比較してもその半分もないだろう。会社というよりは事務所に近い。

建物自体は三階まであったが、上は別の会社が入っているようだ。おそらく社員数も十数人といったところではないか。社長室など必要ないのだろうし、無意味に権力を誇示する人間ではないという表れにも思えた。フロアそのものが雑然としているのは、会社が設立されて間もないからなのか、それとも社長の性格なのか。

ありがとうございますと礼を言ってから、スーツの若い男に近づいていった。何か、というように見つめている。

「突然すみません。マウンテンレコードの松尾と申します」

名刺を差し出した。中腰で受け取った社長が、東京ですかと言った。住所を見たようだ。目の早い男だ。

「博多に営業所がありますよね？」名刺をもてあそびながら言う。「転勤されてきた？」

「いえ、そうではありません。正直に言いますと、マウンテンレコードの社員ではないんです。事情があって辞めました」

「……なるほど」社長がぼくを一瞥した。「わたしを訪ねてこられた？　どんなご用件が？」

無下《むげ》に追い払うつもりはないようだ。もしかしたら暇なのかもしれない。退屈しのぎにちょうどいいと考えたのだろうか。どうぞこちらへ、とデスクの横にあったソファを指さす。二人で向かい合わせに座った。

「松尾さん、ですね？　レコード会社の方がうちのような会社にどんなご用です？　辞めたとおっしゃったが、フリーの立場でレコードの売り込みですか？」

ソファに浅く座って、じっと見つめている。頬にかすかな笑みが浮かんでいた。話を聞いてください、とぼくは口を開いた。

「情報革命をしませんか？」

「……革命？」

小さく首を傾げる。革命です、とうなずいた。

「コンピューターが日常的なものになり、国民一人一人がパソコンを持つ時代が来ます。そんなに先の話じゃない。二十年もかからないでしょう。すぐです」

ふむ、とつぶやいた社長が、どうぞ続けてください、と両の手のひらを開いた。

「携帯電話とインターネットの出現で、世界が激変します。人々の暮らしは便利になり、さまざまなことがスピードアップします。得られる情報量は今の何十倍にもなり、ビジネスや趣味を含めたライフスタイルは一変することになります。生産効率が上がり、人々の生活は豊かになるでしょう。すべてが良くなるとは言いません。弊害も生まれます。それまでに考えられなかった犯罪なども出てくることになる。ですが、相対的には理想的な方向に進むでしょう。そういう時代が来ます。こういう言い方が合ってるのかどうかわかりませんが……ぼくと一緒にその新しい時代を創りませんか」

「……新しい時代？」

「SFマンガのようなとまでは言いませんが、それに近い世界が生まれます。今の段階では信じられないようなことが起こるんです。放っておいても、いずれはそうなる。ですが、あなたの能力とぼくの知識があれば、その時代をもっと早く、もっといい形で迎えることができるでしょう」

社長が笑みを濃くした。馬鹿にしているのではないということが直感でわかった。

「この国に住む、もっと大きく言えばこの地球という星に住むすべての人々のためになる世界を創ることができます。可能性はあります。予言でも妄想でもありません。ぼくは知っているんです」

「知っている？」

「そうです。ぼくにはずっとわからなかった。どうして二〇一四年からぼくがこの時代にやってくることになったのか。ですが、ようやくわかりました。あなたに会い、すべてを話し、伝え、正しい未来を創る。そのために来たんです」

ぼくは理解していた。なぜ一九八一年なのか。

携帯電話とインターネットの登場によって、世界が変わったことを否定する者はいないだろう。実際、それまでに考えられなかったまったく新しい時代をぼくたちは迎えていた。

その新しい時代が間違っているとは思わない。人々の生活が劇的に便利になったことは確かだ。ただ、あまりにも変化が急激だったのではないか。ハードがどんどん進化していく一方で、その使い方について考えることがおろそかになっていなかったか。

わかりやすく言えば、いわゆる振り込め詐欺がそうだ。ああいう犯罪は携帯電話が普及していなければ起こらないものではなかっただろうか。誘拐事件の犯人が携帯電話を連絡のツールに使うことは時々ニュースなどで見ていたが、そのために犯人の居場所を特定するのが難しくなっているというのもひとつの例と言えるだろう。

フェイスブックで知り合った無関係の男女が仲たがいした揚げ句、女の子が刺し殺された事件などもそうだ。携帯電話とインターネットがなければ、あの二人はお互いを知ることさえなかったはずなのだ。

あるいは、ＬＩＮＥによるいじめで自殺する子供たちなどのこともある。作り手はそんなふうに使われることなど予想していなかっただろう。でも、そんなことをする者が現実にいるのも確かだ。

もちろん、すべての犯罪や不祥事が携帯電話とインターネットのせいで起きているということではない。それこそ原始時代から殺人はあっただろう。ただ、通信機器の発明と急激過ぎる発達のせいで、本来起こらなくてもよかった事件が増えたというのは事実ではないか。

ぼくにとってもそうだった。ぼくたちの会社が運営していたサイトで知り合った中高年カップルが悲惨な事件を起こしたのは、本来ならあり得ないことだった。ぼくたちが作ったサイトがなければ、そもそも二人は出会わなかったのだ。知り合わなければ、あんなことにはならなかっただろう。

もしかしたら、とぼくは思っていた。一番最初に戻って、ハードとソフトをうまくコントロールできるシステムを整備しておけば、さまざまな問題の発生を防げたのではないか。少なくとも、かなりの数を減らすことができるのではないか。

どうすればそんなシステムを構築できるかわからないが、もっと正しいやり方があったのではないか。目の前の男がそれを考えてくれるはずだ、という期待があった。

「ぼくの言ってることを……理解していただけたでしょうか？」

最後にそう言って、説明を終えた。これ以上いくら言葉を重ねても、何を言ってるのかわからないと言われればそれまでなのだ。

「……なるほどね」

社長が見つめている。不思議そうに、面白そうに。興味を示しているのは間違いなかった。生きて泳いでいるダイオウイカを初めて発見した海洋生物学者がこんな目になっていたのを、テレビ番組で見ていた。純粋な好奇心。

「……二〇一四年から来たとあなたはおっしゃった。信じろと？」

「馬鹿げたことだと思われるでしょう。わかっています。ですが……」

「本当ですか？」

社長が笑わずに言った。本当なんです、と答える。それはそれは、と座り直した。

「実はわたしもそんなことを考えていました。つまり、コンピューターが家庭や職場に普及し、携帯電話を誰もが持つようになり、インターネットを使いこなす時代が来るだろうというような」

二回うなずいた。必ずそうなるんです、とつぶやく。

「わたしも知っています。そういう時代が来ると確信している。そのためにアメリカから帰って、今年、この会社を興した。日本中の人々のために。世界中の人々のために。もっと素晴らしい時代を築くための、これははじめの一歩なのです」

床を靴の裏で叩いた。腕を組んでにっこり笑う。

「松尾さんでしたね。あなたがどこから来たのか、誰なのか、二〇一四年の人間なのか、そんなことはどうでもいい。未来から来たと言うのならそれも結構です。そういうことは瑣末な話だ」

「いや、瑣末ではないんじゃ……」

いえ、と社長が勢いよくテーブルに手を突く。

「どうでもいいことなんです。もっと重要なことがある。わたしたちが今考え、作ろうとしているシステムに何らかの欠陥があるとあなたは考えている。それを正しい形に直したいと思っている。真の意味ですべての人のためになるシステムを作るべきだとわかっているし、そう望んでいる。そういう志がある」

そうですね、と体を前傾させる。決して大きな体ではないのだが、その圧倒的な迫力にぼくは思わずソファごと後ろに下がった。

「わたしたちにはそれがわかっていない。システムの完成を急ぐあまり、そこから発生する問題にまで考えが及んでいないのは事実です。教えてください。詳しく話してもらえますか？　どのようなことになるのか。何が起きるのか。どう直すべきなのか。わかっていれば、それを踏まえたシステムを作ることができます」

「はい」

「あなたのおっしゃる通りだ。人々の暮らしを便利にするために日々努力してきたつもりですが、そのために新たな問題が生まれるというのでは本末転倒です。わたしは誰かのためになる仕事がしたい。誰かを不幸にするためにこんなことをしているわけじゃない」

「……社長」

「あなたがそう考えているとおっしゃるのなら、わたしたちは友人です。一緒に世界中の人々のためになることをやりませんか？」

社長が手を伸ばして、そっと握った。力強い手だった。

「情報革命というのはいい言葉だ」深々とうなずいた社長が手を放す。「詳しく聞かせてください。わたしだけじゃなく、社員全員の前で話していただけますか？　とりあえずお茶でもどうです？　ゆっくりやりましょう」

申し遅れました、と上着のポケットに手を入れて名刺入れを取り出した。

「わたしはこういうものです」

受け取った名刺を見つめる。日本ソフトバンク社長、孫正義とあった。ぼくはそれを知っていた。喫茶店で読んだ新聞記事にその名前を見つけて、あらゆることがつながったのだ。

「話を……聞いていただけますか？」

喜んで、と孫社長が静かに微笑んで片手を上げた。

「誰か、すまないけどお茶を頼めるかい？　それと、緊急の全体会議を行いたいんだが……全社員を至急集めてくれないか？」

はい、とデスクにいた若い男が立ち上がる。どうぞ詳しい話を、と孫社長が落ち着いた声で言った。ぼくはゆっくりと口を開いた。

自己弁護と言い訳だらけのあとがき

お読みになっていただき、ありがとうございます。おわかりの通り、この小説はいわゆるタイムスリップものですが、ルールを踏まえて一九八一年当時の事象は基本的に事実関係をそのまま扱っております。もちろん、主人公が働くことになるレコード会社は実在しませんし、楽曲を提供するグループもいません。小説内で主人公が出会う人々、事件などは実在の方々を取り上げていますが、あくまでもフィクションでございます。皆様の温かいご理解を賜りたいと思っています。

小説内で扱っている楽曲について、多くの方々がそうじゃないだろう、と叫ぶ声が既に聞こえておりますが、書くにあたってストーリーやキャラクターではなく、選曲に一番頭を使ったと言うと怒られるでしょうか。さまざまなバランスを考えての措置ですので、これまたご理解ください。

一九八一年、わたしは二十歳の大学生でした。当然、一九八一年当時のレコーディングスタジオやレコーディングの様子についての知識はありません。また、一九八一年の店、ナイトライフについても、多くの方にお話を伺いましたが、以下のお三方の名前を記し、感謝に代えたいと思います。前アベベ社長山崎俊一様、テイチクエンタテインメント田中良明様、元ソニーミュージック藤倉克巳様、ありがとうございました。

本書カバー挿画は毎度お世話になっている永井博先生に快くお引き受けいただきました。あの時代の気分を象徴するのは永井さんのイラストだと確信しております。どうもありがとうございました。

最後になりますが、本書を書くにあたって死ぬほど世話になりました幻冬舎菊地朱雅子さんに、感謝をこめまくりたいと思います。まあその、これは宿縁だと思って諦めてください。

二〇一四年三月吉日、六本木香妃園にて、鶏そばを食べながら。五十嵐貴久

参考資料

本書の参考資料は膨大なものがあり、すべてを記すことができません。小説内の記述で事実と違っている点がありましたら、すべて五十嵐貴久の責任であることを明記しておきたいと思います。

『80's ガールズ大百科』(実業之日本社)
『語れ！　80年代アイドル』(ベストセラーズ)
『FM雑誌と僕らの80年代』(河出書房新社)
『日経エンタテインメント！　80's名作Special』(日経BP社)
『80年代アイドルカルチャーガイド』(洋泉社)
『「80年代地下文化論」講義』(宮沢章夫)(白夜書房)
『80年代テレビバラエティ黄金伝説』(洋泉社)
『80年代！』(前田タケシ)(宝島社)
『決定版80年代国産車大図鑑』(洋泉社)
『志高く』(井上篤夫)(実業之日本社)
『あんぽん』(佐野眞一)(小学館)
雑誌「日経エンタテインメント」「昭和40年男」「レコードコレクターズ」

その他、インターネット情報を参考にしています。特に、ＴＢＳ「ザ・ベストテン」に関しては、ランキングなども含め、多くのサイトから情報を得ました。大変感謝しています。

本書は「ポンツーン」（二〇一三年八月号～二〇一四年五月号）に連載された
「1981年の一つだけの花」を改題し、大幅に加筆修正したものです。
JASRAC　出1501370-501

〈著者紹介〉
五十嵐貴久　1961年東京都生まれ。成蹊大学文学部卒業後、出版社に入社。2001年「リカ」で第2回ホラーサスペンス大賞を受賞しデビュー。著書に『年下の男の子』『誘拐』『サウンド・オブ・サイレンス』『リターン』『キャリア警部・道定聡の苦悩』『可愛いベイビー』『消えた少女』『最後の嘘』『学園天国』など。

GENTOSHA

1981年のスワンソング
2015年3月10日　第1刷発行

著　者　五十嵐貴久
発行者　見城 徹

発行所　株式会社 幻冬舎
〒151-0051 東京都渋谷区千駄ヶ谷4-9-7

電話:03(5411)6211(編集)
03(5411)6222(営業)
振替:00120-8-767643
印刷・製本所:図書印刷株式会社

ISBN978-4-344-02735-0 C0093
幻冬舎ホームページアドレス　http://www.gentosha.co.jp/